起初

纪年

·上

王朔 著

北京出版集团
北京十月文艺出版社

新经典文化股份有限公司
www.readinglife.com
出 品

自序

一

多年前,一直感到棘手从来也未曾满意被我视为一种折磨的给小说人物起名字,终于发展成一种心理——叫疾病有点过分——障碍,私下称之为"命名恐惧症";觉得怎么都不像真名,严重影响了本来就日渐低下的虚构事实能力和本人一向秉持的对假定真实感的追求,几只小说因起不出理想人名迟迟不能开篇初心涣散终至放弃。于是想到取巧,找一个人名现成的故事,避开这个困扰。当然其中还有另一层偷懒,人名现成,故事谅必也现成,当时我还陷入另一种枯竭或称疲惫,即将日复一日流水般生活描绘为、或称伪装为不同寻常遭际的热情及自我增强力。有态度,没情节,就是这一等境地。于是很自然也是无可选择地把目光投向历史,就字面意思而言，历史就是故事。

本书取材于《资治通鉴》《汉书》《史记》所载汉武旧事，大事件走的是通鉴纪年，有些例行封赏宴飨通鉴不如汉书详备则由汉书补入，也是为了显得文体庄重，巨细无一无出处，没瞎编。

其实我对已知历史也没有特别强烈个人看法，基本相信这个世界来历的真实性，凡广为流传的过往都确曾发生过，差别只在叙事策略或史家个人局限上，这信念建立在不信人类有完全没影儿、无中生有能力基础上。我国历史为文艺借用起初多发生于戏曲，个人以为小说源头之一表演于茶肆之长篇评话或称话本亦是一种曲艺。即便《史记》《通鉴》这样的史家名作一般认为也具有相当文学性，也即有想象、虚构和语言上的整饬。《通鉴》几乎肯定借取了小说、传奇，反正一展开文学性自动就来了就对了。——故皆有将历史戏剧化倾向。而我就个人偏好而言并不喜欢故事过分戏剧性，这会增加叙事负担从技术上说，而叙事一向是我弱项，为避叙事常以对话代叙事即所谓"聊天体"，在本书中亦如是。前人文学作品已提供足够故事性，除了致敬还是致敬，再生人家文本也无非于骨架间贴一些皮肉，所谓借一步说话，说的什么呢？人情世故，叫读书笔记、乱翻书偶得也成。

选择汉武故事无他，只是碰巧对他这一朝几个人知道得更早，很小、不知汉武是谁前，就对"灌夫骂座""金屋藏娇"这样的故事有印象，大概小时候家里有本前后汉故事集，至今书中灌夫揪人耳朵灌酒黑白插图尤在眼前，当然那时对这样的故事很不满意，喝醉闹酒炸为什么写在书里？金屋藏娇有什么意义呀？另一个不好意思的原因是我幼时其实是个军迷或叫武人崇拜者，李广李陵爷儿俩悲剧性命运对我有一点刺激，直到成年无处安放，和我熟知的大英雄套路完全不同，初衷有相当成分意图借汉武朝军事活动把本人军迷时代攒下来的小爱好、小见识发挥一下，过过瘾。

还是准备不足，本来就是想写打仗，十六岁登基，五十四年执政，一年一年捋着写，不碰文言，确实水平仅限于"人有亡斧者"，就用白话，四五十万字打住。

想到了历史体裁麻烦，细节考证能累死谁，全知等于难为自己，故取惯常所用第一人称，所见限于一己之侧，能少交待少交待，是不得已。没想到历史景观自有其深远和无垠，一旦进入有特别大的身不由己，有些视角不容遮蔽，走着走着就在故事之外上千年，不留意间已转入第三人称叙事，几十万字岔出去回不来。有些人物所行骇人，心机莫测，远超常人所想所能驾驭，亦为第一人称天然具有同情之理解所不容，故在很多篇幅陆续出现第一、第三人称混用章节，乃至最后写丢了第一人称，通篇以第三人称尴然终了。

二

读过《通鉴》的人都知道，汉武朝开篇即是董仲舒《举贤良策》，一般认为汉自此尊儒，而我看到一篇文章认为其时虽有设五经博士、经年举贤良之名，而无尊儒之实，理由是终汉武一朝以儒者身份入公卿者不过四五人，干部全换为儒门中人在昭、宣之后，斯时方可谓儒学一跃而为国家学说也即官学。这和我读史所感一致。另司马迁所获宫刑一般认为是重刑。我读时亦有不解，肉刑文帝初年即已废除，马迁之前未闻有人受宫，而马迁受刑后即擢拔为相当于皇帝政治秘书的中书令，可说是为他一人因人设职，这等重视与其刚犯下重大错误及刑余之人当免本兼各职汉制似有扞格。也是看到一篇文章，讲宫刑实际是一种"恩刑"，相当于今日死缓，仅适用于无钱赎死（汉有死罪赎死制度，战败军人多以此脱身）与皇室有特殊关系者，终西汉二百年只有四五人得受此恩，具体细节不在这里讲了。我想说什么呢？我想说凡本书新观点皆来自他人，本人贡献甚少可忽略不计，本应一一鸣谢，因是小说，格式不符，且其中多名家，公然列出大名有拉名人站台之嫌，故在此一并道乏：愧领了。有不屑于隐瞒自己观点尊长可告编者，将以注释列于卷后。

又：历史事件公案多，材料愈丰富争议愈纷复。本书情节凡关节处几乎每一点都有三种以上说法，简言之如赵信城所在何方？卫青七百里突击茏城就距离而言不可能是狼居胥山那个茏城，那是何处？卫霍大出击所涉大漠到底是我国北方四大沙漠浑善达克、毛乌素、腾格里、巴丹吉林哪一个？我是凭兴致、叙事方便任意作了取舍，若有方家言之凿凿提出教正，令本人折服，亦将以注释煌列于卷后，注明此为正解，并致以薄酬。改是不改了，牵一发动全书，愿以疏于考据、以讹传讹典型留案底于世，以警来者。

三

本书开笔于本世纪初叶，原计划三年完成，写到孩子开蒙，问题来了，公元前一四几年，景帝中期，既然官学非儒，那是什么，给孩子学什么呢？一般认为汉初至文景各帝推崇的是黄老之学，所谓无为而治，宽税赋轻徭役，与民休息。黄老之学，黄帝是挂名，得为后人所见正典唯有《老子》或称《道德经》。《庄子》那个大概不适合给皇子当教材，或可作为课外读物。世间纷传《道德经》有浩大原本，传世这五千言只是老子过函谷关随便透了几句支应尹喜，这从《道德经》内种天上一句地下一句哪儿都不挨着哪儿的箴言体看似可成立。这时有一高人在网上偶遇，一女的，至今不知其名，好像姓谢，教我：《道德经》作者不是老子，而是母系社会千百万年来诸女帝亦可称诸女圣——古时圣人皆指帝，周公亦曾南面而立，素人封圣自孔子始——传下来的女式统治经验，以天下至柔驰骋天下至坚之溜的，故有帝王学之说，经文多韵乃是因为最初传世方式为歌谣体。后入父权社会，为黄帝以下各男帝口口相传，或混入心得，入商周形成文字，乃成。老子家族世为商周两朝守藏史也即图书馆长，故熟谙，出口成章。

以上仿宋字为余添足。余言下大悟。余一直有一执念，诸家之说皆有源头，绝非一人之智，一代人启发一代人，至一集大成者出现，开宗立派。谢老师之说深得我心，老子是不是原作者不重要，我们依然认他为宗，因他有传世之功，除此以外我们也不知道谁对此有贡献。诸女圣是谁？其国又在何方？考查《史记》，开卷自五帝始。五帝之前，一片空白。双重证据，文献止于《尚书》，考古良渚、石峁之上就该接大地湾、红山了吧？我不懂啊，好像挖出来能坐实的女强人只有一个妇好。剩下就是女娲、嫘母、精卫这些个传说神话中烈女子。硬史学到此止步，该我们小说上了。

当我起大妄想准备上探、觊觎一下我国文明源头，就把自个搁这儿了。还是做了些调查，啐了一盒吐沫寄到成都某科技公司，测了把第恩诶，我奶奶这枝六万年前离开非洲，步行穿越苏伊士地峡，沿亚丁湾、波斯湾、孟加拉湾，绕马六甲海峡，入北部湾，踏上当时还未坍塌、还是一块瓷瓷实实永久冻原的东海大陆架，以每年十二公里步速，一路北上，兜兜转转，捡食海滩上的蛤蜊、淡菜、小螃蟹，也许还有搁浅的鲸鱼大餐，走了不知几代、几十代人，海风漂白了她们的容颜，到了辽宁，一扭脸成了东北人。我姥姥这枝出来的晚点，一万年前，还是这条线，从吉布提下海，有独叶舟了，一扭脸成了东北人。

唉内喂，这一猛子扎出去，再抬头就是十啦年之后，街上流行戴口罩，恍范儿苍孙已然耳顺，电脑字从五号变成小三号，原计划四十万字变成小一百四十万。本书《纪年》变成多卷本系列小说《起初》其中一卷。

二〇二二年三月八日

1

起初，我六年，匈奴左骨都侯呼衍朵尼驮着紫貂皮、精炼羊奶酥酪和河磨玉来访，自上谷入境，王恢在红山口岸接他，护送他到长安，安排他在国宾馆住下，来找我，跟我说：姐夫问你好。我说什么姐夫？

王恢说军臣单于。我说好烦，姐家日子又过不下去了？王恢说这回倒没提借粮食的事儿，就说是想借几尺布，天热了，皮袄穿不住，姐夫说他可以光膀子，主要想给姐扯件裙子。我说不过分，上好纱丝绫罗一样给姐弄一身。王恢龇牙花子还一件事不好张嘴。我说蒜苗是吧？这有啥不好张嘴的，别看东西贱，不会种地，你就没大蒜，想吃点绿的你就没辙！讲多少次了，派一个师傅去，专门种蒜、发蒜苗，为什么不办？

王恢说不是蒜的事，草原上有韭花，公主早就不吃蒜了，每年自己腌韭花酱,给您也捎了一坛,回头您吃羊肉锅子受累尝尝,据说能多吃二斤。我说好吃就逮照死了吃阿?以后我顿顿多吃二斤,我还能要么?

王恢说这个,就轮不到我们劝您了,您自个的身子自个掂量。呼衍朵尼先生说,今年草原春上无暴雪,夏无雹子,草长得好,母羊奶水好,小羊成活率高,奶挤不过来,很多母羊乳汁淤馊,导致乳房炎,传染给小羊引发口腔起水泡、糜烂,形成溃疡,迁延不愈,母子交叉感染,都疼,流脓,上蹄子挠,爆发口蹄疫,母羊小羊大批死亡,还传染到人,人摸马传染给马。

我说你什么意思呀,让我给想办法,我也不懂阿,懂我当兽医去了。王恢说不是让您想办法,是挤奶人手不够。我说那我就更不懂了,奶水足就得乳房炎阿,擎着让人小羊吃好了,挤什么,本来我就不赞成剥夺小羊喝奶权挤给人喝,小羊呢,烤串儿了?

蹲一旁韩安国说内都是奶羊,小羊在,小羊喝不了。王恢说单于请咱们这儿多派几个娘家人,公主甲沟炎有些日子不能挤奶了。我说怎么遮,我姐还得自个挤奶?见过过日子靠娘家的,你到底要说什么,直说。王恢说直说了,这就是呼衍骨都侯原话,单于请上再派些个活儿好的。我说我去!我帮他们挤奶去。

王恢说得,我去跟他们说,您不高兴了,这事不聊了。

王恢走了，我跟韩安国说：通知丞相、窦婴、阿老，明天到我这里开个会。

明日，三个人来了。我跟他们说：今天请你们来，主要是想谈一下匈奴的问题。这个邻居很大，离我们很近，我们好像很熟，说起来还沾亲带故，又很陌生，至今搞不清楚他们有多少人口，除了羊还有什么出产，军臣单于是个什么人，有什么爱好，他的本部和左右两部什么关系，是诸侯，还是兄弟，体制是怎么运作的——有没有体制，还是就是这一摊，内一摊，平时各过各的，有事听招呼，那么一帮人？放开聊，不设议题，没框框，务虚。

田蚡说他们是不是又来人跟咱们要东西了？窦婴说军臣单于是什么人，平时怎么运作，这个要问阿老。

阿老说一般聊聊可以，下结论，我们掌握的也没那么细，军臣本人，可信材料不多，一般人接触不到，也就是公主小组零碎传回来的一些观察，多限于闺阁传闻，也就是咱们说的扒裤，据说军臣酒量好，性欲强，凡所遇女子，无分贵贱美丑将及淫遍。

我说正当年呀，吃羊肉吧每天？

阿老说羊肉肯定要吃，具体岁数不清楚，匈奴纪年是一种简单粗放结果很复杂的算法，每年头一场雨为元旦，那大概是他们开始夏季转场的日子，具体乃一天年年不一样。一年两季，下一季从头一场雪算起，大家聊起岁数都是说下过几场雪几场雨,也有"你见过的雪还没我见过雨多"这样倚老卖老的谚语。所以谁跟你说他今年几岁都不可靠,他们也不过生日。

窦婴说东胡武士每年春上打一头狼,记岁数就说几头狼,可是谁也不知道他几岁开始打的狼。

我说但是每天还是每天吧?阿老说每天还是每天,日出到日落。每个月也是二十多天,以妇女经期为准。

田蚡说妇女经期有准么?我说这是一种古老的历法,叫经验历,也叫口传历,在文字数字都没发明前。我汉乡下不识字的人也是这么数日子,今天出门倒霉,今天出门不倒霉,把倒霉事儿挨着过一遍就一年了。

阿老说军臣是文盲,匈奴没文字,单于发布圣旨都拿嘴说,下边的人拿嘴接着,一嘴一嘴传出去,所以单于身边人记性都好,记性再好,上个月、去年的事儿也有遗漏,所以今天收了你的财物答应不抢你了,下个月、明年,一扭脸又来了,所以给人留下言而无信的印象,还真不是说话不算话,是记性不好,忘了。

我说有没有别人该他钱没给,他给忘了的?阿老说还真有,去年赊的货今年给忘了,做两年汉匈贸易净出货了。所以咱们汉商和匈奴人做贸易讲明一概不赊货,差钱不卖,因为更多的记性不好是把该他一千钱记成三千钱,连人带货给扣了没地儿说理去。

我说真够捉急的，这么下去也不行阿，他们内每年蹛林大会点校什么呢，数都数不过来。阿老说他们有万的概念，最大数，数到万就数不下去了，所以单于以下左右贤王至当户二十四位首长旗下不管多少人，有的不满万，有的超万，都称万骑。高皇帝白登之围也是被情报晃了范儿，捕捉的匈奴俘虏报称万骑，越打越多，控弦之士三十万是我们后来的统计，二十四位部族首长都来了。

我说所以嘞？阿老说所以我也很替他们捉急，老上单于那前儿特派我署情报员中行说老师随和亲翁主打入单于内廷……

窦婴说中行老师是你们的人？这人可够坏的，我汉使者向匈奴宣传我汉先进文化都让他给啵儿回去，还将我汉面对匈奴一线上谷、代郡、云中至上郡长城倾圮、边防薄弱点位出卖给单于。

阿老说是是，都是我让他说的。中行老师是我报请文皇帝批准，特别组织的一次情报行动，对老上单于本人进行渗透。为掩护此次行动还大张鼓旗搞了次和亲，当时派去冒充公主的情报员是文皇帝在山西做代王时奶过景皇帝一个奶妈的闺女，文皇帝认了干闺女，也是我署派出的第一代公主小组，可是跟中行说不发生横的联系，中行说行动直接对我负责。我跟中行老师交代临行前，你此去是战略潜伏，主要任务是帮匈奴创建文字，建立记事制度，其他不要你管，为取得单于信任，可以激烈排汉面目处事，提供他们真情报。次要任务：关键时刻，大事临头，帮咱垫句话。

我说主要任务完成了？阿老说很遗憾没有，先后搞了两次，一次由我署委托太学博士依合并同音字、取笔划最少字为正体原则搞了一套简化汉隶，描在绢上交由聂壹驼队密送茏城——中行自己都不认识了，老上单于一看还是汉字，跟他们内发音也对不上，认没俩字咬了舌头，把中行臭卷一顿，这套方案废了。二回我署密码人员根据匈奴本部正音以汉隶偏旁注音搞了个三十九音字母表，聂壹密送，中行呈上，老上一口气拼写两段匈奴史诗《库赐传》，笑曰好记性不如烂笔头，这下不怕哭怜们忘恩了。（马迁注：匈奴谓奴为哭怜，亦作哭也怜怜。）遂令匈奴亲贵学习汉字偏旁拼音，遭到抵制。这是文皇帝后四年的事。这年，老上单于一口气没上来，崩于茏城。匈奴大巫师散布谣言，说撑梨护助底撑梨骨突单于，却用异邦扭文传天意，怎生中？遭下天谴这也般。（马迁注：匈奴谓天为撑梨，谓子为骨突，单于者，广大之貌也，言下单于如天广大。）匈奴亲贵亦云：忘恩事小，记仇事大，我哄之所以繋狱久者不满十日，一国之囚不过数人，在列国传为美谈，皆因记吃不记打，恩仇爽快须在当下也中，今教习秦文，必也效秦之陋俗，父恨子尝，子恨孙尝，生生世世做冤家不得开解，累死子孙赤马虎。继位者军臣单于曰：善。遂罢拼音。但是叫身边左右向中行说老师学数算，以便统计人口畜群以课税。

田蚡说妈的文盲不识字还有理了！

我说有道理，我汉这帮土鳖就因为这点事，生下来个个背负大恨，拿恨当饭吃，假牛掰擅动刑杀未必不是因识字而拧。

窦婴说上，您不能风吹东倒向东，风吹北倒向北，谁说什么您就跟着跑。我说爷舅，我帮理不帮亲。

阿老说次要任务完成得很好。军臣单于立，依其俗，新君即位要打一个大仗立威，因就教于中行。中行老师此时地位近于国师，上遇隆宠，也是匈奴首屈一指汉问题专家，为单于等下尊为"屠耆"。（马迁注：匈奴语贤者。）军臣曰：屠耆，俺今日要将那大队兵马入云中可也否则个？中行曰可也者般。军臣曰者般也否则个？中行曰者般也否俺们知秦知，大队兵马候个正着也般赤马虎。军臣曰特马者。

我说阿老，您老说的匈奴语么？阿老说也不是啦，这是匈奴各族人民与汉人打交道说的一种混合汉话胡话的协和语，我出入匈奴，与人交谈，听汇报，多用此语，不知你们有没有这个毛病，听的乃种语，说也只能用乃种语，才记得住。窦婴说还真是，我不幸家中用了呼揭侍女，她说的内口儿西膜鬼话我乱懂，但用汉话还真学不上来。我说什么叫赤马虎阿，老听你说。阿老说就是北狄语系一般惯有语气助词，没意思，敬语，跟思密达一样。

田蚡离席长揖：阿老，求心疼，用咱听着不闹心正经汉语。

阿老说中行老师说单于新立必入中国，这是我国习俗汉人也知道，一定高度戒备派出大量军队守候于边境要地，这时发兵收获可能不大，不如缓一闸，向汉国申请一老婆以示我国将继续奉行和亲、对汉友好政策，汉国上下必有所松懈，他们的军队都是临时召集，难以长期部署于边境，农忙会解散回家干活，到那时我军突入中国定收奇兵之效，一您白涝一老婆，二可尽收汉人替咱们伺候一年正好成熟的庄稼。单于说特马者，意思是：可。

我说这就是内关键时刻了吧。阿老说正是，就这么一句"缓一闸"就为我们争取了一年时间，使我汉得以训练士卒，整顿武备。一年后，匈奴果入我上郡、云中，两个方向都有三万骑。我汉也准备好了，构筑了以太行燕山交接点飞狐口、雁门句注山为要塞延伸至北地郡之第二国防线，由今已去世车骑将军令免、苏意将军和上回九三成军祭你见过的老将军张武分率重兵屯卫。又在长安周围布置了一条三角防线，周亚夫将军戍守长安西细柳；同样不在了的宗正刘礼将军与祝兹侯徐厉率领部队分驻渭河北岸棘门和灞上；又命北方各郡边境地区官民有长城的上长城，没长城的上房、上隘口，人人拿起弓刀与匈奴入侵者作殊死战。

窦婴说我记得我记得，这是文皇帝后六年冬天的事儿，内时我才从吴国免相，在长安闲住，长安城里内紧外松，街上还是一派准备迎冬至红火景象，杀牛宰羊贴门神，家人忽将甲衣弓矢搬出挂弦除锈，我还问呢，这会子弄这些个作甚？家人说街道通知防贼。

我说堵住他们了？阿老说堵住了，入侵云中内一支虏骑打到雁门，苏意将军点燃烽火一路传到长安。我军动用战役预备队由卫将军周舍和材官将军李假率领星夜驰援，经过三个月艰苦行军，在夏天到来前，出雁门抵达九原，虏骑远遁。驻守北地张武将军亦在同一时间有所出击，入侵上郡虏骑亦出塞远去，遂收复所有国土。

我说三个月，从长安到雁门，这是快呢还是快呢？

阿老说周舍将军和李假将军率领的是重型战车部队，去雁门必须先走秦直道到昫衍东渡黄河。都说当年蒙恬筑路是黄土掺盐碱像烤馕内样架柴把路面烤熟故尔质量好车过无辙不长草，其实好的也就是甘泉到安塞一段，也没传说的那么过硬，还是有车辙，有的车辙还很深，近于沟渠；有的路段依山经年累次泻洪塌方无人清理，仅容单人侧身通过；有的沿河风雪侵凌雨水剥蚀基础下沉近乎断头。我们的部队是挑着筐背着石一边修路一边走，大路不通就走小路和我们叫阡陌的田埂，一个屯兵车碾过去，复为原野；两个屯、一个曲车队过后，尽成烂泥。遇上沟、裂、壑，人一步跳过去，车，就得架桥，哪么搭块板呢。我军过后沿途百姓家家没有门板以致民怨沸腾姑且不提——再往前，过了黄河进入山西，那就不叫路了，叫搓板，叫绊马坎，叫磕头坡，地势越来越陡，部队要推车。进入山区，还有峁、梁、崖，山道崎岖尤如天梯，战士就要把战车大卸八块，肩扛手提，过一个山口，组装成车走几步，下一山口再卸再装，就这么装装卸卸，三个月能走到雁门真是算快了。我再多说一句，年底部队回到灞上，不讲战士，周舍将军、李假将军手掌心老茧一寸厚，身上铁胄甲衣都磨脱了袖，都成坎肩了！我们的将军和战士一起扛轭抬车轴，一起啊！

我说战士，是好战士。将军，是铁将军！既然有一年备战时间，也料定敌人从哪里来，安排了预备队，为什么不修路呢？

阿老说预案中有请修复秦直道安塞至晌衍段和黑峪口至雁门战备马道两项工程，报上去了，你也知道文皇帝那个人，自己住草房，宫里次所加个瓦铺几块砖都不许，下雨天皇后嫔妃都踩着泥蹲茅房，驳回了。

我说远的不讲，文皇帝以来，三次对匈重大作战，出动兵力以十万计，没有一次取得战果，每次都是我们部队到了，匈奴抢够杀够，撤了。什么问题？是我们装备笨重，不适合长距离复杂地形机动，还是战场准备不足，道路建设滞后，造成兵力不能及时投送？还是匈奴狡猾，寇边只为捞一把，有意避战？还是我方亦有意避战，自高皇帝白登之围后我汉上下皆对匈奴有忌惮畏战之心，作战目的亦不在尽歼犯敌而在驱离？还是我们的战法有问题，总是坐在家里等，搞什么第二国防线，等人打上门再组织反击？

窦婴说都有问题。阿老说同意。田蚡亦举手，说：同意。

我说匈奴的问题早晚要解决，这个家伙体量大，欲壑难填，姑娘有的是，绢丝有的是，给多少还会伸手跟你要，给得少了，慢了，就会跟你翻脸，也不是匈奴好战，也不是匈奴无敌，是我们惯的。我们没本事嘛，每次都让他们白白来，白白去，一点损失没有只有便宜，白抢了你还要跟他说好话赔不是，把少了缺的全补上，换我也要常来。没有这样做邻居的吧。

阿老说有的时候也不是单于贪婪，文皇帝三年，右贤王入河南之地赖着不走，我老父亲领兵八万予以驱离，起因就很莫名其妙，也是我们一个部都尉不懂事，右贤王，挛鞮氏，皇族，单于之兄，身份可以吧，与我们这个部都尉在黄河渡口举行边境例会，表示友好，请他喝酒，我们这位老兄灌了几口酒，也不知内根筋搭错了，议论人家风俗，父死妻其后母，讲人家骚胡，右贤王感到羞辱，泼酒拔刀斩了这个部都尉，兵发河南，惹出天大的麻烦，这不是没有的事么。

窦婴说这就叫匹夫误国，生活中就有这样的人，喝了酒不是人，不怕惹事，惹出事担不起。

田蚡说也可能就是找茬儿。阿老说你就让人找到茬儿了么。

我说不扯这个人了，我们有我们的问题，边将边吏作威作福，欺压依附于我蛮夷激起夷变也是需要高度重视的问题。现在我请三位下一判断，如果刚才我们讲的内些问题都解决了，路修好了，部队装备更新了，信心提高了，也不坐在家里等了，上院门口去等，匈奴一进来就堵住他，两军交战——胜算有多少？

窦婴说可以一战。我说都要发表意见，田蚡？

田蚡说同意窦老判断。阿老说野战合围胜负各半，战场由我预设，时机由我选择，可再加半。我说好，给你钱，给你人，战场准备三年完成可否？阿老说五年，还有很多问题未及细谈。我说就五年！问题没谈透，明天接着谈。我也不要占他的地，我也不要灭他的国，我就要我们这个邻居知道，我家这个门不是你想串就能随便串的。

这时，王恢大红脸晃着肩膀进来，说妥了，话都挑明了，心情愉快走了，没有一顿酒解决不了的问题，一顿不行就两顿。

我说跟他怎么说的？王恢说还能怎么说，就是讲我们这些做臣子的苦衷呗，上，喜怒无常，喜的时候跟着喜，怒的时候跟着不讲理。之前答应你的都不作数了，但是不能让你白跑一趟，我家里还有一点粮食、几匹绢，俩姑娘，够装一车的，算我个人一点意思，谁让咱们是哥们儿的，他们上头掰面儿咱们不能掰。

我跟田蚡说你听听,这就叫会办事,多困难的局面、码逼的节奏还能留条缝儿。田蚡说会了,就是什么雷都顶你脑袋上呗。

我问王恢:朵尼怎么说?王恢说当然很感动了,说其实每回来跟咱们要东西要人,他也很不好意思,他在家也不随便跟人张口,愣可抢!这么恬着脸上外国哭穷卖惨,讹人东西,在他们草原比偷还低级,叫讨要。我也是有几千音色拉(马迁注:匈奴语:下民),奴仆成群,凭战功做到这个位置响当当的阿克为甚(马迁注:伴伴),呼衍朵尼说,在我哄,谁不得高看我一眼?可如今,我都瞧不起我自己。可是没办法,单于下令我还得来,让你见笑了兄弟。我还说呢,那你啥时候方便,跟单于递个话呗,就别这样了。朵尼说兄弟,单于面前,哪有我说话地方呀,咱们都是听喝的。

我说好好保护他这点不好意思,出长安了么他。

王恢说我亲自送到灞上,看着他没影儿的。

我说那你赶紧麻溜儿把他追回来。

王恢说不用,我送的东西足足三车,朵尼看着我们家内俩烧火丫头嘴乐得合不上。

我说不是,你是你的,我是我的,我同意了,和亲。

王恢说您改主意了?我说嗯哪。回头跟阿老说:公主的事儿还得您老费心,挑好了人我办个仪式,认干闺女,有合适人吧?

阿老说有有,我署在鳌厔专门有个公主班,教宫廷规矩和礼仪,也要求学员按公主自我感觉要求自己,平时学公主走道怎么拿劲儿,见人怎么说话,吃饭怎么喝汤,平阳林虑都去讲过课。不过就一样,刚结业这班都比较成熟,岁数只比你大不比你小。

我说那我认姐,让太后认干闺女。

王恢说那我去了?

我说你还没走,等什么呢?

2

又明日，会议挪到甲一号院军情署大会议室举行，扩大进一署的夏侯赐、三署的郦坚、四署五署的周坚萧婴和在家的几位将军李广程不识和御史大夫韩安国。由北狄处长小栾向与会者作关于匈奴社情报告，重点介绍其武装力量当前实力、战争动员体系、兵员构成、武器装备、指挥层级、惯用战术和补给模式。

小栾父亲栾布汉初曾在燕王臧荼手下为将，文皇帝时又出任过燕国丞相，与匈国左贤王部多有交道，因与匈国左大都尉须卜居祥交好，为小栾和左大都尉之女须卜永梅指腹为婚，结为儿女庆家。故小栾家中胡汉双俗兼行，日间常备甜咸奶茶，宴客辄以烤羊腿手把肉飨之，是我汉军中难得对域外风土人情了若切身又在匈有人脉之军事干部，七国平乱后阿老特意把他从其父属下要来，主持对匈情报行动。

小栾报告中讲，匈族社会比较古老，五帝世代便以小规模部族集团出现在黄河以北广大地区，山戎、猃狁、荤粥是尧舜时夏人对他们的称呼，其中荤粥比较切合他们的自称"Huns"的发音。有人认为他们是夏桀之子淳维之后，更早还有黄帝十三子崩耳说，十四子儿羊之子始均说，即便都是真的，也只能说有古夏人融入匈族，丰富而不是决定了匈族主要人群种因成分，这从匈族各部所操之语无一与汉语属同一语系兹便可征。匈人肤色自西向东由浅入深，头颅面相由长圆深隆至扁平，与我汉人民面相肤色相类，愈往东则愈难分彼我，由兹可鉴彼之来历及与我共同演进血胤交杂之深远渊亲。今日我们所知匈人皆是游猎牧养，骑马放马，牧羊牛驼，逐水草而居。而在六百年前，《左传·鲁隐公九年》曾经记载郑国伐北戎"彼徒我车"，郑国军队驾着战车，戎人徒步作战。一百七十年后，鲁昭公元年，群狄攻晋，还是"彼徒我车"，还是步兵，没有马。也就是说至少四百年前，尔等还是徒步牧人，所谓诸夏之师尚对其保有速度和机动性上的优势。徒步之牧，恐怕只能牧羊，或小群牛，种群大了就顾不过来。牲口少，人也就少，活动范围也小，一伙人，行动靠走，传令靠吼，有效管控范围不出百里，故尔斯时叫戎也好、狄也好之诸胡对我诸夏均不构成重大实质威胁。有证据显示，入居塞内，与我诸夏相峙于溪谷之地赤狄、白翟、林胡诸胡国已有相当成熟之农业。后诸国虽灭，关于农作物和农具甚多词汇仍作为词根保留在今日匈国本部语中，用以表述桑科豆科植物和兵器。也就是说匈人并非天生牧人，也曾与我一样因采摘进而发展为种植，至少其一部确曾走在成长为农民进程中。其后百年，诸胡崛起于草原，我们这里正当春秋至战国，也是大时代，赵武灵王十九年正月，下诏易胡服，改兵制，习骑射，什么情况？诸胡有马了！且骑术精良，来如飞鸟，去若绝弦，诸夏兵车干不过他们了。说他们有马，指的是驯术。马，凡草连碧处，皆有野群，不会驯，等于无马。还有骑乘观念，我们倒是很会驯马，可是千年下来只用以拖拽，宁肯造个车让马拉着，也没想过裸马可骑，可能是服式限制了想象，大袖宽袍底下是光腿，会阴受不了。可能最早车的动力是牛，观念就停留在换牲口不换车了。马术何来？诸胡无文献，传说不可征。文化嬗变无非两途，一是引入，一是自求新意识强，见缝就钻。查李耳著《穆天子传》及周左史戎夫《新六师西征战记》可知，周天子西行一路所遇西膜诸国无分贵贱男女皆骑行，途经广漠、旷原每常遭受当地人民骑马攻击和袭扰，虽规模较小，多不过百十人，亦可称骑兵了。诸胡西膜同出一源，土地相连，人民，都是牧人，从小骑羊、卧牛，是个食草动物就往人家身上爬，裆已磨成铁裆。马，快如闪电，有朝一日骑上它，大约是所有草原牧人的终极梦想吧。故尔，见羡思齐，浑常等闲事也。

小栾报告说，秦灭六国，诸如赤狄白翟山戎林胡高夷大荔绵诸昫衍之戎便不见于史，取而代之的是一个新的戎部名：匈奴。这说明在我国发生兼并天下诸夏归秦战争同时，草原上也发生了部落兼并诸胡归匈奴大事件。据我署接收前秦档案记载，匈奴之称秦昭襄王十一年才第一次出现于秦丞相府每旬边情简报中，记曰：十月丁卯，匈奴扰边，郡守发边兵五百讨之，斩首九级，至郁郅还。这时的匈奴还是个小部落，战斗规模不大，伤亡亦显著轻微。至秦始二十六年，不过百年，已俨然强胡，使蒙恬击之，发三十万卒。查秦相府档，蒙恬此次出击并无斩获报送，只记"悉收河南地，因河为塞，筑四十四县城临河，徙谪戍以充之"，是驱离、防守的姿态。之后守边十一年基本都在搞工程，到二世元年蒙恬受诛，只记载了一次出黄河占领阳山北假的行动，亦无斩获记录。

小栾说，匈奴方面材料因限于口传亦多缺漏不实，我处多次派员深入匈奴本部收集表现其战斗生活民歌牧调，并无片言提及蒙恬和他内次出击，在匈奴人民记忆中蒙恬不存在。目前所能掌握信息只有当年单于的称号，相当于我们的帝号，叫头曼；帐下人民"万帐"，相当于我们的万户。考虑到"万"是中行说老师入匈前匈奴人最大数，也许实际拥有帐户过万，匈奴牧歌有"狼居山，余吾水，头曼万帐白胜雪"句；也许少于万，牧歌亦有"匈奴不满万，满万无人敌"；也许是不同时期产生的歌咏。以万帐计，一帐出男丁二至三人，头曼帐下战士数万应是中数。

小栾说，头曼，在匈奴语中是英雄的意思。汉读半音半意，正确发音康泽曼。父祖皆失名。他的姓氏：挛鞮；是冒顿单于开始与中原各国打交道才始见于中国文书，应是替他草拟文书汉吏根据其姓氏发音选字。挛与鞮，是匈奴英雄史诗《库赐传》中两个人物，挛是天女，在狼居山下余吾水沐浴，为天神塔穆拉偷窥生爱，交配生子鞮。母亲生完孩子就抬屁股归天了，留下鞮，由狼居山下群狼养大。库赐，匈语意为苍狼，在史诗中是狼群姐大，喂养小鞮奶水主要来自她和其它几个狼姨儿。小鞮视其为母，武艺——军事才能也全拜乃母所赐，跑、跳、扑，长距离跟踪，包抄合围，月圆进，月亏退，利则进，不利则退，打不过就跑，全是狼内套。小鞮长大指母为姓，成为草原英雄，匈奴首称单于者，号库赐单于。然后就没有然后了，冒顿单于接这儿了，把传说中俩人名字连一块，说他爸头曼是库赐单于亲外甥，单于亲赐其姓：挛鞮氏。

小栾说匈奴英雄史诗也多，目前我署收集的本子就有《康泽曼刚巴尔》《阔尔奥格立》《阿勒帕米西》，都是不完全本。英雄们还活在天边马背孤独牧人哽咽干燥长调声中，草原内点困难都让他们解决了，也无非是打打杀杀劫财劫色，古老人民惦记的事都差不多。史诗是匈奴人的历史和文化熏养，灌育成就其尚武轻死重诺爱财之人民气质。一般人民得子亦偏爱以史诗中人物取名，就像我们给孩子取名多从五经中摘义。真正拥有姓氏，世为显贵者只有三姓：呼衍、兰、须卜。据说此三姓先人均为匈奴合部前诸胡之王，呼衍出自山戎，兰氏出自林胡，须卜出自白翟。当前匈奴各大将、都尉、当户、骨都侯除宗室莫不出这三姓。

小栾说，中行老师传回报告曾言：匈奴今日官制自冒顿始。中行老师对我署贡献无逾其右，我署对匈工作可分中行老师入匈前和中行老师入匈后。之前，可说一切都在混淆隔膜中，不但我们说不清，匈奴中人也是一本糊涂账。我老翁丈，匈奴左大都尉须卜居祥，祖为白翟王，居洛水，为晋所驱，避于河左。头曼单于时归匈奴，封当户，率本部继续牧于河南。后匈奴分部，出河右，迁于延水，晋左都尉。景皇帝四年，公主和亲，我也和亲，与新妇合卺于坝上，纵酒长歌七日。我老翁丈对我讲：咱家这个官实在得自头曼老单于，若论英明神武，咱们当今这位单于、他爹老上单于、再往上的冒顿单于，比之皆略逊。就那么几匹马、几张弓，往来于漠北河南，今年相遇还任人追打，来年再见已坐拥万骑。草原阿，草长马肥，凡百年间，必有强部兴起，一强兴，众部归，归而不迁，不分众，是老例。匈部兴起前，犬戎亦兴，楼烦亦兴，都循这个老例，各安其众，还是你们这些人，还在你这个牧场，当你的王或穆他什——头人的意思。头曼老单于亦不分众，亦不迁部，但是对不起，降你的称号，也不叫王，也不要叫稗他什，我来给你封个头衔：依那什——也就是大将；当户——很难翻译，是一种低于大将的军职，汉军没有这个级别。

我说校尉？小栾说校尉太低了，大概相当于秦的裨将。但是不具备隶属关系，平时各自还在各自领地牧游，爱作甚作甚。称呼上之所以有区别，全在于各部人畜领地实力大小，出万骑称将，千骑称当户，就像我们的伯侯子男。为什么这么叫？头曼单于对各部帮主讲，不是我要贬低各位，而是利于战时，当我把你们召集起来，咱们大家一起去抢秦的女人财帛，咱们立刻、不用重新编队，就是一支军队了。这时就要按平时的官称明确指挥层级了，当户就要服从大将，大将服从我，咱们就是一只拳头！

栾对阿老说阿老，我能借用您几句话么在这里？阿老说您用。

栾说阿老曾来我处视查，与我们共同分析狄情，对我处工作作出重要指示：匈奴，封建军国！大头领如周分封子弟，层级关系又如军队，全民皆兵。故上对下，虽各称王，势如主奴，下对上绝对服从，上对下言出即令。其人民主业虽为牧猎，战争亦为其主业。研究匈奴，不要把它当作一个我们这样的正常国家，要当一支军队研究。其国所产马牛羊骆驼也不要看成单纯经济动物，要当作军需供给计算，有多少匹马、多少只羊,就能大致估算出他们军队规模上限、后备兵员基数和一次出动维持作战天数。于是我处就把一段时间工作重点放在数羊上。

田蚡说马不好数,理解,跑得快,为什么数羊呢,我们统计的不是军队规模么,为什么不数人呢?

栾说羊比人显眼,草原上只见羊不见人。而且数羊比较不易引起怀疑。我们的目的是统计匈奴部队综合补给能力,数人并不能达到目的。

我说数得过来么?栾说很困难,确非一朝一夕之功。我处——并从其他处借调干员——全员出动,流浪二年,走遍弓卢、余吾两水之间广大草场,数到的羊,未及匈奴本部一二。

窦婴说数帐子呀,不管叫国、叫军队也好,一顶帐子就是一个基本生活单元,你们自己不是已经出了数字:万帐。

阿老说这个问题已经解决,小栾讲的是中行说老师入匈前被动局面,中行入匈后,受委任负责在蹛林大会上做人畜点校统计,数字出来,单于那里得一份,我们这里拿一份,年年一份新的,直到前年中行老师病故。

我说中行老师没了,什么病?阿老说梅毒。

我说他不是长乐宫出身,太监……怎么会?

阿老说哦,这个梅毒不一定插入,接触、用一块帕子擦脸,也会传染。我说太可惜了。

窦婴说前年的数字在哪里，可以看么？小栾说没在手边，但大概数字我还记得，马百五十、羊七百、牛三十、驼十二——都是万的单位。其余驴骡犬类不参与点校。以每名战士五匹马，五日一羊，连吃带糟践计，可支持三十万战士连续作战百日宽宽裕裕的。

田蚡说吃不了，真要掰开揉碎从羊头吃到羊蹄，一只羊且吃呢。

窦婴说部队减员计算在内了么，这么多部队搞在一起行军坠马擦刀走刃沿途逃亡非战斗减员也不得了。

周坚说羊不死么？小栾说羊还生呢。郦坚说他们还喝奶呢，他们还喝马奶呢，百日，我看二百日、一年坚持下来也没问题。李广呵呵大笑，说你们这全是坐在屋里拍脑袋算出来的，我五日不吃饭你怎么算。

小栾说都算在内了，伤病减员、马奶、沿途逃亡，再加上部队行动快，补给跟不上可能出现的断供；部队苦乐不均，部分战士可能发生的轻断食以及缴获、围猎所得；加一项减一项，最后得出的数儿还是百日。作为一个参考呗李将军，有上下十五日容错。

李广说十五日少了。

阿老说我们这个数字也不是一次计算得出，也是参考了别的数据。三十万战士是他们点校大会给出的数，是真实存在。我们只是用牲畜数除人口，得出一个基本日耗量。可能不准阿，一只羊到底能吃多少天，还要看大羊小羊，要真到草原、大漠里去吃一下，不同地形地貌得出的天数可能也不一样，才准确。

小栾说去了，我亲自带人背着羊到沙漠、草原不同地域环境进行了生存极限测试。有的三五天羊没死自己先倒下了，最长有扛一个月的，当然最后几天一直饿着，跟人的体质也有关。参加测试人员一致认为要保持战斗力，不是光活着就行，五天是一个中数。

我说老百姓呢，你这里没提老百姓。

小栾说老百姓都包括在宽裕糟践里了，三十万兵员实消耗一日六万羊乘以百日六百万，剩下的都是随迁家属奴仆的。而且我们不认为他们是百姓，而是随军辅助战斗人员和预备兵员，故每人每日伙食标准比照战斗人员减半且不在优先供应排序中，就不单列了。

小栾说：我署自文皇帝十四年建立这一数字模型，并根据每年实地侦察和情报汇总进行修正。其中主要变量在匈国牲畜头数，这一数字与当年不同气象条件同比增减。最好的年景风调雨顺未发生干旱雪灾瘟疫鼠患，马牛羊三大主要战略资产平均可上浮十分之一至二；遇不良气候大风雪酌减十分之一至二；而人口——这里指的是兵员总量，并不发生指数级波动，大致维持在模型给出的三十万左右。我们认为，三十万部队，是当前匈国国力所能容可最高上限。历史上，也只有高皇帝七年白登之围匈国出动三十六万骑超过这一上限。我们通过我们的望气查找那之前的气象资料，发现高皇帝七年前三十年，草原气候温和，未发生大的气象灾害，那是他们的隆鼎盛世。文皇帝十四年、后六年，均发生特大暴风雪，当年牲畜头数十减其三，模型显示，不支持三十万兵员在役，后相继发生匈军一次国一级、一次军一级两次入侵，而模型给出的差额数目恰是二次入侵兵员数，十四年十四万，后六年六万。景皇帝有国十五年，匈国没有发生大的天灾，只在中二年发生过冬季少雪春季草原闹鼠患，中六年干旱独乐水断流，后二年少雪又闹鼠患，三个年头都有匈军入侵。中二年规模较小，数百骑耳。后两次规模较大，都在数千骑。我方有损失，后二年动员了军队，太守冯敬战死。但都不属于战略级，模型不显示变化。

程不识说：老李，中六年内次是你带队截击的吧？

李广大红脸，说特么跟我没关系，我在上郡，匈奴入的是雁门，中间隔着千山万岭呢。

田蚡附耳对我说：李老就是内年出去巡边被匈奴堵住差点活捉，回来受了处分，通报批评。

我说你都知道。田蚡说他们喝酒时老说，就爱拿这事跟李老开玩笑，李老一提就急。

小栾说因此我们可以说，通过模型可预判匈奴入侵频次和规模，十以下每发生波动，都会引发匈骑入侵，十分之三是红线，低于三，规模限于军级；与三持平或超过三，入侵规模必至国级……

我说怎么会议室进来这么多人？田蚡说都是各署曹史，听说这里作报告，进来听热闹。我说司马迁！你什么时候进来的？司马迁说刚来，刚坐下，屁股还没热呢。

我站起来说：无关人员请退出，本次会议保密，一律不得记录。喊东方朔：郎官！搜缴会场人员携带刀笔，没收一切简帛文书。

田蚡也站起来，说各署的人先不要走，署令到门口监督一下，让他们登记姓名，泄了密挨个找你们。

司马迁张开双手，高举，对东方朔说：什么也没带，什么也没记，路过，听说，进来溜一圈。

3

三日，会议继续进行，门口、廊下、院门口都加了岗。小栾说：匈国人的游牧生活使其国家形态始终停留在史前，也即国、家不分，也即兵民不分。单于身兼一国之君、大家长和军事统帅，三种身份叠摞乃项凸显不同单于因性格殊异。头曼、老上单于宽厚善筹更像大家长；冒顿、军臣峻急刻忍偏于军将。四代单于脾气秉性有隔代巡回律。今军臣单于尤似冒顿，两手对我，尤张尤弛、方和又战。据不完全统计，冒顿一世，和亲四次，大小战无以计。军臣践位二十二年，和亲四次，大战一次，中战二次，小战无以计。大战，向我立威，距首次和亲年余；中战一，距二次和亲三年；中战二，距三次和亲五年。四次和亲实际是景皇帝后二年二次雁门战之后议和的结果。之后七年，尚未动兵。据我派遣女情报员报告，其间年头差隔端赖我随嫁女情报员多寡而决：

多，稳定年头就多；少，就少。总要淫遍意懒，便要兴兵。四次和亲年头搞得最长，是我们发现了这一规律，便多派情报员，将盩厔公主班将毕业和未结业正在校两个班一齐派出去，其中有数名高手，都是宫中历练过的，据报其中一人深深拿住军臣，致其数年下不了炕，下炕踩不住镫，恩宠一时盖过正主儿，遂有七年边地无鸣镝。

我说这人我认识么，叫什么？

小栾说您可能见过，也不一定，这人是大行皇帝晏驾后放出的内拨宫人。每回赶上这等好事我们便要去拣便宜——我不是盼这事阿，因为确实太难得，宫里放出来的人培训可以省却熟习宫中进退起坐这一最耗课时课程，民间女子即便出于罪臣之后官伎艺人也粗得很，讲卫生这关就过不了，眼力价都不在重点。

李广说匈奴都有炕了？小栾说左部阿西——匈奴语贵族的意思，很早就流行睡炕，也不是从我们这里传去的，是他们跟乌桓扶余往来学的。起初中行老师为了让单于多了解汉俗，也在茏城建了一间汉宫室，仿照天子卧寝将咱们互市颁赐的坛坛罐罐陈设于内，靠墙砌了一炕，后来成了行馆，每趟和亲公主头一宿都拿内当新房，免得初到胡地哪儿哪儿都不逮劲儿。

我说看来答应和亲战争也避免不了，和亲甚至有可能就是战争将要到来的警号。

阿老说和亲从来就是缓兵之计——在诸先帝认知中。匈奴发动战争理由太多，岁灾度荒，需要绢缯丝绵粳米酒曲便出人马，向我们伸手。所谓宽厚也是相对而言，白登围后最大规模入侵就发生在老上单于在位期间。所以匈奴要打是必然，不打是或然，今年不打明年不打来年一定打。

小栾说匈国贵左，故太子居左贤王，当前左王为太子於单，左谷蠡王为军臣四子、太子弟伊稚斜；右王是老上单于七弟、军臣七叔哀嫩……

我说上一辈人了。小栾说是。

我说这个七叔，在单于面前有没有说话的分量，他们决定一件事，譬如战、和这样的大事，要不要找这几个王商量，像咱们这样开个小会大家议一下，特别是牵扯到使用左右两部兵力，总要通个气听听意见。

小栾说不商量，全凭单于一人心意。匈国国土辽阔，几个王犹如我之诸侯平时都在自己领地，一年也就是蹛林大会见一面，国家层面的事基本不知道，问也无从插嘴。单于心意已决，调动左右两部兵力亦不商量，直接派飞骑传送命令，命令到，两部即刻奉命。

我说一直是这样么？小栾说一直不是这样。起初，头曼单于时代，匈奴不过万帐，全部落都在块儿堆，西击月氏，东击东胡，入我河南地，宗亲叔兄几个大穆他什还有个类似不等于我们的廷议，更像五帝世代的诸侯议事，叫"大吐扑兰提"，推举单于、指定牧场、分配苦也怜怜、大的战争行动都要过大吐扑兰提，依众议而定。某种程度上，几个同姓大穆他什对单于还有一定制约作用。这个情况到冒顿单于时代发生改变。大家都知道冒顿鸣镝射杀头曼单于弑父故事，冒顿这个单于是不合法的，没经过大吐扑兰提，因为冒顿在杀害其父后，又杀害了当时的太子、太子母和他的众叔父——头曼单于所有兄弟，以及与太子亲近他自己的几个异母兄弟。这些人都是大吐扑兰提成员，也就是说大吐扑兰提从此不存在了。我汉史笔称：弑父自立。这之后，冒顿再没恢复诸王议事制度，重建大吐扑兰提，而是凡事定于一尊，率全国之众，向东大破东胡，擒杀东胡王，掳其民众畜产；向西击走月氏；向北，征服屈射、丁零、坚昆诸国；向南，并吞楼烦、白羊河南王；悉数收复蒙恬侵夺匈奴旧土，与我相持于秦以前边界河南塞，兵威到达朝那、肤施，进而侵扰燕、代。当时我汉正与楚项羽拉锯，中国无力向北作战，冒顿遂成北方雄主，国势一时号称史上最强，国土最大，东连鲜卑乌桓，西控呼揭丁零到达讶依思河谷。匈奴贵族都很佩服冒顿，认为他贤明有才能，十分乐意服从他的领导。为治理他那新得来的辽阔国土和众多民众，冒顿变革旧制，将匈奴本部一分为三，设立左右部，封太子稽粥为左贤王，统治东方，面对我上谷以东地区；另一子哀嫩做右贤王，统治西方，面对我上郡以西地区，与氐、羌接壤；他自己率匈奴本部，以茏城为单于庭所在，面对我代郡、云中地区。其他两个成年儿子分别封在左右贤王下面做谷蠡王，皆赐给最大草场和最多人民。又以当面上谕方式亲口废除同姓宗亲中尚保有穆他什头衔者。依头曼单于所开旧例，将这些宗亲和拥有自己部落他姓贵族一律纳入四等军职，在大将依那什下面新设大都尉，当户改称大当户，下设骨都侯。左本右三部共授同姓宗亲七人，呼衍、兰、须卜三大姓十二人，加上四王和单于本人，共二十四位带兵首长。

这就是中行老师所说"匈奴官制自冒顿始"之由来。小栾说。完整表述应修正为：自头曼始，定于冒顿。此次定制后，宗室亲贵再无力量——无一人可牵制单于。用阿老刻薄话说：都给流放出去了。是用地理区隔、制度性保证了单于汗权不受挑战。冒顿单于重要政治遗产还有诸王、四等军职以上人员就职前对单于必须履行的效忠宣誓，因仪式秘密举行，只发生在就职人、单于之间，一般情况下一对一，我们了解不够详细，目前所知仅有伏地吻靴、黥面、剃发……

我说什么意思呀？小栾说你见过他们内发型么？

我说没有，来的人都戴着皮帽子甭管冬天夏天。

小栾说回头我找一匈奴朋友，摘了獭帽让您瞧瞧，他们头圈都剃了，只在额前留一撮，后尾儿梳两条小辫垂在耳后，马上民族都剃头，可能是骑马奔驰头发太长风吹阻挡视线披头散发自个也不舒服。匈奴风俗，男子十二剃发，以示成年。这人生头一遭必须父亲亲手为儿子剃。所以——我猜阿，仪式应该是单于为就职人剃，象征性的，取额前一撮，象征单于和此人关系从此形同父子。黥面，他们脸上内刺青你总见过吧，画得跟猫脸似的。

我说见过，挺好看的，有的一笑跟满脸是嘴似的。

小栾说刺青，必要见血，不会是来者给单于刺，只能是单于给来者刺，单于拿刀，我伸着脸，我寻思着，是歃血而盟升级版，我把脸和血交出去，也就意味着把名誉、性命交付于大哥，是死心塌地的信从。

我说好私人呀。

小栾说所以时间长，每次仪式两个人在一个帐子里搞半天。

窦婴说这特么都是把国事搞成了私事。

小栾说仪式过后，就职人就对——有资格对单于称：因赛姆地；——主人。这是一种极高荣誉，一般只有单于最亲近、从小把单于带大的家族老奴才有资格这么叫。再有就是阿克为甚，直译发小儿，也叫伴伴儿，从小陪单于玩耍，长大作为单于亲兵侍从，为单于挨刀挡箭，累有战功受封有爵者，有资格这么叫。就像韩嫣韩说李敢李当户和你的关系一样。

我说将来我派他们建功去……噢我才反应过来，广叔，你给儿子这名字起得讲究。

李广说我根本没往呢儿想，我是让他当家立户。

小栾说回到您刚才所问问题上，单于有事跟人商量么，还是有，不跟别人商量，跟阿克为甚念叨。这些阿克为甚出身低微，有的原是苦怜，有的是音色拉，还有异族，有今天地位全靠单于，故单于信任他们，近乎内宠，就像你跟司马迁东方朔马相如关系一样。

我说你能别老拿我举例么？

李广程不识说举例好举例好，这样听得懂。

小栾说冒顿单于是个勤政精力旺盛的人，事无巨细眉毛胡子一把抓，当时的阿克为甚作用还不明显。太子稽粥自幼处于这样一个强势父亲之下，性格有点内向，在左部做贤王时秋狩经常到我老翁丈领地去，我老翁丈所在坝上出一种白鹿，匈奴尚白，以为吉祥，捕捉到白鹿，进献单于，能得到单于欢心和大大的赏赐。我老翁丈那时还年轻，还是个小孩，经常跟在稽粥后面看他给鹿到处下套儿，有时套着梅花鹿就当场烤了吃，稽粥还叫他一起吃，关系搞得很近。据我老翁丈讲，稽粥太子心细，下套如同绣花，烤鹿皮上内毛拿刀尖一根根挑。平常不太爱说话，下雨刮大风就一人呆在帐子里，咚咚敲东西，雨停了，拿块毡子出来。听跟他的伴伴儿讲，主子最大爱好是捶毡，拿木槌一点点把一撮羊毛捶成一片毡子，赏人用来擦嘴或雨后草地野食垫屁股底下。匈人不懂纺织，身上所穿袍裤都是取兽皮以麻绳或皮线勾结串连，粗针大脚穿着跟门帘似的，哪儿哪儿都透风，真挡风还得围块毡子。手工搥毡是最古老制毡法，缺点是厚薄不匀动辄掰下一块跟酥饼似的，那时已被淘汰，改为轧制法，全匈国也只有太子一人继承了这一技法。到太子继位成为老上单于，还是不爱说话，还是爱制毡，但是放弃手搥法，置一套丈八夹棍，没事自己摘一天羊毛，絮案板上，骑上夹棍像轧面条那样蹦蹦跳跳一遍遍轧来轧去，自己大帐所铺地毡都是自个轧的，多余富裕的卷起来堆至穹庐顶，说准备给自个弄一毡房。各王、依那什派来问候进献物产信使都是阿克为甚出面应对收授。外国使节到访，老上单于出来接见也是不说话，由阿克为甚代言。也就是从那时起，阿克为甚在单于庭有了朝臣地位，就像田蚡老师、韩安国老师、窦婴老前辈在您跟前一样。

我说说得咱们跟匈国一样似的。

田蚡说差不多，我们也是出身低微，全靠了您。

我说别这么聊别这么聊！

小栾说某年蹛林大会，我老翁丈亲眼得见众王、依那什、大都尉、大当户参见单于，往上传贡物，都是内个他从小就认识叫色内赤的阿克为甚一趟一趟接，回头跟单于说收了什么谁送的，再回头冲进贡者高喊：阿努努——匈奴语收下了的意思。因为没加敬语赤马虎，是在上者对在下者——

单于对群臣的口气。老上单于从头至尾就没听到说什么。后来各王轮流上前和单于说家常话，汇报自己家里情况，有些事情请求单于批准，譬如废长立幼，譬如老嫂子改嫁，还是这个门，嫁给另一个兄弟，才听到单于声音，也是一句话：特马者。老上单于在位十七年，阿克为甚集团势力日兹庞盛，渐至完全把持朝政，其集团之首色内赤人称"卞齿阿克为甚"也即大阿克为甚。匈国亲贵提到此人便说"柯蓝微蓝"，翻成汉话：决定者。老上单于八年也即文皇帝十四年入我朝那，十七年也即文皇帝后六年入我上郡、云中，据说都是柯蓝微蓝谋划。尤其是十七年，老上单于崩于秋，匈奴入侵于冬，可知柯蓝微蓝权力已可以调动兵力。故军臣单于继位当日，即手刃柯蓝微蓝于帐下，其余各王、各依那什、大都尉、大当户一齐发动，尽屠阿克为甚集团诸辈。之所以劳动诸王、依那什亲自动手，除衔怨甚深，更因阿克为甚防范甚严，自老上单于即位便不许诸王、依那什亲兵近卫进帐。这条铁律军臣单于继承下来了。虽说他甫到位即剪除前朝阿克为甚集团，但是阿克为甚这种信用家将草原政体特征从未在匈国政制中消失。

起初，军臣单于甫入职，也热乎了两年，凡事亲自听汇报，做决定，像冒顿单于那样彻夜不眠，帐中油火长明，总是挤满下官、外国使节和押解前来问案的罪犯及小吏，吃饭都是便当，凉羊腿马奶酒。三年头上就有点缺觉，夜里胃疼，摁着肚子谈工作，下官谈着谈着就不敢往下说了，脸色着实吓人。一日破晓，谈工作的人刚散，军臣单于立刻躺地上打滚，一位毗蓝氏，也即妃，正在帐内候着，出来相劝：你不能这么拼了，身子骨没了就啥也没了。

我说此妃谅必又是我署情报员，看来下不来炕原因也是多样。栾说也不都是，人自个还有人。

李广说为什么劝他不拼呢，让他拼，拼死算。

阿老说我们派的不是刺客，围绕一届单于建立工作关系很费周章，换一任就要重新布局。

小栾说自此军臣单于也逐渐放手，将一般事务交给他亲信的阿克为甚处理，渐渐也有了他的大阿克为甚，就是经常访问我国，每次和亲都是他的特使，眼下正坐在国宾馆傻等信儿的左骨都侯呼衍朵尼大人。

我说呕，这个人这么重要。你不是说阿克为甚出身微贱，不是奴、平民就是外族，这个人有点显赫呀。

小栾说也不尽然，呼衍虽为贵种，世系久远也有很多沦落为民，甚至为奴，世勋世葆在我汉也非易事。此人原是军臣单于旧人，军臣幼时未立太子此人便在帐前挎刀，军臣到左部做王就将此人带到东方，跟着军臣一步不拉，从什长、百长、千长干到骨都侯。军臣做了单于，做此人工作，要此人跟他回本部，哎，他什么人呀，单于跟他什么关系？在匈奴，面对至高无上的单于，不要讲他一个骨都侯，就是亲儿子、亲叔叔——王，依那什，在下者面对在上者，跟你交代一件事，你连张嘴、眨巴眼的权利都没有，只有立即、跑步执行！单于做过谁工作呀，单于跟谁不是说一不二？就在他这儿，不知破了多少例，先是允许他调回本部后继续保留在左部的领地和骨都侯衔称，他这一级没这样的，都是待遇职称跟着人走，在各部拥有领地那是王以上的特权。又特地修改军人守则，骨都侯是军职，带兵的人，军人守则第一条就是不得干政，匈国对这个限制一向很严，涉及汗权。修改后加一备注：紧急情况确属必需，经单于批准，可临时委任左右骨都侯辅政，直至委任撤销。这不是专为他而设么？

窦婴说这个人很能打么，单于为什么这么离不开他？韩安国说能打的人也太多了吧，这世上缺能打的人么？田蚡说我能理解他。

我说他爱他。

小栾说谁爱谁？

我说军臣单于爱呼衍朵尼。这还看不出来，男人和男人之间也会产生感情，你不要光想他们地位差距。

小栾说据匈国左部朋友讲，其人之勇不过匹夫，之智不过中等，军臣爱惜他，私心不知道，公心确乎其也可寻，呼衍氏本出山戎，朵尼原是军都八达岭人，对旧燕之地今我上谷、渔阳、右北平、辽西地形风貌概有知解，更令军臣一时难得的是朵尼对东北诸胡秽貊肃慎朝鲜同样熟悉，会说多国语，军臣才到左部，两眼一摸黑，左部情况复杂，跟前正需要这样一个人。我汉史笔未见记载，其实匈奴左部大敌非我，而是东北诸胡，过去有东胡横在中间，两边不见面，冒顿灭东胡后，其左部就直接面对这几个胡国。终老上一朝至军臣朝，匈奴对我历次入侵均发动于本部、右部，左部始终与我维持和平，为什么？盖因其关注力始终放在东部边境。东北内几个胡都不是善茬儿，生活水平都不高，种点地，打个猎，养个猪，渍点酸菜，你抢我，我特么还抢你呢！匈奴人连猪都没听说过你敢信么？几次打过去，东北胡全钻老林子，老林子这密，跟长着手似的，匈奴马腿迈不开，一走就有人扯你，秽貊人骑树杈上脸跟树叶一个色儿，打马通过树下闻得见脚丫子味儿瞧不见人，跟着人就蹦你背上小攮子抹了你脖子。匈奴损失很大，背点酸菜回去。肃慎内箭您听说过吧，一尺多长，青石为镞，射人击中就是一大坑。我老翁丈，战斗英雄，匈奴第三勇士，冒顿单于亲授"撒瓦士"，也就是勇士称号。参加过匈奴开国以来历次大战，灭东胡，击月氏，征丁零，围高祖。万骑冲锋你能想象内沸腾场面么？回回跑第一骑，匈奴话叫"尤客"，又叫上皮尤——冠军骑。身上脸上中过的箭就甭提了，有一回天热姆爷儿俩下河搓澡，我还以为老爷子身上内都是刺青呢，还问呢：这怎么看呀？老爷子说竖着看，都是箭绣的。老上七年，征秽貊，一直打到肃慎，挨了肃慎一箭，射肩窝这儿，一大坑，塌下去，能塞一拳头，今天抬臂不能过肩。从此退出行伍，专心管理领地，从事对我汉友好工作。

我说这个朵尼确实帮到军臣了？小栾说具体内情说不上，王恢负责联络朵尼，我只和朵尼吃过几次饭，他也做生意，尤特喜欢咱们蓟地的二锅头，就好这口儿清香，我们送单于的夜郎枸酱特烧，嫌香型怪，一股熏虫子味儿，单于喜欢，图喝多了第二天不头疼，所以每回他陪单于喝酒都是单于喝枸酱他喝二逮子。我们特为他买了一烧锅，每回出酒先给他提两车五十六度纯粮不含杂醇，他不在就送到他的领地。

我说你们的工作很到位。

小栾说朵尼很谨慎，跟我们吃饭很少谈他和单于关系，喝再多酒也是醒的，总说我们都是单于的仆人，不但身家，脑袋都是单于的，单于要，立刻摘下给他，在单于面前只有听喝的份儿。太深的话也不便说，慢慢经营吧。用我们其他匈奴朋友话说情况没有变好也没有变坏，匈奴年年征秽貊，秽貊岁岁伐匈奴，两家你打过来我打过去，今天你牵我一只羊，明天我揪你一头蒜，谁也吃不掉谁，匈奴一进老林子就没辙，秽貊一见大草原就傻眼，我们就看热闹，两边交朋友。

我说这个好，我们看热闹，他们打。如果我们在西方、匈奴右部方向也交几个朋友，负担就小多了。

当日,二署情况听完,决定下次会议地点改去一署。东方朔兼会务,散会时一一通知到人:明日巳时一刻全体人员在一署作战室集合。

4

又明日，王恢安排我和呼衍朵尼早起见面，因为巳时还有会，时间定在辰时。我也学单于，跟王恢说待会儿朵尼来了我不说话，全你说，咱们给他造一假象，假装你是我大阿克为甚。王恢说行。我说你上来你上来，你站我身边来。

一会儿，朵尼来了，后脑勺扣着獭帽，俩膀子架一毛领大氅，跟鹰似的。当日虽叫冬十月，长安唧鸟还在树荫里叫呢，我们都穿绸，朵尼泅脖子流汗，宣室刚翻修过，原先石地换成一种据说可防刺客木地板，光脚踩上去都吱吱扭扭响，朵尼汗珠子又大又沉，掉地板上跟鱼吐泡似的啪一声、啵一声，人没到，汗味儿先到了。

朵尼掸着衣裳说天所立匈奴大单于敬问皇帝无恙。

王恢说皇帝敬问匈奴大单于无恙。朵尼叽叽咕咕说一堆匈奴话。王恢叽叽咕咕回一堆。朵尼开始往上传礼物，王恢下台阶一件件接上来,说您都认得我就不跟您一样样报了。我不嗳嗳,就瞅着王恢。王恢扭脸喊:河磨玉!紫貂皮!精炼羊奶酥酪——阿努努!

朵尼掸衣裳,说艾未立克纳苏马苏给未钥匙?

王恢说不!

朵尼说萨特内则马弄内夹克?

王恢说塞内堤内。

我说他说嫩么长你怎说嫩短呀?王恢说问咱们和亲的事呐,我说行。我说我怎么听你说的是不阿?王恢说匈奴语"行"就是"不"。他问乃天,我说听您的。

朵尼说阴笸箩特龙夹泥索列没鞋拟似特优龙。

王恢说非要听您亲口说行。

我说不!

朵尼掸衣裳,说秋陪谁配淋得淋。一边掸衣裳一边低头抚胸鞠躬,一步步退出去。

王恢一边鞠躬回礼一边翻译:感谢皇帝。

我说特马者。王恢惊回首:您跟哪儿学的这句?

我说是不是不该搁这儿说呀?

王恢笑:说就说了吧,您还是憋不住。

我说匈奴这个礼还是很有意思,说撒没有转身就走的,是不是对尊者才这样不能把屁股冲人。

王恢说不熟的人也这样,怕背上挨一箭。

我说怎么进来我没印象他行过礼净瞧掸衣裳了。

王恢说内就是礼了,他还抚胸呢你是不是以为他挠痒痒呢。

我说以为他热呢。哎他怎没摘帽阿,我还等着看他发型呢。

王恢说是哈应该脱帽,匈奴人进人家都要脱帽,哪么毡房里只有女人,没拢火冷得冻掉耳朵,也要先脱帽问候完再捂上,这是客礼。但是自高后起,匈奴来汉使者就不脱帽,以示倨傲。查阅大行所存惠、文、景三朝匈国来使注备,皆曰:倨礼不拜。臣深以为恨。

我说你很看重他们么,这些匈奴人是你朋友,超过父母、妻儿和我,你的君父?王恢说没有阿,我都不认识他们,我只是……我说那你在乎他们干吗,长安城里那么多人,有自命不凡的,有刻薄的,有心理阴暗的,你估计多少人会说你好,欣赏你,一半有没有,三分之一?王恢说到不了,他们也不了解我。

我说你会恨内一半、三分之二么?王恢说不会,他们是谁呀?我跟他们过不着。我说还是的,匈奴就跟咱们过得着了?内帮土鳖,吃饭碗都不洗,还拿舌头舔呢,跟他比谁更瞧不上谁,谁更无礼,把孙子比下去了,有意思么?他们怎看咱们,不重要,今天咱俩表现就很好,他倨傲无礼,咱俩都没发脚。下回还这样,他爱怎么演怎么演,咱们要是多说一句,就是给他脸了。对这帮缺最好的回应就是:我都不知道你急了。

王恢说上,上,特想问您一句,今天你假深,忍着不说话,有意思么?

我说嗯,我发现我还是一爱说话的人,憋着光听别人聊,比什么都难受。

出门登车,紧赶慢赶抢道并线闯红灯笼到达一署(马迁按:时,长安在长乐未央两宫门外、北阙甲第胡同口、甲一号院、北军总院几个重要机关路口都建立了根据灯笼指示通行制度,红灯笼停,绿灯笼行,由各单位看门大爷执行,平时挂红灯笼禁行,上銮驾一路绿灯笼,当时不叫交通秩序,叫警跸),已是巳时三刻。李广程不识都在院里蹲着。我说对不起对不起来晚了有点事,你们怎么都不进去呀?李广说你进去瞧瞧就知道了,下不去脚。我说怎么会呢我来过呀地方够使。说着抬腿进了作战室。屋里当界儿安一巨宽方正台子,上头一半苫布一半全是灰,地下也到处是黄土、砂子和灰浆。夏侯赐跟阿老窦婴田蚡几个面对墙仰着头伸手拿拃比划,说这顶天立地能挂三丈……

我说你们装修呐?几个人回头说:阿,你来了。

夏侯赐说我们正说地图将来挂哪儿呢。我说咱们有地图了?夏侯赐说阿老答应送我们一幅,上回打闽越您不是批评我们了,行军靠打听,追击靠脚印,我们就和二署合作,准备改变这一状况。阿老说正在绣，进度比较慢主要还是一些地方的地形还没摸回来，绣女有时要等，有时窝工。夏侯赐说所以我们决定，还是先用这个沙盘开——会！夏侯赐一使劲，把蒙着台子苫布掀开，露出里边土捏的小山脉、牙签扎的小树林、绿丝绒栽的草皮和白绫子粘的河流和零星散落山水其间杂以上了油彩小泥人。

夏侯赐说也是正弄着一半，现在能看的主要在我们方面，匈奴内边主要山脉、河流、二十四个大领管区图有了，还没来及施工。

我扶膝半蹲细瞧，指一条白绫说这是黄河对不？

夏侯说对。

我说这是阴山。

夏侯说看出来了？

我说很明显。搞得不错嘛，很精致。

田蚡说没法不精致，他把横门九市最好的盆景师傅、糊窗户扎席棚高手、泥人世家全调来了，我们家老太太过生日，想在花园扎一席棚，送老太太一套兔爷都找不着人接活儿。

我说这里有糊窗户扎席棚什么事？田蚡说您没看出来，这里要的全是绢活儿，整个作品底下先要拿一张整绢绷上，先不说纺出这么大一张绢有多么难，就说这绷，没扎过十年席棚就绷不直，就起绺，再糊三层帛，不是糊窗户老手打出内糨子就起疙瘩，就刷不平，兹凡有一点不实，将来就跟内烙饼似的起层，遇热鼓包，凉了窝陷，在上面做的地势就要变形，戈壁起山，山今高明儿低还歪，不能反映真实走向和标高。

夏侯憨厚笑：作战沙盘不敢不用心。陛下您往这边瞧。一排人让出墙根，墙根码一组架子，上下三层，摆满巴掌高素色泥人，凑近一瞧，全是士兵，一组左衽开身直襟上衣，合裆扎腿裤，足蹬毡靴，手执弓和直刀；一组窄袖过膝宽袍，外敷革纹坎肩，同样毡靴，持手盾短矛；个个端肩翘须，扬眉豁目，神气活现。

我说这是匈奴兵阿！捏得好，脸上胡子都能数出根儿。田蚡说要不说是专捏兔爷的呢。

夏侯说这是一部分，主要是弓骑兵和矛骑兵，还没来及著色。将来我们准备根据已掌握军臣单于左右贤王以下二十四位带兵将领真实画像请泥人刘捏一组一比一等高群像，再把收集来匈奴贵族穿过的靴帽氅服给泥人穿上，和这组当兵的群像摆在一起，在骑裆阁搞一次匈奴各军兵种识别展览，让我军每个高中级将尉都对将来战场上可能遇到对手做到心中有数。

我问阿老二十四大腕儿长什么样都搞到手了？

阿老说二十三个有了，就差右大都尉，今年蹛林大会他报病危没来，我们准备等他一年，看他死得了死不了，死不了，还不来，我们就去讶依思河谷找他。

我说紧西边了,那可够远的。

阿老说再远,天边,也要见到他。我们下的决心是不止这二十四个大头头,五年之内,左本右三部,骨都侯以下千长、百长——争取到什长;还有各部自封裨小王、相、都尉、当户、且渠——全部匈奴部队、军政首长都给他捏一个像,建一套档案。

我说好!建议将来工程完成,找一个地方,把这个展览变成永久性展出,组织部队参观。将来匈奴不再为患,也可以开放给老百姓参观,也是国防、历史双教育,告诉子孙我们曾经面对多么强大凶恶的敌人。

郦坚说泥人刘,等高——不就成雕塑了,行么?

夏侯赐说他说行。郦坚说他说行?我可知道,捏泥人和庙里堆伏羲爷、女娲奶奶像不是一回事,请的师傅也不是一拨人。上回接壁儿九天巫祠迁祠,再造九天娘娘真身,我去看了,我孙子地上拣块泥,请人师傅给捏个蛤蟆,人连我一起鄙视了。

夏侯赐看田蚡,田蚡说一回事一回事,都是玩泥。又附耳跟我嘀咕了几句。我说他呀!他不是卖小肠么,怎么又泥人刘了?田蚡说说是本来干的也是剖肠开膛的活儿,解剖熟,练小吃摊是勤行,一年到头跟毛兔子似的,就改了手工艺,好歹是坐堂经营,家里后山墙掏个洞,隔着窗就卖了,虽也是满手泥,身上内懊糟味儿去了,到哪儿遇见狗也不冲他呲牙了，老来找我，问有没有大活儿给他，掰不过面子就推荐给夏侯。

我说他不行，照顾，上林苑有的是刷墙的活儿，你让他找我。这个军博造像还是找给庙里干过有经验的老师傅，你们么有认识人，么有我找宛若推荐。

田蚡说这就不劳您费心了，我们连造城的都认识一大把。

我说那就把人叫进来，就和着这地儿把会开了，这些砂子灰浆是不是能挪个地儿？

夏侯赐说早叫他们拿扫帚簸箕去，这会儿还不来，我去催。正说着进来几个当兵的，拎着笤帚木锨一沓麻袋，低头就扫、撮、装麻袋，屋里登时暴土扬烟，大家都闪出去在太阳底下站着，李广说你们也出来了。

当兵的背着几大麻袋走了。夏侯赐跑到一食堂门口水井台上摇辘轳，提了桶水，灌进锡皮花洒，自己拎着，进屋洒了两遍水，才叫我们：进来吧。

一署作战室，七国叛乱时给我爸送饭来过一次，中六年、后二年匈奴两次入雁门，我那时已是太子，要参加作战室值班，印象中开间很大，皇帝、太子、太尉、长史、各将军、有关令、丞、尉，一人坐一垫儿也就占了小半间，还有过道够几个人同时站起来踱步，传达吏跑过来跑过去报告前方消息、接受命令，谁跟谁互相也不撞肩，还够顺墙根打一排地铺，实在累了困了去躺会儿衣冠盖脸眯会儿也不会让人踩着。

另大半间摆着一张张书几，坐满抄刻吏，命令不断下达，抄刻吏一人一小刀子即刻即送，满屋子兹兹叫能钻进人心——自楚汉相争讫我汉军中就立大令，军令一律不得墨书，只能刻写，也是当时军队成分复杂拉出去打进来确也发生叛将添笔减笔矫制军令事。

但是，没有一张图、一架沙盘等直观形象的东西。前方情况不断变化，敌军位置、我军位置随时都在移动，现在到达哪里，按命令应该到达哪里，为什么没到，时间、地点、番号三要素都要口述表达；现场参谋人员分析、研判，首长担心、决心，亦都要口头讲解、争辩、互相说服；所以作战室人人都在扯着脖子嚷嚷，人声鼎沸至出了门回家躺进被窝耳朵还嗡嗡响，符合指挥全都靠吼这一原始司令部工作方式和气氛。

现在有了沙盘，地方显小了，七八个人围着沙盘戳着，一撤步背就靠墙。沙盘高度也还需要调整，有点高，到人肚脐，符合人体工程学舒适高度应该在裆下，这样就能两手摁着台子微微倾身，现在的高度直接卡住肚腩，想往远看心理、视线上都有点够着，肚子大的譬如窦婴感觉永远到不了跟前，被晾在后面。

我们进来的时候发现还有一个兵没走，正趴在另一半表示匈奴部分的空白沙盘上拿块抹布拼命擦灰。

夏侯赐叫内个兵：你可以走了。弯腰从台子底下提起半吊已废止流通三铢钱，哗啦哗啦拆散分几摞码台面上，兰花指捏起一只亮给我们看：刷绿漆代表万，没刷漆代表千，相加就是匈奴各部兵力总和。然后绕台框盯着匈奴内片空白走柳，一边思忖一边把钱一、俩、仨分别押在不同区位，晃着手里还剩俩铜钱，一根手指数台面上钱墩：一、二……二十四，齐活！

手里换一三爪长杆，指到哪儿介绍到哪儿：左部六大管区与我接壤只有左骨都侯管区和左大都尉管区。两管区以单晶河为界，西为骨都侯管区，东为大都尉管区。北以饶乐水为界。两管区主要牧场都在饶乐水左岸，枯水季有牧民会涉过饶乐水至右岸放牧，以不逾浑善达克沙地为限，逾浑善达克则进入大当户管区。

两管区人民素与我友好，尤特以与我交界长城之侧塞外坝上人民与我亲善，其相当部分原为我汉子民，个中一些老人还曾在我军服役，是卢绾、陈豨带过去的人，当年人在军中，拖过去也是身不由己，如今人到暮年，闻我汉村笛野歌则涕下，人虽胡服，情感、胃还是汉的。两管区首长之前二署多有评估，诸位也都听到了。呼衍朵尼平日不在管区，管区事务寻常由其弟呼衍花梨打理。呼衍家族领地最小，力量也最小，夹七杂八合族加一块不足四千骑姑且以四千骑计。

其中多为散户牧骑，呼衍花梨真正掌握在手家兵家将不过千骑，一般用于给商队走镖。这个人——呼衍家族，是我汉主要贸易对象，其家族控制的红山口，是代地粟米麻醋椴木酒曲输往草原重要关口，与雁门马邑、渔阳白河口并称三大口岸。我汉与呼衍家族交往多限于经济活动，军事上可说对我不构成威胁。须卜居祥不用说了，是我们过心的老朋友、老庆家、好邻居。他的管区所领地域原先是东胡地，目前与东胡残部乌桓隔饶乐水、乌桓山相望，主要防御方向是东。乌桓不足虑，乌桓东面是秽貊。秽貊袭扰匈国经常借道乌桓或通过乌桓渗透，也因此居祥军力较呼衍倍之，达万骑。一旦东方有事，譬如越过乌桓打秽貊，呼衍帐下四千骑东调参战亦拨归居祥指挥——夏侯赐用爪杆把四枚铜钱和一枚绿钱耙到一起。

居祥，一代战将。夏侯赐说。可是大器！用其本人话讲：我居祥虽拥万骑，无一马首望南！我署虽未将其部划为友军，仍将其管区列为低风险地区。

夏侯赐说大都尉管区之北，自浑善达克、达来诺尔上探至弓卢水是左谷蠡王伊稚斜管区。起初，冒顿单于以斡勒扎水为界，将河西土地封给左贤王，河东封给谷蠡王，左贤王领地倍于谷蠡王。后冒顿击灭东胡，将马群牛羊从弓卢水流域赶到抹利牙水流域吃草，谷蠡王管区就几与左贤王管区相等——另一说法大大超过了。因为东方边界没有明确划分而谷蠡王当面东胡残部新败闻匈骑鸣镝伏蹿，当时的谷蠡王冒顿三哥斐特难一路驱赶他们，将他们赶过海拉尔河，赶进根河以东终年积雪大兴安岭秃顶子山也叫鲜卑山，拓地千里，这其间众多人民牲畜也就尽归于他了。这之后，老上单于继位，将他四弟勃古赛封为左谷蠡王，原先谷蠡王斐特难继承王位家业的六子窝阔思降为左大将，将谷蠡王管区一分为二，人民牲畜亦一分为二。情报显示，斐特难时期谷蠡王部因担负对东主要作战任务，且虏获甚丰，实力一再扩充，到他死时兵力已达六万骑，为左部最强。左贤王亦不过万骑。分区之后勃古赛、窝阔思各领三万骑，还是左部最强。

我说也是王了，我的领地，我打下的地盘，单于说分就分，说拿走就拿走，就没想法么？

田蚡说韩信军脩武、号楚王，高皇帝还不是说夺军就夺军，说拿下就拿下，韩信又说什么了。

我说吴国也不是刘濞打下的，楚国也不是刘戊打下的，景皇帝削藩，还不是说反就反了。

夏侯赐说一般没想法，也还是有想法。单于处理此事的态度一向是：不服来战。老上十二年，窝阔思反，勃古赛与这位六哥战于额乐根河，不能取胜。大阿克为甚色内赤奉单于命，驱策千里，单人徒手入窝阔思行帐，取其首级还。

我说单人入帐，取首级还，这是反？

阿老说准确讲是纠纷，两家牲口混群，分群分不清楚，一家认为一家占了便宜，打起来了，死了人，好像还是个且渠那样的小头头。左贤王当和事佬，命两家自去抚恤亡者，两家均不服，越级报到单于那里，请单于裁决，裁决下来了，色内赤去传旨：命窝阔思自裁。当时中行老师还在，我那里有详细报告。

阿老掌握情况比我多。夏侯赐说。同年，囚禁流放窝阔思诸子于北海，撤销左大将管区，土地人民牲畜并入谷蠡王管区。四年后，老上单于崩，军臣单于继位，封太子於单为左贤王，三弟伊稚斜接谷蠡王位子，重新恢复左大将管区，降勃古赛为左大将，管区指定在额尔古纳河与北海之间，只允其带走原本部人马，计万三千骑。为窝阔思平反，允其子孙从流放地北海返回他们的内地弓卢水南岸，在浑善达克与弓卢水之间大当户管区西缘靠近单于庭方向划出一块地给他们居住，任命窝阔思还活着儿子中最长者三子达窝思为大当户，允其收留来归原本部流落人马，计……

我说等等、等等，原来内大当户还在么？

夏侯赐说还在，原大当户兰勃漆尼出自林胡……

我说俩大当户？

夏侯赐说是，一个同姓，一个异姓。

阿老说匈奴授双官位不是左部仅有，其他两部这种情况也有，其三部六级官制一职一授合共只能授十八人，今二十四位首长多出内六位全来自一职双授且都是高位。情况都是一样的情况，同姓宗亲必须安排无法安排实任已满，历史遗留问题，本枝子孙祖上功高，因罪获诛，今除罪昭雪多少应当补偿恢复家声哪怕只是个虚位。像这个达窝思，如果我没记错的话，他重新召集回来的旧部也不过三五千骑恐怕都说多了。

夏侯赐说二千七百五四舍五入姑且以三千计今年春天的统计。对我们来讲情况没有变化，伊稚斜的谷蠡王管区仍为左部最强，实数不足，号称五万骑。

夏侯赐用小耙子把台子上内几注钱扒拉来扒拉去：情况就是这么一情况，左部六大管区——哦七大！加上刚才未来及讲的兰勃漆尼管区万骑……我算术不好，田老师，麻烦你帮我算一下总账。

田蚡伸出食指数钱：一万、一万、一万、五万、一万三；三千、四千——呃，整十万。

我说累了，咱们先吃点东西吧，几点了都？

大家都看太阳，田蚡掏出一葫芦大小绿玻璃沙漏，说我这儿计着时呢，现在已过午时。一折个，沙子飒飒作响。窦婴说你净好东西，又是匈奴进口的吧？田蚡说喜欢拿走。阿老说我看看。夏侯赐说署里备了便饭，问门口候着的兵：饭得了么？兵说凉菜刚上。李广说那就去吧，我这儿已经饿半天了。大家说走走走。

出了门，沿廊子往一食堂走。韩安国说一食堂的猪肉粉条一绝。我说是么就爱吃粉条。大周坚说你吃过我们四食堂内豹子头么？韩安国说没有。我说你们怎还吃野生动物阿？大周坚说不是，你见了就知道，我叫他们做一个传过来。夏侯赐上了井台，摇辘轳，说我建议大家洗个手，刚才摸沙盘都沾了不少灰。大伙就着一桶水都洗了洗，甩着手张着爪子进了食堂。

阿老说你们这小餐厅装修过阿。夏侯赐说您老没来了，装修半年了。问大家：喝点酒么? 李广说来都来了。我说别看我，我没想法。窦婴说就一点，拿一瓮，总量控制。程不识说上回在你这儿吃内血旺不错。

夏侯赐说早说呀，我问问厨房，内逮赶上杀牛。负责上菜的兵说今天菜牌有。田蚡说馅饼有吧？夏侯说必须有。田蚡说你待会儿尝尝他们这馅饼，也就比饼叔烙的强蜡么一点。我说内什么内个，能先给我杯水么？夏侯说太能了——水！郦坚推开一扇窗支上，说我开个窗大伙没意见吧。大伙说开，正觉得这屋有点闷呢。你说这算冬天么程不识问我。我说已经叫他们准备改了，还恢复夏历。田蚡说你们内麦子收了。

夏侯说收了都种上高粱了。我说你们还种麦子呢。

田蚡说你可不知道他们这儿有长安城里唯一一块麦子地六亩还是七亩。夏侯说七亩，各位各位，一会儿走想着，一人预备五斤都尝尝新麦子我亲自推碾子磨的。我说七亩，不小阿，谁管阿，你们雇的把式？

夏侯说没多大，我管，我亲自种亲自浇水亲自拔苗哦不不——拔草。

田蚡说你听他的都是战士管。夏侯说哎你去问问我们这儿战士，秋收是不是我一人干的，不让他们插手，溜溜拔一天连摔泥带打捆从日出到日落就剩麦穗没捡，老腰都快累断了今儿还酸呢。

李广说能先吃了么，饿得不行了。夏侯说吃，谁饿谁吃，咱们就不来内些个穷讲究了。窦婴说我们这儿等酒呢。夏侯喊——酒！夺过战士手里提的酒瓮，说我给各位满上……一瓮不够阿，刚几个人就没了。

韩安国说咱几个匀匀。李广把一盘凉拌粉皮递给伺候桌的战士说味儿有点薄，跟厨房说加点盐再点勺儿醋。田蚡问谁呀老董怎么了？郦坚说炭中毒了，在我们家吃锅子没开窗，我太太，我，还有苏息，我们仨都没事，他躺下了。程不识说不应该呀炭中毒还分人么。大周坚捧着一簋进来说豹子头来了。一揭盖，里边一婴儿头嫩么大一堆肉馅。我说丸子呀。一战士捧着一簋进来，在郦坚身后立正：大人，菜搁哪儿阿？

郦坚说搁桌子中间，我们三食堂做的越国花雕鸡大家尝尝。田蚡说行阿，一家食堂一个菜，怎没瞧见二食堂的。阿老说呢儿不么，松花蛋，你吃好几个了。

飞飞繁荣进来说哟,今儿人够齐的。我说你们没走阿。繁荣说我们上哪儿阿。萧婴说我们穷,我拿了二斤鸡蛋自个养的鸡下的搁厨房了,还有葱,自个种的,叫他们摊鸡蛋。李广说说后勤穷谁信呐。我说一块吃吧。飞飞说别啦你们有事我们跟老曹另开一桌。

我说不没了么怎么又满上了?夏侯拎着瓮憨笑:哪能让您干瞧着呀。

吃差不多了,东方朔进来问下午会还开么?我说还开什么呀这都几点你吃了么?东方朔说刚跟厨房吃了,跟你们一样的菜。我喊田蚡!几点了?田蚡站起来上下摸自己,说我内沙漏呢,刚才传谁呢儿去了?

东方朔说那还明天巳时?我说行。东方朔挨个跟大伙作揖,说各位大人,明天巳时准点儿,老地方。

大伙起来嘻嘻哈哈往外走,说菜太多了,都不香了,以后就应该一人点一菜,守着自己内菜吃。

夏侯赐说馅饼有没有打包的?别忘了五斤面。

田蚡原地跺脚喊:谁拿我沙漏了?

5

五日,还在作战室。夏侯介绍单于本、右部十七管区分布和实力。摆在最前面即是单于直管区和本谷蠡王管区。匈国惯俗,本部不设贤王,单于下面直辖两个各有万骑的谷蠡王,均依贺兰山摆在河西,以苏峪口为界,在北称小谷蠡王,为军臣十一子尤内湿,对着我朔方;在南的称大谷蠡王,为老上九子,军臣九弟阿特。该部战力素称匈国最强,所踞位置对我威胁最大,是深嵌于我北边一只楔子,向东可入我上郡,向南直下我北地,距我长安直线距离不足二千里,良马三日,劣马五日即可到我甘泉。文皇帝十四年匈奴入朝那、萧关,后六年,入上郡,该部皆为前锋,杀我北地都尉孙印,烧我回中宫,屠我人民,掳我子女财帛,都是该部所为,两次,该部哨骑抵我甘泉。

夏侯说贺兰山以东至阴山属单于直管区,其地甚广,南抵武州塞,北依狼居胥山。(司马迁注:又名狼居胥山。狼居胥,汉匈协和语。匈奴语读苦毒尼牙胥,意为狼居住的地方。)其西北,各有一个大将管区,北大将为头曼庶孙抛什黑,西大将为冒顿长子、前大谷蠡王亓思刻。北大将管区东邻左大将,同处娑陵水三角洲,属北海之滨,是苦寒之地,牛羊难以繁殖,所部实力无法摸清,总不过千数百骑,又距我万里,可忽略不计。西大将实力应在万骑,亦距我甚远,主要牧场在郅居水——大概两岸吧,又隔着燕然山脉,在匈国大盘子上主要是对右部战役行动给予战略支撑,与右大将管区联系紧密。匈国右部之北半壁为坚昆,坚昆新为匈奴收服,虽保留部落自治、降王号为大都尉,实处于半独立状态,右大将兼有看管弹压之责。

直管区东南方向各有一个大都尉管区。东大都尉又称上大都尉,为军臣五子兀吐思,管区位于弓卢水之右,东接兰勃漆尼左大当户,实力万骑。南大都尉又称下大都尉,为军臣八子苦叻拜,居饶乐水,面对我云中,实力万骑,景皇帝时期匈奴两次入雁门,该部均为主力,十分能打,尤善破关,两次击败我军,杀我吏卒二千,斩我太守冯敬,是值得重视的部队。

本大当户管区设于大漠之南、黑水弱水之间,面对我陇西与二谷蠡王成犄角之势。该部由军臣十四子勃度赫领掌,军力尤强是本部唯一双万骑管区,距长安尤近不足千六百里，而该部至今无犯境记录。该部作战姿态主要面向西方大国月氏及西南诸羌。李广老师对该部较熟，可以请李广老师介绍一下该部情况。

李广说我就知道你下边就会提我，你们还要拿我打镲到什么时候，不要给我多了，五千骑，提勃度赫人头来见。我说说说嘛，他内个部队都有什么特点。

李广说他内个部队就是个杂牌军，两万骑多一半是伪军，收编的各种羌、打月氏归降的小部落还有强征硬拉来的粟特人，粟特完全就是一帮商人，一边打着仗一边还跟我们做生意，田相当宝似的内玻璃葫芦，一把一把的。田蚡说你先别吹，你给我弄一个来。

我说那到底怎么回事呀，说你差点让他们俘虏了。

李广说哎，我一百人，他们万人，我下马卸鞍，光膀子站呢儿，说我就是李广，来吧！没一人敢上来，天擦黑全撤了，还叫我射了仨人，这叫差点活捉呀？

窦婴说上回说是射了七个，回回跟回回不一样。

我说你还是提名了。李广说噢我提自己名还不许啊？程不识说上回我们也是让匈奴围了，我喊我就是李广，也没人敢上来。李广说老程，我在外人面前可一向都说咱俩好。程不识抱拳。我说他们还是怕你。

李广说那我还真必须承认是这么回事。但是该怎么说怎么说，也不都是怂蛋，也有高人。我在陇西时你们一黄门郎长乐还是未央的我忘了，姓个宋，跟我们部队一个军候是亲戚，放假来玩跟我们部队借车出塞打野驴，碰上三个匈奴老牧民，几十号人全叫人射死，就剩老宋一人裆上挨一箭没伤着什么，跑回来了。我带人出去堵内三人，射死俩逮回一个，您猜怎么着，射雕的！所以这草原上有句话：谁也别觉得谁更高。

郦坚说还下半句呢。我说下半句是什么？

大周坚说：明天就让你遇见刀。

夏侯赐说本骨都侯处大漠之北、匈河之东，与右谷蠡王隔河相望，管区实力万骑，主要作战任务功能与西大将同。右谷蠡王之右是呼揭，也是白狄五部之一，降王号为右骨都侯，在本部实行自治，平日归右谷蠡王羁縻，战时加入谷蠡王战斗序列，受右王节制。

右王哀嫩，年高德劭，冒顿七子，少时即授右贤王。冒顿击月氏，收白狄五部，自兼总指挥，在前面拼死拼活作战的是哀嫩，可说今日匈奴有右部都是哀嫩一弓一马打下来的，打下来就坐镇于彼，几十年没挪窝，匈国第一撒瓦士，说的就是他。老上十年南下二击月氏，老头还带队打冲锋，苦战三年，亲斩月氏王于阵中，摘下脑袋刳骨镶金做成酒壶献给二哥——老上行二。二哥跟这七弟也亲，七弟也从不含糊，当年二哥上位，七弟头一个率右部拥戴。军臣单于上位，想动也不好动他，他内个部队都是自己带出来的，自己收税自己养军，占了燕然、金山之间最好的牧场，自己帐下能动员兵力即达六万骑，远超军臣直管区四万骑。右大将、谷蠡王是他两个儿子，别人插不进手。大都尉、骨都侯还有两个大当户都是降部，畏惧哀嫩更甚于单于，可说整个右部十万骑都握在哀嫩手里。

我说这就叫尾大不掉。看来也非如人所说，匈奴虽不知礼义其民对主家忠心远胜中国。单于也不能任意取上臣首级如探囊你们说哀嫩是不是匈奴刘濞？广叔，你跟匈奴熟，你怎么看匈奴人性？

李广说都是人，一个屌样！

田蚡说人家没反呢，未必不是哀嫩军臣叔侄同心。

阿老说主要还是一时无可替人选，军臣倒是想把自己儿子派过去可怎么控十万哀家军，人带少了不作劲，带多了先生嫌隙，控不好激起巨变也是自断一肢。

田蚡说提拔哀嫩子。

阿老说提拔哀嫩子，哀嫩倒是去了，还是哀家军。

我说那就祝他们都好吧。问田蚡：总军力算出来了么？

田蚡说算出来了，右部十万，左部十万，本部十二万。他呢儿说我这儿就加，他报完我也就加完了。

窦婴说剖开你心，里边一定是一排排算盘珠子。

6

六日，给几个署令放了天假，我、阿老、田蚡窦婴去鳌屋二署培训基地参加应届公主班结业礼，顺便看望一下公主们。小栾在基地门口等着，旁边站一个挽旋螺髻穿窄袖紧身绕襟深衣女子，一见我们给我们介绍：班主任，何彼秾女士，我署特地从虑得班挖来的名教。我说主任你好什么班？小栾说"虑而后能得"的虑得班，长安专门培养仕女名班。内些想进宫，傍上公侯，或者家里忽然阔了太太小姐还一脑袋秋黍花子，手没处放眼没处瞧、逮哪儿歪哪儿人家争相花大钱去上、去受罪掰姿势的——班。您没听说过？

我说我上哪儿听说去呀？小栾说宫里呀！今年你们选秀，前十名五名出自人家内班儿，我这八竿子扫不着的人都听说了。我说真哒，没问，还没闹清去年选的呢，前年的才记住长相。

主任说上，这边请。我说你们这班可长安有多少个阿？主任没接茬儿，只是介绍沿途营区建筑：这是许舍，这是教室……栾说围着你们两宫，民房都出租给班儿了。

主任说这是练功房，这是礼堂，这是食堂……带我们绕过礼堂直奔食堂。

我说结业礼也是饭局形式？主任说食堂，平时也是我们传授礼仪主要课堂。

进了食堂，姑娘们已经集合，沿西窗一侧列队，一水挽堕马髻著三重衣，见我们进来，右手藏左手袖子里挡着脑门一齐鞠躬九十度，一下把我臊着了。

小栾说您赶脚怎么样，像又回宫了么？

我说宫里没人这么迎过我呀。

小栾说诶哟您可别这么说，我们这可是专门请庄好庄老师来讲的课，亲身示范亲手提教过的。

阿老说可能长乐宫走的是这一套。我说老太太也特烦人多礼。我说田蚡，你平时不是也老去长乐，你见过么？田蚡说过节时候，大日子口，有。可能你不注意，你走哪儿人都回避，你就把回避当礼了。

栾说我们也怕走样儿，去查过叔孙通当年编的《汉礼·内则》，上面确实写着"帝后燕居行揖礼"什么的。

我说你们是宁信书，不信我这当事人？

栾说头几个班都是这么弄的，现在你说不是也不能改了。

我说行吧，就按你们想的、大家认为宫里应该什么样，去弄。单于不是也不知道咱宫里什么样儿么。

这时就见姑娘们倏尔矮半截，一齐趴地上，簌簌簌，膝行至近前，拿手垫脸，撅臀下拜。

我惊说：真没这个！田蚡拽我袖子：小点声，人主任不高兴了。我说噢噢不好意思。

主任耷拉脸，带着我们往东窗根走，东窗下摆着一溜坐垫，显见是给我们留的。我还跟阿老让呢：您坐中间，您岁数大，这儿您又是校长。阿老说我不坐中间，中间夹菜两边胳膊都有人挡害，我什么校长，我压根都不太来这儿。窦婴说这肯定分餐呀，坐这么开还并排。阿老说那我也不坐中间，说话老得来回拧头，我靠边。我说您把这边我把内边，中间留给主任。

我刚盘下，小栾赶过来，说您不在这儿，内边给您留了位。一指正南，有个红垫儿：您在那儿。

我说我就这儿了，我跟大伙坐一块儿。我说栾，你坐哪儿阿，你挨着我吧。栾说等会儿的阿。回头看主任，主任没表情，回头跟我说：主任的意思您还是坐南边，学员都看着呢，现在正是让她们把规矩立心里融化在经络里再好没有的机会。

我说你怕她是吗？栾说不是那么回事。

我说主任，我坐这儿行吗？栾赶紧把主任拉一边去，主任垮着脸身子扭来扭去，一会儿望天一会儿看窗，栾说行行你少说两句吧。

栾回来在我内侧落座，说这人就是较真。

我说你们真行，这点事叫人拿得死死的。

栾说我们这后边还俩班儿指着她呢。

我说赶明儿我来，我给你们当班主任。栾说您，我们还真不敢请，怕教出来的学员匈奴不认。含笑对主任：内什么，花儿姐，下面还啥节目赶紧开始吧。

花儿姐矜持一白眼，扭脸拍手对姑娘们喊：全体全体，起立退下。

姑娘们揣着手低着头面向我们碎步后退，像一把合上的扇子——抽！消失在门后。花儿姐嗓音高亢报幕：下一个节目：匈奴挤奶舞。

进来一瞎子，拎把马头琴，屈体地上一跪，曾，曾，锯起来。

一个换了匈奴长袄，俏皮扣着獭帽圆脸姑娘拎着一只桶，高张另一只手，仰脸贼着指尖，像眼前老有帘挡着，拨着闪着，不停寻摸，东看西亮相，走着慢猫步，不时跃一腿——上来；然后一脸夸张，寻着宝似的，喜回首，小手拢着嘴，朝门口喊：克斯卡维斯！哈逮！（姐妹们！快来哟！）门外齐喊：哈逮！一队同样装束也都女牧民打扮跟刚从草原下来似的姑娘拎着桶跃着、旋着、岔着、奔出来，晃肩抖哑儿，渐渐逛成一队，侧向观众骑马蹲裆，双手一上一下，爬绳似的，曾！曾！作挤奶科，倏尔一齐扭脸，睁眼咧嘴烂笑……

小栾介绍这些姑娘身世：领舞这个，张良孙女，文皇帝十年，她爸张不疑坐与门大夫杀故楚内史，按律当斩，自个掏钱赎为完城旦舂，男的去筑城，女的去舂米，六年刑满，家也败了，全体成了庶人。孩子是服刑期间生的，一天好日子没过过，我们这儿招人自个报名来的，条件不错，还是有家教底子，是我们这儿推荐演公主的三个主要演员之一。

排队尾笑得特自然这个，是老费侯陈贺曾孙女。老费侯，韩信的人，汉初入伍，起初是左司马，击项羽提的将军，平定会稽、浙江、湖陵有功封的侯。三代侯都挺好，到这孩子他爸陈偃，不好好弄，景皇帝十年有罪也不知什么罪，侯丢了，判得还比较轻，隶臣妾一年。正好执行地点判在我们署，就在这基地，给门隶——看门李大爷当臣，什么臣阿，李大爷一直就一人，就是岁数大了腿脚不利落给李大爷当个服务员，平时管打饭打开水，来人需要喊人帮着给喊个人，夫人给李大爷当妾。陈偃我们都熟阿，过去老一块玩，不熟的也都见过，哪能眼瞅着他受这份儿屈，我出钱，附近农村给李大爷雇了个全活儿阿姨，服务、妾都有了。陈偃和我内嫂子就算我养着，单身宿舍给找俩铺，平时吃食堂。孩子从小就在我们这基地混大的，跟前面内几届公主班小姐姐都熟，听说将来出国嫁单于，羡慕。她爸她妈刑满回老家，死活不走，说我才不回砀山内穷地方当庶人呢，非要参加我们这班，我这还给小姑娘一直做工作，你别以为出国是去享福，嫁给单于怎么了，单于家活儿还没李大爷家轻省呢，每天你得去拾粪，挤奶。你知人孩子怎么说？我认！那我也没答应，说你爸你妈都是我朋友我不能看着你入这火坑！末了陈偃俩口子来找我，陈偃不开口他媳妇说，就让孩子去吧，我们这世也是翻不了身了，将来生下一儿半女老了也不至受穷。当妈的张了口我还能说什么？你别说这孩子还真是上道儿，争气！也是当过几年侯府千金，门门核考第一，会来事儿，不娇气，也是我们考虑⋯⋯正说着，陈姑娘门口一个亮相——姑娘们跳完了收队忽拉拉往门口跑，她最末一个进侧幕条也就是出门，又回头呲牙一笑小眼神洒给所有人。

姑娘们闪去闪回，又接着跳拾粪舞。锯琴的旁边又添一瞎子，站着拿一镲，姑娘们弯腰撮一下，他给来声镲。田蚡问阿老都用瞎子什么讲究。阿老说不知道学员长相。窦婴说那他怎么瞧见撮内下呢？阿老说琴给的点儿。田蚡说拉琴的不也是瞎子么？小栾说合多少遍了，数着步呢。又跟我说：这是隆虑侯周灶的曾孙女⋯⋯我说别说了。小栾说我也特难受其实看着这些孩子，内不是朝廷有需要么。我说看、看演出。

姑娘们欢快拾完粪,下蹲围作一圈发出欧欧啸叫,中间俩姑娘一上一下蹿腾假装火苗熊熊燃起。田蚡忽然看我:内火苗是不是认识你阿我怎么觉得她老瞅你。

栾说是内正蹲刚落的吧我也觉得了,这是宫里出来的,在长杨宫还当过仆射,这班好几个长杨宫的。

我说认识。栾说要不要一会儿叫她过来。我说就不必了。栾起身走。我说你别!栾说不找她我安排事。

一会儿贴墙根绕回来,说下面马上开饭。又两手撑地说不好意思,一会儿还得麻烦您讲几句话。我说讲什么呀我不讲。栾说鼓励鼓励她们呗,这是跟这儿最后一顿饭了,明儿从这儿迈出去,我也许还能再见到她们,她们再见中国,见得着见不着就不一定了。你讲几句话,比我们讲,公主们心里滋味不一样,您就从父亲的角度讲。我说父亲,你真戳我肺管子。

房间又空了,大伙站起来活动,揉膝盖,伸懒腰。

我跟靠门框站着的花儿姐搭话:舞都你编的?

花儿姐说请的匈国编舞。我说好看。

姑娘们又换了汉服,一人端一案子鱼贯而入,放下定食,也不知心里数着点儿还是谁拿眼色发了一暗号,一齐揭了盖儿,撅着斜么岔退下,一对一,跪在边侧低眉偷眼搜睃案板,掉一滴油、一口汤,无声迅速爬到,解袖口变出块㨃布抹一下。我实在受不了惹,抬头摇手找花儿姐,说:她们不吃阿？花儿姐说你乐见她们吃么，你乐见她就吃。我说让她们吃！

我说……我还是别说了。阿老说我也觉得你不必说，我说。阿老转而面对姑娘们：其实也没有什么好说的，该说的你们教官、班主任也讲过多次了。这次出去，我只强调两点：过好语言关，过好生活关。朝廷和亲，是大政策，具体到你们每个人，就是每天挤奶拾粪打油打酪和今后一辈子。困难，一定困难。苦屈，一定苦屈。不习惯，一定不习惯。我坐在这里讲也是空话，要你们自己日日去体会、去适应、去习惯。出了这个门就没人心疼你们，照顾你们，你们只能互相照顾，互相心疼。还有空寞、孤寂、叫天天不应叫地地不灵像掉井里的时候，你们也只能咬断牙、和着血、吞进肚、抠着土、一步一抓挠、自己往出爬，爬出来爬不出来都没人知道，你们就是草原上的隐子草、寸草苔、拂子茅，一岁一枯荣。不要抱幻想，生个儿子将来做单于，你就是阏氏。更大可能你生一堆孩子爹都不知道是谁，你每日辛劳拉扯一堆脏孩自己也变成一脏妈。十年之后，用不了十年也许五年、三年，草原上烈风怒雪会夺去你的容颜，背桶会累弯你的腰，拢火焌黑你的脸，骑马变罗圈腿，也许只有一双手天天挤奶还保留着你这年龄应有的光嫩但一股子奶膻味洗也洗不掉。你没有家乡，中国、我汉、我们现在坐在一起的场景，对你只是一个遥远影约、比梦还不真实、褪色的记忆点。你的家人早把你忘了,你只是一个长得像匈奴人、说话匈奴话,甚至做梦也用匈奴语、帐子里一堆匈奴崽子见了汉人就新鲜就热情就像打听外国一样打听中国事的匈奴老婆子。到这时,你就算完成任务了,你就比较坦然、容易活下来了。

田蚡捂脸,窦婴望着天,姑娘们一脸沉稳,看不出任何表情变化。阿老笑微微,不慌不忙把一篦已经凉了的牛蹄筋拖到跟前,开吃。我说我去上趟厕所。

我去基地羊圈看了一眼,一个老大爷正在铡草。

我说您是李大爷?大爷说是我有何吩咐?我说没事。在大爷身边蹲下,说这羊都你放阿?大爷说不放了,这届班毕业,教学羊也没用了,明儿都宰了拉集上卖肉,我这是给它们准备最后一顿草,吃饱压分量。

小栾出来找我,说都完了,您回去吧。我说等人都走了的。小栾说都走了,您这怎么遮还不好意思了。

我说倒也不是。小栾说阿老的话不是头一回讲,这个班招进来,第一课我们就这样讲,没任务,训练你们的目的就是让你们尽快适应匈奴生活,活下来就是任务。我们有教训呀,前几个班困难讲少了,过去受不了,有的就叛变了,主动出首,说我是军情署乃届乃个班出来的,负有什么特殊使命,打入单于身边刺探军情,我们班还有谁谁,还有说自己任务是刺杀单于,乱讲,为求重视。所以现在我们都不挂牌子，对外讲是大行令下面的出国代培班，对学员也从不透露基地军情背景，内些姑娘现在还以为我是大行行人署少史，阿老是署丞。花儿姐也不知道。李大爷知道，李大爷是军情署老人儿，南蛮处调来的，潜伏闽越被破获蹲过几年水牢，受了很大罪，背上都是后植的皮。

我说你们这点事确实不好弄。小栾说都逮想到了，这一班其实多数是掩护，我们叫幌张儿，你查去吧，身份动机来历全是真的，底就那么几个，哪能当这么多人交代任务，都是阿老一个个单派车单接署里在城里密点个别谈，我都不知道是谁！按纪律，您打听都不能告您，情报可以报您，人名，对不起，阿老带棺材里去。哎对了，还说让你去挑内仨公主三选一呢。

我说不想去，你们看着定得了。

栾说那今晚进宫让太后过眼，认干闺女您也不参加？我说不参加。

栾说还是见不得姑娘委屈，秉多想，这帮姑娘不是凡人，敢进这班的没一个省油的灯，都皮着呢。

7

当晚我们没走，住基地了。我、阿老、田蚡、窦婴在房间开了个会，我说就这么定了，今儿起成立对匈战争动员总筹提调常设机制，成员我们四个再加几个署的署令。我意思机构不要搞得过大，人员尽量精干，决策扁平，就一层。办公地点就放在一号院，靠近现有军队提调系统和办事机关，命令不出院一利保密二利督导一号院现在还有房吧？田蚡说思犬堂周家搬出后应交回一直没交，周强占着房也不住，营管司历年几次催腾房不理我们，我们也不好硬给他腾。

我说你这个人哪，就爱借一件事解决另一件事这样特别不好，他占着不走就让他占着，我们另想办法。

田蚡说那就只有操场东墙内排马厩闲着，周亚夫死后署里不再养马，马厩一直有人清扫维护，房子整体状况完好补上截墙就是很好的房子高大宽敞，我们本打算明年开春动工重新打隔断做警卫宿舍或临时来京办事人员客舍还没想好。我说也不要明年了明天就补墙，总提就放在呢儿把夏侯沙盘抬过去我先号下了。

窦婴说房子不重要我关心的是分工，我在细柳台还保留一间办公室实在没地儿来不及可以先用我呢儿。

我说现在就谈分工，丞相人头熟，各府署司郡县侯国都熟过去拿总现在还让他拿总，需要人、钱、物调动各地资源都找他，对外。阿老早有分工修葺战备直道、一线要塞、构筑预设战场现在这活儿还归您。

阿老说那我现在可就要找田相要钱。我说您拿一大数，我督着田相不许要预算不许问明细现在就批。

田相说批！阿老说那我得算算到底几万亿。

我说不怕超预算，照着五百年大计整，您今天多花，子孙将来就少花或者不花我正想扫扫国库。

窦婴说我觉得吧军队工作重点在军队本身。部队多年不打仗，京中五营属卫戍部队配备的都是刀剑钩戟近身兵器，羽林虎贲威风八面本质还是卫队，所持不过长戈高矴打旗的比提盾的多；郎中骑原是我军一支战功卓著铁骑，如今变作迎来送往仪仗队和候补官员军训班。北地上郡雁门边防部队高配也不过一个甲种部，一部五曲各两千五百人。上谷久无战事，放一个乙种部一部二曲还算完整。渔阳只一个加强曲，五百人加两个骑兵屯区区六百吏卒。这些卒也都是守塞卒，平时训练科目主要就是耍石锁练一膀子臂力，战时往下推滚木扣油锅，拉出去野战胡马未至自个腿肚子先转筋。关键是全军上下没一个拿总的，景皇帝七年废太尉，你元年六月才复立，隔年十月又给免了……

田蚡说就是说我呢呗，你不也是同案，又不是今上的主意，是太后生王臧赵绾气嗔着咱俩向着他们了。

窦婴就说这事，擒贼先擒王不能光贼有王。

我说太尉是一定要恢复的，不马上恢复是不想弄得动静太大，丞相毕竟不是军事干部将来的太尉我心里想的一直必须是您，您现在就把太尉工作担起来军事上司令部组织运作我也外行，将来有事我就问您。

田蚡说我就给您当好后勤署令，说吧，要多少钱。

窦婴说钱不马上要我现在要调一个人。我说全一号院所有单位，上至令史下至曹您不用问我咔便调。

窦婴说这个人全一号院没有，原来军队建设就没考虑过需要这么个人。高皇帝，揭竿而起，边拉队伍边打，不惧也无法避免失败，只能在实战中锻炼部队。周太尉，去战争年代不远，打过仗的老人还在，将尉校拉起队伍就是齐的，打的又是说难听点兄弟部队，我们仓促成军吴楚更是一国老百姓赶着鹦鹉上架。而今面对匈奴，看似游匪，实则久征惯战之师，无论防御作战还是进攻作战，就不能是这种一哄而起古代战争搞法了，就要按现代战争要求首先使部队现代化。

我说懂，老问题，军队常备化。这个问题讲了很久，总是议而不决，不能再拖，我已经决定，总提成立第一个会就谈征兵问题。

窦婴说征兵首先要定编，与国防任务相适应的组织编制是决定军队威力和最终决定国家防御能力的根本问题。所以我要这个人马上进总提，负责军务动员，主持制定未来我军军队体制、兵团和部曲编成、数量和兵种比例。制定征召一般人民充役、先征哪些人再征哪些人，哪些人应立即进入现役，哪些人暂列编后备役和及时补充进军队计划。根据我军现有装备和编成，研究军队如何建立保障符合未来战争、战役和战斗特点的体系。发现我军现有装备武器系统缺陷，研究如何改进，确定给谁什么装备、保持多少数量才能将缺陷转化为优势。重新建立指挥体系，确定需要撤销、合并哪些机构、层级才能更有效指挥作战。在作战中，回答总提首长关切。总提首长确定战役目的和军队任务，作战署出方案，在何时何地应如何实施，为此需要多大兵力，此人就应计算兵力兵器并提出需要什么编制。总提首长提出我一万骑应强于匈奴一万骑，作战署就应提出根据，此人就要仔细研究双方万骑编成和装备，并提出怎么做才能在进攻中提高突击力在防御中增强稳定性等措施。并根据这种分析找出敌我万骑当前差距，确定弓、弩、刀、戟等长短武器数量、用途和单兵拥有马匹能达作战极限最佳公约数及未来建军、实战中必将会遇到不断出现的新问题。如有必要——实有必要！我墙裂建议应为此人设立一个总提直接领导下新的署：军务动员署。

我说说得这么热闹，这位能人，我军建设的关键、保障，未来的军动署令，是乃位呀？窦婴说：灌夫。

我说呕，他还有这个本事。窦婴说他不见得有这个本事，这是一个新想法、新位置，一切尚在摸索中，我们谁都没有把握，谁都不知道会在哪里撞墙，错误、失算不可避免，我看中灌夫的品质是敢负责。我说调！

当天夜里我们睡得很晚，躺下半天没睡着，入睡之后又不断被吵醒，基地院里一直轮蹄轧轧，轰隆隆出去又轰隆隆进来，女孩子叽叽喳喳窃窃私语不绝于耳，半夜还有人大笑，嚷嚷，乒嘞乓啷在院里摔东西。

早上起来——已经是中午，院子里静悄悄，一地碎成片陶甄瓦罐、撕成条襦裙、系带，单只裤腿、木屐子、断筝、竹簪、撅了的花钗、踩了脚印织着吉语的秦锦盖头、绞了的绣着鸳鸯荷包和鞋垫。

李大爷正拿大扫帚往块儿堆归拢，蹲下挑拣洗洗连连还能使的扔一边归小堆。田蚡揉着眼睛出现在廊子上，说都走了这是？我说阿老起了么。田蚡说没听见动静，该起了也，我敲敲他门。笃笃两响，没人回。一拉，门儿开了，田蚡说没人儿。又去敲窦婴门，窦婴里头喊：起了起了。

小栾一脸疲倦出现在廊下，说早饭食堂吃还是端来吃？我说不吃了，马上走，路上再颠出来。田蚡说我必须吃，我还就路上容易饿。我说阿老哪儿去了？

小栾说没睡，半夜就走了，署里有急事，让我跟你们说一声。我说你回不回长安可以搭我车一起走。

栾说我这还一大堆擦屁股事没弄完呢。窦婴出来，一夜胡子长了，问最后定乃个是公主了？栾说陈贺曾孙女，太后一眼就喜欢上了。窦婴说内孩子喜兴。

田蚡和小栾去食堂，我和窦婴准备走。我这边刚上车，窦婴辕马腿左前瘸了，马蹄子硬的那层磨穿了，露出里瓤粉色活体，从马厩牵出来就一瘸一拐的，搬蹄子一看，扎的全是刺儿，畸甲缝儿里硌的还有石籽。窦婴心疼，一边给马拔刺往外抠石籽一边骂车夫这不是刚磨的，来的路上就这样了，我还说没平时稳了你怎没发现干什么吃的？车夫说跟您说了，赛骅骝不能上重车您没搭理我，我以为还是去一号院能坚持下来哪想跑盩厔来了。窦婴说欠抽你顿鞭子！扭脸跑我车下说您能捎我一段么。我说能，你马叫赛骅骝阿？

窦婴呼哧带喘往车上爬，一屁股坐我对面说我去槐里，正好顺路，我这马是骅骝的种儿，可关中、全天下八百年，一年不拉，两百八十代配种记录都在，能真儿真儿的追到周八骏，只我这一匹！可惜废我这儿了。我说不是还能配么。窦婴说最好的岁数已经过了，十六了，老马了，指不上了，前些年净特么瞎配了。我说怎么叫瞎配呢？窦婴说母马不行，一塌糊涂，还叫我这车夫偷偷牵出去跟驴配过想起我就运气。

我说这车夫还留着？窦婴说姨儿家的孩子，怎么弄？我跟您说，我汉强军，强军先强马，没有马，兵再多弓再长——全白搭。我说那你还叫它拉车。窦婴说拉也拉不动了，我还跟您说，拉车毁所有。

李敢前面回头说您是去槐里哪儿阿？窦婴说马场，犬丘马场。李敢说怎么走阿？窦婴说你就沿着汧河往前，一直走。我说是当年召虎养马内地儿么，现在还是马场？窦婴说早不是了，现在叫马场村，但是外人还管内一带叫犬丘马场。我这几年老往呢儿跑，内一带附近几个村的马都是名马之后，我这赛骅骝就是在一老太太家场院淘到的，当时赛骅骝正拉碾子磨豆呢。

车停下来，对面来一会车农民，拉着一车粪，李敢跟人问道，李敢说噢噢噢好好好谢谢阿。农民摇着长鞭过去了，李敢回头说：到了。我说我也下去瞧瞧。陪窦婴一起下了车。窦婴看着周围说不对呀，这怎么都村了，上次我来还麦子地呢，这怎么都圈上盖上房了。我说谁的地问过没有？窦婴说就是一姓姬的地主，我还上他家坐过，跟他商量能不能买他地，是不是已经卖了，卖给别人了。我说去问问，现在地主是谁，内不一小孩靠墙吃馍，是不是就是地主孩子。

窦婴说甭问，农村这人你跟他们打交道打不了，越是家里趁几个，在族里能说得起话，所谓乡绅，全是坏逼，就觉得你们这些城里来的，甭管谁，都有钱，不坑白不坑。我说你就让他们坑呗。窦婴说我不！我不跟他们费内劲，真买地，叫灌夫来，灌夫能治他们。

窦婴说那就不好意思了，只能麻烦你把我带到城里了。我说您这有时候客气得都有点假了。

8

七日，我正要出门，阿娇拦住我，说你今天别走，我新认识一仙儿，特别灵，让他给你算算命。我说嘿！我这命还用算，你太逗了。阿娇说可是你不知道明天会发生什么，后天、大后天，你会碰见什么人。

我说我碰见谁都这样，别人碰见我那可得算算有没有这命。阿娇说你别一言不合就吹，你什么都知道就是不知道你最后怎么死的，死谁手里，你知道么？

我说那还真不知道，死您手里死八步手里都是我愿意的，行行我不走，我等，看哪路神仙他知道个啥。

一会儿五福引着一男一女来了，我一见这俩就乐：就该猜到是你，可长安不可能再是第二人，一大张罗一大忽悠，骗到宫里来了。刘陵说怎么说话呢，见姐不喊姐。李少君也乐，说还不是变着幡儿想来看您。

阿娇说你们认识？我说何止认识。李少君说上是我上师，上回点我两句，回去愁半年。阿娇说嚯！怎么遮你也出去当仙儿了？我说我没恶心成那样，我要逢人跟人说我知灾祥通鬼神你现在就拿小板凳亥死我。

刘陵说你不要拿你狭隘世界观看待所有你不懂的事情。李少君说我赞成上这种不懂就不信就叱之乖谬，凭一己之力独活于天地间跟谁都敢过招儿的大无所精神。刘陵说李少君！我没想到你是这么一人，跟我你可不是这么说的。李少君说真的真的我从来就是哪家庙灵就拜哪家，哪家神显圣我就敬他，上回上点我的就是这些话，让我少装神弄鬼，所以我这回敢来，就是悬壶济世，瞧病，听说最近皇后心里老不逮劲？

阿娇说老是心颤，突然谁说句话放个碗就吓一跳。

我说改神医了？一会儿我叫张苍公来审你方子。

李少君说您叫谁来我也不怕，我就不开方子，让你们没的挑。我说哟喝彻底躲了卖假药，聪明！别是针灸点穴硬桑拿吧。刘陵说有本儿你今后永远不吃药！

李少君平展双臂，说您上下摸，有一根针算我输。

我说那又是什么见不得人的损招？李少君说擎好儿吧您就，可以请皇后女士露出左手腕么？我呵呵笑：还是这一套。李少君三根指腹切住阿娇脉，做凝神状，一会儿微抬一指，一会儿二指俱提，复又三指沉取。

我说您没想过弹琴去么？李少君不理我，说内只手。阿娇右手换给他。李少君也换了只手。我说四手联弹。刘陵说我可告你阿，你这叫干扰治疗。

李少君说可以了。问阿娇：皇后女士是不是左肩也时常感到疼痛？阿娇说是，一抽一抽地疼。李少君说是内种压榨式的牵扯么？阿娇点头：你一说，像。

李少君说可以一亲尊骨么，我要判断病灶。

阿娇说行，要不要撩起点？

李少君说不必，最好再披上点，我练过隔皮数骨，童子功铁砂掌，真要触碰肌肤会留下紫血印子。

我把一件紫貂围脖给阿娇披上，说这个好。

李少君一指摁住毛领：是这儿吧？阿娇说诶哟哟。一条膀子耷拉下来。李少君说条索反应。看我：想问么，很乐意满足您的求知欲，条索，就是经络韧带肌肉组织纠结而成像绳索一样的坚硬组织。您一定知道我们身上每个脏器包括心脏都是靠经传递指令、络供养血液才能完成正常的生理功能，而经和络是伴行的，一根经伴随一条络，一条络伴随一根经，经络之间存在着互相影响的关系，二者信息应答、物质置换的中补站——点位即为穴；经呼传着络，络富养着经，协同合作满足人体日常运动、睡眠所需的条件。当这些经络纠结在一起形成条索、穴位瘀滞不通会发生什么情况？——不知道？留一道思考题给你。

刘陵拍我：没词儿了吧？我说还真是没听过的道理。李少君说请问皇后女士，您左手小指是否伤过？

阿娇说你怎么知道？李少君说我还知道是在你五岁，蹲在一树下玩，树倒了，你没来及躲，不知道躲，压着了小手指。我还能告诉你，树是大柳树，倒是雷劈的，当时在场的还有你妈、你姐和你们家阿姨……

阿娇说还真是，你一说我全想起来了。

刘陵说怎么样，怎么样，准不准？不靠谱的人我能往你这儿带么？我心碎过你知道么？我说不为内谁么，知道。刘陵说束支撕裂，喘气儿都疼，你知道么，是老师一句话，帮我合上的，这我才把老师请来听说我姐也有心病，你凭什么说我是瞎张罗？我说没有，我没说你瞎张罗，我说你爱张罗，是个热心人，您带的从来都是特靠谱的人，乃句话呀，一说就合上了。

刘陵说你先甭管乃句话，你先说，老师是大忽悠么？我说不是。刘陵说那你给姆俩恢复名誉。我说张罗，要看怎么张罗，给谁张罗；忽悠，要看被忽悠人是不是确确实实被唬住了，唬住了，就不能叫忽悠，应该叫、叫精准施计。刘陵说你被唬住了么？我说我被唬住了，少君，祝贺。

少君也美，说行么，这么聊。我说是我最近听过聊得最诚恳、虚实精当、最不像胡扯的一次，差点，也不是差点了，我还真被带进去了。李少君说物理确实比较硬核，稍微聊得飞一点,就脱离一知半解,自己也慌。还是瞧病痛快,人体到底咋回事未知仅次于宇宙,却比宇宙多个主见,病理通不通的,调整主见就有一半机会见效,只要不下药,瞧不好也瞧不坏。

我说你算找着情理法——三外之地了。再也没比瞧病异端邪说更多的场域了。病人就是一片焦渴的土地,病越莫名心越开放,泼上什么都迅速吸收。跟我——咱俩上回盘道内事,你主要还是没看对象,你拿寿、金比划我那你可真比划不动,即使我图这个也不从你呢儿图,但我相信你比划多数人一比划一个准儿。

李少君说还是语言,我回去愁这半年就琢磨这回玩现——现在哪儿了,还是语言上借用太多,辨识度太高,很容易碰上同样的玩家给你拆台。我有一观点不知上您认可不认可,其实大家聊的都是一件事,区别就在于谁的语言墙码得敦实,抹得光溜,下蛆很难,是不是一座,怎么说,摩天梯,是,把别人路全堵了。本来不用聊那么深,缺们非聊那么深。真相很深奥么,真相一眼即可望穿,缺们假严谨,会爬墙眼全瞎了。

我说是是,你信了谁谁就是一堵墙。义理不能太空疏,靠左道连接,左道之左还有左。也不能太碎份,把一句话分解成百万句,解词析义先铺一地辞砖字典,看似出新实则翻旧,天不变,道亦不变,就你呢儿变来变去,见过绕在里边自以为得济的。他们从来没想过问自己一个问题,当这世界刚打开,世上没有一个师、尊、圣,人在其中是怎么看待这一切的。

李少君说就是有我这种人呗,还有您。

我说我不能反驳您,您告诉我,您内些词儿都是自个整的?

少君说当着明人不说藏着掖着的话,有借鉴,是谁暂不告你,万一乃天有人找上门来说是他的个儿创,您就替我认,咱不干那剽窃人智慧成果还不认的事。

我说欣赏你的态度,逮着认倒霉,差不多也算光棍磊落。少君说吹亦有道。

刘陵跟阿娇说你瞧这俩大忽悠,忽悠一块去了。

阿娇说老师,病根是找着了,可怎么治啊?

少君说怎么治?好治,揉揉。自个够不着你认识弹琵琶的么,或者编麻绳的也行,主要要求对丝儿、缕儿、条儿敏感,手上有劲,没事多给拨弄拨弄,分出把,就好了。陵说我认识一匈国发型师,过去给单于编过辫子回头我给找来。我说理论走实践前边去了。

我跟阿娇说真必须走了,你们慢慢聊。阿娇说多少回算一疗程啊?陵说下回好事想着我点。我说你笑得为什么这么诡秘?李少君说见好算一疗程。陵说我诡秘?我当咱们刘家公主跟内帮丫头比是不是更显好更算正根儿?我说你觉是好事是么？行，你觉事儿好下回头一个安排你。

到了宣室殿，王恢正在与众卿争吵：我汉与匈奴和亲，没几年他们就当没这么回事，又来要这要那，跟这种人还有什么好说的，就应该出兵出境打他们。

韩安国说同意大行令的说法，匈奴四处迁徙像鸟一样，不能把他们当人。但是出兵攻打他们，首先面临的问题就是上哪儿找鸟去，他们一个兵七八匹马跑几千里不算事，咱们全靠两条腿走几千里先累屁了，匈军可在任何方向集结全国精兵对我形成优势，挑着我软肋打，我兵也疲、将也颓，粮草跟得上跟不上我看十有八九是跟不上，到那时不要讲取胜，保全军队全身而退也难。这是危险的想法，太悬了！

我说好热闹。众卿说您什么时候来的？我说早来了，你们来我就来了，一直跟后边听哪。众卿说我们怎没瞧见你呀，这屋就这么大。我说好吧，我承认，我没进屋，溜墙根跟廊子听的，就为听你们的实话。

众卿说既然您都听了，您同意谁呀王大行还是韩大夫？我说先问你们都同意谁，挨个表态，从太常谬忌开始。谬忌说我同意韩大夫。指石建：光禄勋？石建说同意韩大夫。指石庆：大理？石庆说同意韩大夫。指许安如：中大夫？许安如说韩大夫。指刘蒙之：宗政？刘蒙之说韩大夫。

我说剩下的不问了，九卿五个同意韩大夫，已然多数了，我随多数。

朝会散了,我说王恢留一下。大伙都走了,只剩我和王恢,我说你听到什么了?

王恢嘿嘿乐,说我请求调回二署做我的匈奴科长。

我说不考虑!安心当你的大行,把匈国朋友招待好,五年,不生乱,不出幺蛾子,记你首功。

王恢说五年太长,五年我这胃就彻底喝坏了,三年,最多三年,三年期满请允许我回部队。

我说就三年,我什么愿也不许,先把工作做好。

9

冬十一月,马厩翻建工程接近完成,试取暖一把火又给烧了。田蚡来向我报告时不忧反喜,说大家都说烧得好,总提将来要火。我说大家——大家都是谁呀?田蚡说就是一号院史曹,没外人。我说你还嫌知道的人少是么?总提到今儿定下的成员一次头未碰,办公地点还未落实,迟迟不能开始办公,大家就都传遍了,刘陵都知道了,你估计还需要多长时间能传到匈奴那儿去?田蚡说……我马上传达。我说你传达个鬼!你不要走,你转回来,你给我说说你要传达什么。

田蚡说叫他们别乱说。我说不,你去传达,总提不存在了,解散了。田蚡说办公地点马上落实,瓦匠师傅说其实重建比翻盖快。定下的成员也都在家,您需要,要不上我家,今晚,我管饭,咱们碰个头。

我说不!需!要!我是认真的,总提解散,马厩你爱干嘛干嘛，你还拿它当马厩，一号院人不是闲么，让他们养马，练马术，骑射障碍越野。田蚡说您瞧您……我说我怎么了，我就这么定了，要不我不参加了，你、窦婴、夏侯赐你们几个干。

十二月，我带上谬忌公孙弘和太学的几个博士枚皋、终军、朱买臣去秦旧都雍参拜五畤。司马迁说为森马不带我？我说你不是瞧不上这些祀鬼祭神俗事么。

马迁说我想去，不是要看你活埋牛羊马车给内四位上帝上供，是想看陈宝祠冬至抬神游行和各村迎神腰鼓、旱船和舞龙。我一直听说陈宝夜间飞行拖有光华之尾，样子像公鸡，叫声像公鸡，咯咯咯，一打鸣郊外野鸡都咕咕叫我怀疑它就是公野鸡，不知民间堆塑家怎么处理它这些特点给它弄成什么样，平时蒙着布一年就一次抬出庙游行，能看到它真身机会难得。

我说你这些个人兴趣应该自个攒够假自费去看。

壬午日，出长安。第一站到林光宫墟，还保持着车队。在那儿上了秦直道马岭段，各车就开始赛马，放开跑，间距越拉越开，过了岐山我后面就没车了，天没黑我就到了雍镇，我对李敢说不进镇，去西畤。

到了西畤，我的车直接赶进少皥畤，田蚡窦婴夏侯赐一杆子人一人扣一獭帽捂一毛氅正跟院里候着。

我下车说都到齐了？

田蚡说只有阿老在雁门看地形，赶不回来。

灌夫上前作揖。我说好好好，齐了就开会吧。

少皞時主殿已经过清扫，神像用苫布盖起来，地上铺了秫秸编结地席，摆了圈田蚡从家里拿来的驼绒坐垫，门口搁一炭盆，庙里的祝，一个披破羊皮袄老汉正趴地上吹，还是冷，合不上的门窗、见亮的梁间不时透进、穿过阵阵寒风。前秦世代这是所大庙，是秦襄公所造秦国最早古時，在册七大官時之一与鄜時齐名，号曰西時。祭祀活动归秦国太祝管，庙里用度挑费都从上边拨，历代秦公到后来始帝岁末年根祭祀雍五時也会到这里埋上一组牛羊几套车。前秦没了，这座庙也被抢了，蜀锦楚绣帷帐都让人扯了回家给媳妇做汗衫，成套簋鼎磬搬走簋当妆奁盒或孵豆芽，鼎做了小酱缸或锯了腿给老头当泡脚盆；磬——用处可太多了，哪儿饲料槽子斜了，墙角豁个缝儿，房顶缺块瓦，门关不严，塞一只进去正好垫上堵住盖妥严上。

但是神像还在，虽然绿松石做的眼珠子叫人抠了现在拿俩块胶泥封着逢闪电打雷还显灵。周围一带老百姓以秦遗民自居也还敬仰，逢春历冬，时节交替，拎块羊肉、一把粟、半碗醪糟也去庙里拜拜，求上神保佑明年别下刀子。祝——内位正趴地上鼓着腮帮子狂吹火的先生就是当地村民，姓风，辈分大，绝户，年轻时在外闯荡没混出来，上了岁数回乡家里窑也塌了地也早属了别人，半拉村都是生脸，就借了庙檐栖身也算有个归宿。平日东家给口粥西家掰块馍日哄肚子，逢祭看管香火掸扫庭除轰小孩，四乡百姓进献祭品上神享用过了撤下来自个改搂了就算犒劳了。

田蚡说老风，你就别吹了，赶紧把炭盆端上来回你屋去。跟我说村里都戒严了，每户发二斗粮年前都不许下地。我说年后呢？田蚡说年后——后到哪儿去也一句实话没露，跟他们说咱们是北地商人在这儿开年会，定明年皮毛市场价格交货时间同时互相下单。我给咱们都编了代号，在这儿就不叫真名官称全叫代号，你是老客，我是王掌柜，窦老是李掌柜，阿老没来阿老来现给他想一个，其他各位也都叫掌柜子随自个妈姓到时叫你老客你逮答应阿。我说村民信了？田蚡说没信，村民猜咱们是强盗，外面布的兵大袄下掖藏兵刃不留神叫小孩瞅见了，有连夜向西县衙门举报村民叫咱们村外设下第二道警戒给堵住了，人正押在车里到时候放不放还是干脆发配到岭南到时候再说。

我说那就都入座吧，抓紧时间开会。田蚡说入座关门，请老客讲话。我说今天是总提第一次全体会，跑到这么一个莫名其妙地方开会原因就是保密，保密的重要性不用我强调各位也清楚，保密做不到我们今后所做一切工作都是白费。我请各位考虑，总提的全称是对匈战争动员总筹提调常设机制，我们将要进行的是多么大规模的行动，我们要在全国征兵，建立一支足以击败匈奴的常备军，并对这支军队进行训练，用最先进武器重新武装这支军队，不用想，一定是天下骚动，保密几乎是不可能的事，但是不可能的事也要让它成为可能。所以我要求你们，在提出下一步预算方案规划安排时优先想到保密，在所有方案落地前优先落实保密，没有这一条的方案规划我统统不看。

田蚡说那就各位掌柜子，挨个说吧。老夏——哦薛大掌柜子，你先说，你认为我们这个常备军应该搞多大，三十万？五十万？夏侯赐从随身携带藤箧中抽出一卷竹简说：我拟了个估算，不敢拿出来，确实没考虑到怎么掩盖征这么多兵还不叫人发脚的问题。

田蚡说先口头上说说，大概几位数，其他人也好根据这个规模往下安排他们规划，我这个管钱的也心里有个数。

夏侯说国土防御，所有口子都堵住，不但可持久坚守还能相机歼敌一部，至少三十万，三分之二步兵，三分之一骑兵，可酌定保留一些战车单位。根据朝那、萧关、武州塞、雁门历次战斗战后总结，依托坚固筑垒我一个小部千人可抵抗匈军万骑三至五日，增加千人则抵抗日倍增，万人则不可破。若我各关隘要口之间道路通畅，预备队充足，闻警即可出动，抵达战场迅速，则可在局部区域对敌形成优势，争得歼敌机会。我还是坚持筑垒地带防御作战必须有战车，反击有气势，打得出去。攻出国境，深入匈国腹地，主动寻机与敌主力决战，至少三十万骑兵，伴随三十万步兵，这还要求我军现有骑兵战斗技能战术素养武器装备提高到与匈国骑兵相类水准一对一不吃亏前提下。以每一骑单兵最少配备一匹可轮替马，不考虑步兵辎重驮运将校乘马用马用车——计：六十万战马。这还不包括补给线延长保障供给跟上转运粮草军械后撤伤员所需畜力人员。这个数儿恐怕要后勤牛大掌柜计算给出。

牛大掌柜——萧婴说：我署营养处目前只做过一个步兵屯五十人携带全部装备关中秋季正常气候条件下平原直道徒步开进每日所需口粮和柴火试验统计。我们挑选的参试部队是北军一个制式屯，每什一个灶，全屯五个伙食单位。在驻地，口粮每日由什长派人到屯司务长那里领取，标准为长安驻军统一口粮发放标准，即每人每日黄米二升、猪肉三两、羊肉二两、蛋——鸡蛋或鸭蛋一只、油三钱、蔬菜应季每日一斤；每节气吃两次鱼，逢节庆肉类酌增，米酒每什一瓮。这些粮油肉菜拿到灶上，由在家做过饭或喂过猪战士大锅一炒，可拼出三菜一汤，一大荤、一半荤、一全素，十个人围着吃，吃得很满意。要求是不要剩，全吃掉，实际我们发现吃不了，米油肉有节余，青菜剩了都倒了。日积月累每个灶都有自己小家底，节旬假开两顿饭，不执勤，熄灯也比较晚，每个什晚饭都会给自己添两个菜，从外面偷偷买酒带进军营，哥几个喝一顿，什长借此做做平时有点别扭个别战士工作。

这次参试，期长我们定于十日，全部口粮领出来，背上走，卯时起床，开一顿饭，中间行军六个时辰，不开饭，申时到宿营地再开晚饭。十日下来，不够吃。到第六日，五个伙食单位四个断顿儿。我们发现的问题有：一行军体力消耗大，饭量普遍增加；二背负十日口粮每名单兵负重明显增加，战士之间普遍存在多吃减负心理，故前数日每到宿营地炒菜都有多搁油、多切肉只有大荤没有素菜饮食不均衡大吃大喝现象。再就是有的灶做酱肉、黄米糕，什长带头吃零食，行军路上边走边吃，到宿营地还喊饿，灶上已经没米了。

这还是在我们内地，柴火不用操心。牛大掌柜子说。路边随处可见野树杂木灌丛，随便砍点荆条、撅几根树杈就能引火。遇见村子，老百姓也还热情，见我们部队生火困难，跟大妈大婶要点柴禾也允许上柴垛抽两把。进入草原地带，听说要靠拾牛粪生火，就不知道多少块牛粪能煮开一锅水，一头牛能拉几吨，咱们几十万人行军能不能赶上几十万头牛在沿途拉屎。

两个署令讲完，天已经完全黑透，地当间炭盆红也暗下去，能听见在座各位胃肠接力咕咕叫，放空屁，再四裹紧大氅，郦坚还嘚嘚打了几声齿战，俩手掐住自己牙关才止住，说真特么冷。一个兵拎个罐进来把神前几盏脏得已成浅口椭圆黑碗注满油，多插几根捻儿点上，大殿立刻阴影重重。

田蚡说要不要先吃饭，饭后接着谈？我说吃吧。自个起立出了殿站台阶上。

天上没有星月乌蒙蒙一派在飘雪，落在热脸上顷刻化水凉且沁肤。院里站满反穿老羊皮袄头缠羊肚毛巾冒充伙计战士，几个角落都有人手持火把房上还有哨。廊下一小战士正蹲一盆肉前飞快穿羊肉签，旁边一盆炭火红得正旺。庙祝住西厢房黑洞洞门口站着俩战士，倏尔屋里有光、水开咕嘟、老人连声咳嗽。马在吃草喀嚓喀嚓，不时打个喷鼻来回捯蹄咴叫一声。

院外传来马蹄橐橐车轮辚辚轧雪碾石声。东方朔须眉皆白一头钻进来穿过人群对我说：内边都住下了，已安排西县县令出面接待宴请他们估计这会儿已经喝上了。别人都挺高兴就公孙弘老问我你上哪儿了，几点回来，明天怎么安排，几点集合几点出发参观。

我说你跟他说我有事回长安了，办完事可能会赶回来。这几天他们自由活动，愿意参观参观，愿意烧香烧香。我要回不来呢，他们自己决定玩多少天，玩多少天都行，这几天你就呆在内边陪他们吃好玩好。

火盆前小战士忽然起立手攥一大把肉串大步向这边奔来，带一股浓烈炭火气和焦香。东方朔说得嘞。

田蚡说我觉得这个时候在这儿，聊这事儿，没有比吃这个更应景的了。大家上嘴皮碰下嘴皮呲牙一抹一串光扔一签子，纷纷点头说姆，香！小战士忙里忙外连声说有滴是有滴是。郦坚大周坚溜出外面不进来，屋里一时断供窦婴灌夫齐吼：反对偷吃！小战士满头油汗端着炭盆一步迈进来哐当放地上炭火映红小脸才发现此人不小是个满脸褶儿中年汉子。郦坚大周一个端肉盆一个拢签子说我们是帮忙干活！蹲下穿肉穿两串烤一串边穿边忒搂。田蚡说这兄弟叫大号，是雁门守备部专门跟床弩的兵。家里原来就是河南地放羊的，被匈奴掳去为奴一十三载，还是放羊，跟主家匈奴老太太学会烤串，后老太太去世给了他自由，举家归来，继续在黄河滩放羊。雁门太守冯敬出边打猎，偶遇大号，吃了他烤腰子、烤板筋、烤烧饼惊为烤中三绝，遂拉拢其入伍，名为跟弩——弩平时有个蛋用都架在垛口也就是操操机杠点油——实为太守小灶专厨。待会儿你再尝尝他内烧饼，长安各署令史去雁门出差，老太守冯敬设宴每回都是大号的烧饼撸串儿压轴，你问夏侯老郦大周他们都吃过大号的腰子。老郦大周点头：我们跟大号熟。田蚡说后来冯敬战死，韩安国临时去顶了几天，也对大号的腰子一口成瘾，调回长安就把大号一起带了回来。我这也是去老韩家吃饭觉得好，个人评价全长安第一，当场用俩面点师傅和老韩交换死说活说叫了哥才把大号磕家来就为今儿露一手。

　　我说没吃着腰子阿。灌夫指哆老郦大周悲愤控诉：都被内俩黑心的吃了。老郦低头满嘴流油包不住直往地上掉肉丝，抬头把饼献上来，说这饼刚烤得，墙裂建议白嘴儿吃才越嚼越香嚼出秋收味道。大周起立掩嘴递过一把签子，说烫，热，腰子。我和灌夫、窦婴仨人立刻张嘴翘下巴颏嗬搂舌头吀吀哈喘，说……嫩。

夜里雪越下越大，风也起来了呜呜的，掩上殿门一会儿妞儿一声开条缝，风雪蛾子似的扑进来。田蚡坐门口拿腰顶着门，一会儿说不行透了，扶着腰换地儿。窦婴说刚才谁多吃腰子了？老郦说我来！一层毛氅再拦件皮袄两只袄袖齐胸一纪，往后一靠倚住门。

灌夫说窦婴老提议我参襄军务做这个军动署令，一开始我是不敢接，责任太大，接触点、面、人需要掌握了解情况太多。而我——熟悉我老哥都知道，过去一直在基层工作，打打杀杀还可以，一下提到这样高位置，为上、全军出谋筹策，精神压力很大，几天几夜睡不着觉，想来想去还是先熟悉一下情况，干不干单说，能贡献一点想法也算我这个老兵没白在我汉军旗下效驱这么些年。我以为，要打大仗，应对匈奴这种全民皆兵强敌，且不说形成全面压倒优势仅足以与之抗衡对其构成重大威慑令其不敢妄动，还是沿用过去内种临战征发刑囚、流氓、上门女婿、游商四类社会闲散人员再加上乡间义勇者拼凑组成部队，兵虽多不精粗放动员方式已远远不够。必须以全民皆兵对全民皆兵，实行普遍兵役制军队职业化方堪当此任。实际上普遍兵役这个制度我汉一向就有，查骑裆阁所藏我汉各时期皇帝所颁军令制书汇编，高皇帝当年出陈仓首战击败章邯，就在雍这个地方以汉王名义下达过王命：凡男子十七，即告成丁，一律登记在役籍卤簿，称正卒，开始服役。二年尽收故秦旧地，在咸阳铲除秦社稷，立汉社稷，复下令：凡汉属地，男子十五即告成丁，记簿服役。与之配套还有一赦令：刑馀囚徒无论前罪为何愿充役者皆赦。此后数年每下一郡即重颁此令。我汉与楚争战屡仆屡起从失败走向失败最后竟取项籍颈上人头实有赖此令聚军之功。高皇帝七年，上命萧何制律，此令原封不动编入《汉律九章·户律·更役律》，仅修正一处，男子十五成丁改回十七。战争年代服役没有期限，打到胜利解散为止。这次编订明文法定兵役一年、力役一月，始称更役。

田蚡说这不秦律么，我还真不太熟悉汉律我们也有这条？记得从小就没见过我爷，听我奶说我大还没出生就被国家征兵抓走再没回来，我们家世代秦人从小提国家二字不用说就是秦国合着也有可能是我汉？

灌夫说战争年代秦地烽火连天也有可能有别的军阀队伍，当时说不清现在就更说不清。你不记得我汉有这条法律不奇怪，当时你还小我也小咱们都小，窦老最大……窦婴说我也小我也小，高皇帝打天下内年，我妈还是小姑娘，我姥爷被抓了丁也不知是哪家军队，最后好歹活着回来从湖北复员你想我们家是河北清河。

我说那就可能是韩信部队他这两个地方都占过。

窦婴说有可能，我姥爷是韩粉，喝了酒就爱和村里几个当过兵老头争谁是我汉得天下第一功臣。内几个老头有跟英布干过的，有跟彭越干过的，都吹自个家将军能打，聚众最多，掠地最广谁也不服谁。

灌夫说高皇帝七年这条军令成为法律其实大的战事已经结束。这时天下已定，朝廷面临问题不是缺兵而是兵太多，是如何裁撤各军，不使各军头在其所封之国形成割据。高皇帝生命最后五年东征西讨击陈豨、击黥布、击韩王信就是解决这个问题，武力裁军。此律条也就多年搁置偶在中央层使用一般都是筑城筑陵征发力役。各郡国州县援引本法律条征发人民也都是干活修路挖河。文皇帝内个人大家也都知道，只知一味求俭，与民休息，在位二十三年未曾营造宫室，给自己修的陵也不过是个大一点土包。期间两次修订更役律。一是将成丁年龄从十七提到二十，戍卒役一年减为三日，京师五营南北军三署郎虎贲羽林不变还是一年，践更三年一蓄宽至六年一蓄也即每名正卒六年当一回差。二是边关戍卒比同京屯卫士，费用由本人自理改为国库直供，而且允许出钱免戍，曰更赋。价格也不高，一日百钱，三日三百钱。百户凑三万钱，雇一个愿意挣这份钱的去边关当一年兵，二年愿意接着干还可再找人凑。一稳定了部队，二免去三日期短北方人刚到部队刀还没发服役期满、南人没出郡就要往回折返，算服过役还算违律再引出陈吴之变之弊。

我说这不成佣兵了么。灌夫说正是，燕赵荆楚自古出兵之地，不好说村村皆有，隔一个村必有一户，一子当兵全家置房子置地、从高皇帝历经文景到今服役数十年攒钱百万、在部队还是个吹角牵马的卒，在家人称老员外坐拥良田百顷奴仆成群猪羊满圈者辈。

田蚡说老员外还吹得动角么，再让马绊呢儿。

我说看来乐府也不代表民间呼声，民歌根本是不怨不唱，哭的都不知是乃一出，李金河也没嫩么惨。

田蚡说李金河是谁，这名怎这么耳熟？我说你不认得。萧婴说是内个爱唱歌能写歌十五从军征八十始得归的李金河么？我说你认识？萧婴说我在渔阳挂职当军候他是我曲里的兵。我说你什么时候到渔阳的，他不是平城之围负的伤一直住在北军总院。萧婴笑可能咱俩说的不是一人，要是出身冀州清河李家堡写乐府内位就是我手下一个老兵。确实打过平城，也负过伤，但是身体很好，只是每只手少俩手指头，握刀握不紧，拉弓使不上劲，一直在部队扛旗。老了，上了岁数，旗儿也扛不动了，没家回不去，我一直跑他的安排，到清河几个带李带堡村子都查过确实找不到跟他沾亲带故可托付人家。后来托我妹肃肃找了北军总院扁鹊主任打了一假报告说是平城老功臣旧伤复发走后门安排进北军总院疗伤实则养老。他写内乐府还找我商量过想把自己一生用一首歌唱出来，我鼓励了他，还帮他改稿老头文化水平不高不认几个字能说不能写。

我嘟囔这又冒出一作者。萧婴说什么？我说没甚，那你们还真算对老战士负责，不错。

萧婴说不管不行阿，在部队干了一辈子，都把部队当家了，真送回地方，遇到困难还是回来找部队，地方谁理你？也不是每个兵都能发财，有的村富有的村穷，说是更赋三百钱，碰上穷户真拿不出来。我内时候每年都去地方接兵，三万钱一个兵没见过，富裕大村都是宗亲，抽签要是地主儿子抽中，地主一人全掏了，能到万钱。卖丁这家就算抄上了，就当喜事办了，就要请全村吃流水席。多数地方三五千钱就买一个丁。一到征兵季乡下到处跑的都是兵贩子，太行军都山里很多穷苦人家一千就卖一个丁，兵贩子卖三千中间两倍利。还能再便宜，我之前负责接兵内个军候七百接了两个兵，他还真不是贪污和兵贩子劈账，是看走了眼叫当地乡亲蒙了。俩棒小伙子，看着都挺好，到部队现了原形。一个天天尿炕，部队睡的都是大通铺他这么天天尿谁受得了夜夜叫人追打。一个精神病，到部队没两天头天站岗犯了病，幻觉有人攻城把长城烽火都点了，备战油锅滚木全推下去自己挥刀乱砍弄满身血，出了大事故。后来都给退回去了。

田蚡说怎不体检呢，他给你塞一个你就接一个？

萧婴说没法体检，看着行就行，尿床精神病体检也查不出来，您知他们送来多少要饭花子和流浪傻子。地方上有个错误观念，以为送兵是给他们解决难题。我们已经是很照顾地方了，一般只要不是风一吹就倒，认知障碍没严重到进屋找不到门我们就将就收了。

我说那你这个兵员质量没法保证阿。

窦婴说这都是老问题了，不光渔阳有，其他边郡也有类似情况。国家发给每个戍卒置装费安家费通常拨给地方，由郡守和负责地方动员都尉给付，郡守都尉层层扒皮，到丁手里不剩几个钱，置得起盔置不起甲，人交给我们破破烂烂，一路吃饭还逮我们接兵干吏自己掏腰包请，到部队还要再花一笔钱装备这个兵。这笔钱哪里出？就是挤占挪用武器装备折旧，导致我们越是边关部队武器越陈旧。我到陇西上谷云中几个地方看，很多战士手里拿的还是当年缴获秦军铜剑和长矛——快八十年了！剑薄得跟蜻蜓翅膀似的，都透明了，拎着跟把尺子似的，全是锈点。我问战士为什么不磨磨，战士说再磨就蛇了，手里连根棍棍都没了。

我说都记下来，这次一并解决。兵贩子严厉打击！不交少交更赋严厉追缴！侵占国拨更卒款无论多少以喝兵血坐论，处黥城旦舂，罚没家产，全家没入官奴。

灌夫说我也是这个意思，借革除积弊整顿吏治来一次更役律执行落实情况大检查。凡有过犯未曾实缴更赋、应践更未践更或中间上下其手中饱私囊狡吏滑民劣绅兵贩子甫经发现，除追缴非法所得课之数倍之罚，人口一律征入力役。也不叫人想到我们扩军，您这边想一个重大工程，先把他们全体解往工地集中，在工地实行军事化管理，按军队编制组织起来，五十人一屯，五百人一曲，劳训结合，半天劳动半天学军，先练队列，立正稍息向右看齐，把军人姿态培养出来。您呢儿需要大量劳动力工期长活儿不太吃劲说停就能停工程有吧，长安城墙要不要再添一层砖？

我说昂？有，有，长安城墙不用添砖，我内陵正修着呢，一时半会儿用不上。

灌夫说就茂陵工地见了。一月期满，向他们宣布：你们不是法定役，甭客气你们就是拘役，因为你们已触犯法律这还是宽大没判你们完城旦，拘役期最少半年还是不告他们已经参军——半年时间够修律的吧？

我说昂，还要修律？灌夫说我希望我们所有行动都是在法律许可范围内实行。我说同意，半年，半天儿就够修律，你对修律有什么具体见解？

灌夫说景皇帝二年为宽民力，亦曾修改过更役律，将成丁年龄由二十提高到廿三，此次修律建议改回二十。考虑到对匈作战长期性、艰巨性，牺牲一定很大，征兵基数亦当相应扩大。同理，从巩固部队保存部队核心战力层面说，成卒役期宜长不宜短，建议取消三日更，全军统一为役一年，践更六年蓄改回三年蓄。奖励超期服役，超一年比两番蓄，超两年比五番蓄，超三年除役簿，永不再更。同时建议设立职业军士，确系部队骨干，多年老伍长，马术射术优长者，本人自愿，可转职业役，役期二十年，爵比公士，退役授田。当然，更多修改可不一次进行，可根据成军需要部队发展逐步完善。成丁龄改十六周岁亦为臣所乐见，止唯恐一下降幅过大引起社会关注与我保密本意违和。

　　田蚡说不用那么麻烦现在就修律，二十三能不能征够三十万兵？我汉在籍丁男总数是多少？先把法律用足，仗真打起来全国即进入战争状态，我以战时阁揆名义发布行政命令一步就能将应征年龄降至十五。

10

大雪连降三日，院里雪深几与廊平。我们三天三夜没合眼，饭送进屋，困坐着打个盹，尿到神像后边找个罐甑滋里边，拉——窦婴老先在墙角拉了一橛儿，受到大家一致谴责，要求他铲出去，窦婴老撅着嘴不挪窝，还是喊进来一个战士给铲了出去，撒上炭灰。大家一致同意大便还是不要解在屋里，都吃了羊肉味儿受不了，冷、雪大也要克服，都上外边解决去。

我倒是一般随车都带一花梨箍马桶，问李敢，李敢说给您备下了。引我到一扫得干干净净小柴房，马桶孤零零墩在地当间，我一坐上就起来了，说有人用过。李敢说这您还能觉出来？我说感觉到动物体温。

李敢说不好意思我试用了一下，但是都刷了擦了几遍。我说那也能觉出来，马桶如饭碗别人舔过就不能再用了。李敢说我道歉。上外边找一圈没发现厕所,田蚡也在找厕所,我们俩在廊子上碰了头,问战士,战士说庙里就没次所,还笑:农村哪有次所野地就是次所。田蚡忧愁望着院外漫天大雪说还得上野地呀。战士说不用走那么远,我们都这儿——指一院子雪。

田蚡说我不能忍了,就这儿了。我说我也忍不住了。就和田蚡并排蹲在廊子口,面冲里。田蚡朝战士呲牙一乐,战士都背过身去。天确实冷,看着没风,蹲下就觉得小风嗖嗖的,风雪皴肌,却有一种虐爽。

库嚓库嚓,我回头瞧,嚄!雪还是那么洁白,空气还是那么清新,只多了几个针孔小眼,都沉雪下了。

李敢递给我一沓三层麻夹心锦,我匀给田蚡一张,田蚡举起一三棱瓦片说不用,我有这个,还是这好使。

我们围绕灌夫方案不断提问题、提想法、提要求倒逼他细化细化再细化。全国大检查查出问题人口集中到茂陵需多长时间?更役推行六十年过更之弊积历六十载早期犯者今日尚存恐不止六十俱已耄耋是不是还要一并提来?要不要设一个追诉期过期不予追究或干脆定一个年限超龄课罚依旧人就不必到部队养老了。

茂陵工地已经有几十万人现在又一下子增加几十万人吃住都是问题。既然都是劳改犯这二者有什么区别?这么多新兵集中整训,按最低标准十比一配备士官、五十比一配备军吏也要几万人，人从哪里来？以老部队为骨干补充新兵升级建制这样的部队才能保持老部队战斗作风战斗精神，才能迅速形成战斗力，全部新兵组建兵团无论派进去多少有经验干吏，训练多久，未经实战考验真拉出去战斗力还是要打个问号。哪里去找这么多老部队？把现有营队都投进去带新兵，有带兵经验参加过实战退伍军吏全找回来动员出来牵扯的也是一大批人，以什么名义派他们去管劳改犯呢？胡类同战争动员！前期一大套保密工作全白做。

队列训练最多三个月再多无意义。之后这些人要发军装发兵器，要练武，不穿上军装真正拿起武器操课，再多跑步立正心里也还觉得自己是老百姓，由民到兵内个军人意识根本转不过来。这时就不能再圈在茂陵了，内几十万正经劳改犯都看着呢，就要到我们部队自己正规训练场去，就别几十万人再搅在一起了，就要按将来准备部署战略方向按军兵种各自集中，去自己营地。进入营地我们就要按部队要求进行正规管理，就不能搞连蒙带诈内一套，就要跟人家讲清楚，你们现在是兵了，服的是兵役，役期几年。这其中大部分人我们不是准备当骑兵培养么，就要去马场接马、喂马、养马，和马培养感情，将来骑在马上做动作，进行战斗马才不会给你颠下来，马在哪里？

灌夫说各位老大，各位掌柜子，我脑袋都要炸了。你们提的要求、问题我都记下来了，请容许我回去整理，再摸情况，给我时间，把每一要求问题逐项落实。

掌柜子们说多少时间，十天、一个月，够不够？

我说我看三个月吧，有些问题也不是老灌能回答的，诸如训练场、马场、马，新部队干吏。你就先按三十万骑兵配置把数字列出来，我对灌夫说，怎么解决到哪去找我来想办法。一件事可以现在就干，更役律执行落实情况全国大检查。要成立一个领导小组专门抓这个事儿。这个事儿牵扯面广，又要看户籍又要查役簿又涉及法律还有将来卒徒转运。田相，我看也只有你合适，你就牵头当这个小组长，相府户曹、兵曹、决曹、尉曹做组员。过完冬至就下去，一个郡一个郡跑，争取……也用三个月，把七十四郡二十国都跑一遍，你下去郡里国里也重视，有困难么？

田蚡说困难都可以克服。

11

这一年是我六年,也可能是我七年,因为内时候还未改历,有人过秦历年,有人过冬至年,有人过夏历年,年头有点混乱。当时不混乱,就是一天天过,见招儿拆招儿。后来——我十九年正式建元,司马迁他们按每六年闰一个年号往回套内已经过去十九年,把人套迷糊了,说起当年事几个老人儿一人一个年头。再后来——元封七年、太初元年、我三十六年?马迁又蹿逗我改历,更乱了,回回为到底乃年发生的事能打起来。所以我下令不许纠缠这个,聊事就说有没有这个事,有,爱乃年乃年!倒过去发生也成。

马迁拿他记这一年大事备忘给我看,说十一月,你下令郡国举孝廉各一人,这个事有吧?我说你说有就有。马迁说可是我没有这九十四人名单,而且我怎么没见过这小一百人,你能提供么,他们都干嘛去了?我说干嘛去了,参加工作组了？这我还真不记得了。

马迁说什么工作组，你不会也没见过这些人吧？

我说就是临时为某项工作组成的特别办事机构。有的事本来不是事突然成事儿了，业态又很新，向上衔接找不到对口单位或牵涉几个单位业务范围，就抓几个人临时管一下，听说他们有时是有用临时工情况。

马迁说我知道工作组，我是问是乃个工作组。

我说哟，乃个工作组你就别问我了你逮去问田蚡，日常工作主要是他在抓。马迁说田蚡一见我就跑，想逮住他太难了。我说你约他呀。马迁说约不上，为了躲我，他能天天假装出差，衣裳穿好马车备好，我一进院门就上车，说不行不行我今天有事要去哪哪哪马上走，下回。我说你确定他是躲你么，可能真有事。

马迁说一回有事还能回回有事怎么都让我赶上了？他是相诶，相不应该呆在老窝有天天往外跑的么？

我说好吧，田蚡是比较油。马迁说你逮配合我们，都跟田蚡似的见我们就跑，将来历史记载这一年就是空白，后人问你们这一年干嘛去了，我们怎么回答？

我说配合。马迁说还有这条，需要跟你核实。四月份你设卫尉李广为骁骑将军命他屯云中，设中尉程不识为车骑将军，屯雁门。六月又撤销了这两项任命，将二将军调回原职。其间并没有听说有匈奴入侵事件发生，长安也没有像历次北边有警派出杂号将军城里实行戒严和局部动员，大家都没事人一样，据知情人讲，两位将军赴任也没带兵，是空着手甩着两只袖子去的。你是得到什么情报了，听说匈奴要来提前戒备还是因为别的什么事，为什么只派将军不派兵呢？

我说我得到情报了听说匈奴要来。兵，肯定是要派的，长安城里没感觉是因为我不想惊动大家。兵……我本来打算动员代地四类人，就近，也别老累关中一地人，后来听说匈奴又不来了，命令都下了又撤回了。

马迁说噢，那就对上了。你这多半年老跑雍镇什么情况？听说你还把西陲一个废畤买下来重新装修，把呢儿老百姓都搬迁了你怎么想起在呢儿买房子了？

我说我不是迷信么，李少君给我批一流年，说我今年应该多往西走，西边旺我。马迁看着我，半天没嗳嗳，说你是不是把我当傻子了？

12

现在看来还是把情况估计简单了。本来预计更役律检查三个月能完成，结果三个月过去，只跑了雍、幽、冀、并十几个郡，青、兖、豫、荆几个人口大州都还没去。报上来的数也很可笑，几十年下来少交漏交更赋的人加一起不到一万，兵贩子抓了十几个，贪占更款郡守都尉一个没有，只递捕了几个县尉和亭长。

也不能说田蚡不卖力，冬至到惊蛰——整个三九天都在下面跑，不但司马迁误会家里夫人如夫人也误会，没见过这么不着家的时候。也知道数字难看，现在春分了全组不敢回来，几个曹分开一人盯一个郡坐等，要郡守重新报数字。我就知道底下人会蒙他们，还在他们下去前倒填日期命各郡国举荐为人忠恳有孝廉名声良家子一名作为地陪全程陪同检查组。目的就是让检查组多了解些情况，遇到官绅串通推诿欺瞒能多个心眼。没想到这些人老实到不长眼，心理幼怂头脑闭锁，有孝之名盖因爹是强梁妈是悍妇，从小给抽傻了，见了长辈只知装小作揖问好，还是让人蒙了。

我叫田蚡把组先撤回来，也不要在底下耗了，他们一次没说实话怎能指望他们二次说的就是实话。

我去找大理石庆，请他推荐两个深刻理解法律有审案经验的人。石庆推荐了张汤和义纵，说这两个人现在虽然还是小吏将来在司法界一定会有一番作为。

我把这两个人名字告诉田蚡，让他把这两个人安排进检查组。田蚡一听张汤名字，说知道，名提。

张汤义纵一进组，就跟老田和几位曹说：老几位辛苦了，年也没过好，这几日就在家里歇养，补补身子，内些小事就交给我们兄弟办吧。老田说行行，有劳二位，多费心思，讲究方法，下面情况很复杂，一个人牵着一大家族，一个家族牵扯一大片，不要搞出什么乱子。张汤说怎么会呢，我们就是去治乱的。

张汤义纵做了分工，张汤去了最难搞的长安县，义纵到他老家河东郡。张汤下去一个村一个村跑，每到一村，即召集百姓按役簿唱名，对念到名字的人讲：请你们自己举证，自更役律实行以来这六十年没有少交过一厘更赋，说不清楚不能举证的，跟我走，我给你找一地儿说清楚去。几个村子——一个县跑下来，茂陵工地突然涌入大量自带干粮行李青壮农民，说我们找张先生，张先生让我们来的。工地负责人年前就得到通知说近期有新壮工到，准备了工棚和劳动工具，等了仨月没见人毛，正犯嘀咕，见人来了十分高兴，说欢迎欢迎等你们很久了，先住下，领镐、筐，明儿一早开土方。很多人——长安县有势力、家里出过公侯广有田财的人听说自己儿子被留下开土方本来以为就是去一趟把情况说清楚最多花俩钱就能了事，就去找张汤，张汤已经去了另一个县，请他吃饭，给他送这送那。张汤逢请必到，吃完宴请记下来人姓名和所送财物，说你们的事儿我都知道了，过几天可能有上面的人找你们了解情况，你们就实话实说，说是我朋友，我让你们找的他们，他们能解决你们的问题。

过几天右内史衙署派一个曹史下来，点名找这几个人问话。因为右内史治所就设在长安县，大家都是经常在街面上走动的人，彼此看着半个脸熟，见面也很客气，老张老李互报姓氏家门作揖致意，曹史问什么，几个人都如实回答了。曹史做完笔录，请几个人按手印，然后向他们宣布：被举报人供认确有行贿吏员请托纵放触律刑拘人犯事等，现对你们实行递捕。

说完取出红漆木枷，一人扛一面，拿长绳拴着腰牵牛一样当街牵一大串回右内史府衙，投入大狱。

长安县人都疯了，说这张汤是谁呀？拿出更大钱财向上托人，一层托一层、最后托到我这儿来了，我就不说是谁了,是我必须给面儿的人。我说没问题,叫你朋友去找田蚡。这人说那你跟田蚡打一招呼。我说打过了。田蚡找我来了,说您怎推我这儿来了。我说你再往我这儿推阿。内人抹回头再找我,说田蚡怎比你架子还大呀,回回找回回说不在家。我说你就上他们家守他去,一天不在家,两天不在家,还能一年不在家?内人说明白了,这事办不了幸亏没收人家钱。

义纵原来在河东郡做过强盗,郡里大户豪门家基本都踩过点,这次回到河东,将郡里几个最古老著名家族赵氏、魏氏、韩氏、毕氏、班氏族长都请到郡治绛城,当着郡守都尉面跟他们一家一家算账,乃年乃月合族少交更赋几十万钱,乃年乃月把该交的钱送到郡守家里,剩下零头买了个小妾送到都尉家里。把郡守都尉脸都说绿了,掀翻板凳推倒屏风大骂:你这个贼人!你扒我们家窗户瞧见了?义纵说正是,我不但扒你们家窗户,你们数钱时候我正蹲你们家房梁上呢。

族长们也一齐喊冤,说苍天在上,郡守都尉家门朝哪边开我们都不知道,可冤死良民了。义纵一个猿步蹿上去,一拳打死赵氏族长,说我呸!你是良民。

河东震动!太原震动!上党震动!田蚡向我报告,我说胡闹!尸检怎么说?田蚡说尸检发现赵老太爷胸腔充满积血,显然是心脏破裂所致,义纵这一拳打在脸上不是直接致死原因,只能说赵老太爷突遭冷拳袭击情绪激动引发心碎间接导致老太爷猝死。我说还是很不恰当。过了会儿又说：义纵揭发之事是不是事实？

田蚡说是事实，大理已拘提河东郡守都尉下狱，经审讯未动刑二犯供认不讳。已按律处髡城旦，家产充公，家人没入官奴，估计二人已在茂陵开土方了。

我说动作很快呀。田蚡说就是要尽快形成一个震慑效果。我和石庆沟通过了，此类案件以后都按快捕快审快判三快原则办理。下一步，还要挑一些工作尤其难以开展人尤其难缠郡县搞公开审判，要让那些正在观望的人、心存侥幸的人知道，这次我们是动真的。

我说可以拟一个自首条例，截止日期前主动出首，补足更赋，愿意义务为国家再出一次更，可免课罚，役期也不以刑期论，可算正常践更。田蚡说已经按土政策在底下广泛执行了，要不茂陵那边怎么会每天都有上千人从各郡匆匆赶来，急于投入开土方劳动，不让进都跟你急，茂陵尉直喊受不了，接待能力饱和。

我说你记一下，免茂陵尉职，任命张汤为茂陵尉；义纵诫敕训斥，罚俸三个月，调离现有岗位——你觉得哪里比较难搞接下来？田蚡说离长安越远的地方越难搞。我说那就把他调到会稽去，让他从南往北搞。

四月，我大赦天下，主要内容就是以上那个自首条例，截止日期定在五月，后又延长半个月，主要考虑南方边郡赦

117

令传达到人晚。效果很好，各郡官员反映工作一下开展起来了。同月，任命卫尉李广为骁骑将军，屯云中。中尉程不识为车骑将军，屯雁门。

我跟他们讲：计划赶不上变化，灌夫方案（以下简称灌案）原计划三十万新兵训练在茂陵完成，现在看来过高估计了茂陵容收消纳能力。目前报到人数不到十万，工地已出现住不下，耍不开，劳动工具不敷分配，几个人使一把镐，一个筐轮流背，干活人挤人吃饭排队等碗，原有工程建筑人员反倒没活干吃不上饭，两边产生矛盾，严重至互相辱骂乃至发生群体械斗需警卫部队武力介入方可制止现象。监管人员疲于奔命一方面要保证新兵吃上住下迅速进入状况，一方面要维护工地法治毕竟是劳改场所必须保证原有劳改人员不出问题不发生脱监，哪一头都不能出人命两头摁两头摁不平，工程无法保持进度严重窝工已近停滞。军事训练先到一万人才学会立正，稍息还不知出哪只脚分不清左右，向左向右看齐一半人和另一半脸对脸。后到这七八万人一半住进工区一半还散落茂陵邑街头露宿还保持着农民习惯，吃饭喝水大小便问题均引起当地居民极大侧目。当地居民主要成分来自关东豪强茂陵建设初期一举迁来，有的原来就是黑社会现在还是帮派分子，几大帮派联合起来叫板试图暴力驱赶，遭数万农民更大暴力几个老大家都被拆了，张汤嫩么强一个人给农民当街下跪才从农民手里背出打成花瓜烂茄子各位老大送医急救。有关部门反映这些农民脱离乡土长期聚集各自抱团再不处理要出大问题,而更大的问题是还有数千近万农民每日从各地源源赶来。

嗖!我说,灌案必须调整,尽快疏散出去茂陵聚集人员。灌案已经调整,阿老、老郦几次赴云中雁门选定善无西口苍头河谷和楼烦关治水河道做未来战场。夏侯也去看过,认为苍头河谷地势平坦,便于我战车突击,东西塘子山大堡山地势险要限制敌骑迂回是对我两翼天然保障,周回群山也便于我隐藏部队,是较理想主力决战战场。治水河床沙厚易渗多伏流,枯水季每为虏骑运兵管道,可径达我关下,虽称便捷亦为弱肋,经丈量河床最宽处不过十骑并行,我若沿河设伏,俟敌骑至,叠次排击,或可收席卷之效至少也断其一尾。总提同意他们的判断。同时决定,练兵场就设在那里,不要以后再大费周章往那里调部队,现在就去,以筑路壮工名义,五百人一队,一边铺路一边开进,人到了路也修通了。总提命令昨日已经下达,茂陵第一批人员五百人已经上路,今后将以每日十队五千人速度发送队伍,预计一个月发送十五万人。剩下的人北地上谷渔阳还有几个训练场在看,甘泉、细柳、棘门灞上我军几个老营房也有现成训练场,粗估暂且够用。什么劳训结合,现在开始就要战训结合!

这次要你们俩去,就是接这十五万人,到一个队,整编一个队,到两个队整编两个队。也不要他们单独成军,云中雁门守备部队各一部五曲共五千人，全拉出来，我要你们把这十五万人全补入这两个部，伍扩充为屯，什扩充为曲，屯扩充为部，曲扩大为军。我给你们俩每人各前后左右上中下七军编制，这五千老兵就是你们基本干吏队伍，随队看管解送里党邻长也一并入伍按调干分配工作。守备任务不必担心，留下一些看家的守烽火。情报显示，匈奴各部正在转场，春夏之交正是他们接羔牲畜抓膘补膘季节，我们又刚运给他们一大批粮食，够他们吃一阵子，草原上的活儿忙完前应该不会有大的行动，你们至少有半年安全期。队伍整编完立即投入军训，也不要等，一个曲整编完开训一个曲，一个部编完开训一个部，只给你们两个月，全军要转入全日全训。武库储备兵器正在出库，即日向你处调运。新式铁制兵器正在锻造，我已在河东、河内、河南、颍川等铁矿产地设立铁官，卡脖子主要在冶炼这个环节，争取年内给你们全部换装。

马，问题比较大，至今还没有找到适合我军骑乘理想马种，即便找到了现生驹也来不及。只能立足我军现有马群，淘汰一批战车，在挽马中挑选一些上套没几天肌肉类型还未被拉车习惯改变儿马，看能不能适应新的骑乘需要。再一个办法是征集民间骑乘马，只恐这些马因主人骑乘习惯不同，姿态步幅听口令反应也各不同，集中在一起全成毛病了，到部队一下用不上，还要再扳毛病。这也是为什么这次要找你们两个驯马有经验带过骑兵的人当这个将。争取——这个时间可以长一点，三年，这十五万人全部改装骑兵。

李广说三年不够，人能凑合马不能凑合。拉过车的马别看就几天，肌肉记忆是一辈子，不定哪天跑着跑着突然想起拉车，就把你当车了，越跑越稳，你追别人还好别人追你就惨了，我有一个最好的兵，就因为借自己的马帮老百姓拉过一次草，几年前的事，他都忘了，马没忘，巡边遇上匈奴兵，叫人抓走了。

程不识说我也弄过一回，不知道这马叫人结婚弄去拉过喜车，看着别提多招人爱了，骑着去打猎，碰上老虎，妈的箭都射光了老虎不倒，跑又跑不掉，最后只能下来拿刀捅老虎，你一刀我一爪，俩血葫芦，好在老虎还是先我倒下了。以后我就再也不骑别人手里过过的马，谁知道马都干过什么。

李广说老婆能借，马不能借。

我说那就五年、十年，咱们从小养，谁都不借。

李广说不急，这事急一定干不好。你干脆叫我去当这养马总监得了，保证五年之内给你送来的都是能骑的马。

我说就这么定了，云中你还是去，接完兵就调你回来，养马去。

那——老程，我转向程不识，马反正是不够，我就一匹不送老李呢儿去了，全送你呢儿。

程不识说行吧，你先送来吧，我叫这些新兵先见见马。我建议阿，也不要一下把战车全淘汰，目前不是还不出去作战嘛，预设战场作战战车还是需要滴。

我说行吧，训练调配都听你们的，还有什么要求可以直接找老郦大周萧婴，他们都是为你们服务的。

13

　　五月，我再次下诏各郡推荐人品贤良具有一定文学基础的人，在西畤亲自面试了他们，请他们写一篇策论，出的论题是：过汉论。大多数人给惊着了，答题时间光流汗终篇者什不及三。我留下两个文字乖顺擅用惯腔熟语者给灌夫作抄书吏，其余发往云中雁门请李广程不识储备为将来新军文吏。我要求李程，新军训练要总结经验，尽快形成一套行之有效有利实战可操作规程，譬如几天可以学会摔角，几天可以学会拳，几天可以舞棍，几天可以熟练使刀，几天可以上马几天可以开弓实箭射靶。我要求他们十天报一次总结，全训结束后拿出我汉骑兵队列条令推广到全军。

　　整个五月，我都蹲在西畤和灌夫两个人抠方案。畤翻修过了，少皞神像没动，掸掸灰尅哧尅哧尅爆皮儿酥碱重又刷了遍清漆，两眼封泥剜净，我拆了阿娇一手串摘了俩珊瑚珠子扒眼眶里。供案使碱水杀去老油老泥再经井水泼洗擦拭露出木材本质牛毛纹和小棕眼。

我从宫里厨房搬了摞临潼姜寨窑烧彩鱼蛙纹盆和两只雍镇北首岭窑烧水鸟衔鱼细颈彩陶瓶一字码开，瓶供清水，盆当油碗，天擦黑点上特别晃亮特别显好——我指神、案、殿。

开光内天，我请我妈林虑来参观跟我妈说给您买了所庙请了一正神以后您呆着烦瞧谁都不顺眼可以来静静，住多少天都行这就算咱家家庙您个人一行宫。说着推开刚油过没完全晾干还有点粘手正殿门，口喊：灯灯灯——灯！

妈说妈领了你这份孝心了。抬腿迈门槛子整跟少皞对了个眼，一哆嗦，说这什么神阿怎瞪俩红眼珠子？

林虑说你别扯了给妈买庙有听说太后住行宫的么？我说南甘泉怎么说呀？林虑说还不是出事了你能不能盼妈点好？我说那叫出事阿，你小孩不知道心疼老人。

跟妈说这是白帝，玄嚣，也是孝子，黄帝长子，他爸嫩么不待见他都不带急的，临了得福分派管了西方罩着西方所有人现在归您了。内俩眼珠子是我换的，原来是绿眼珠子更吓人，还不如红的有依据熬夜也能红，再者说咱家不是尚红么，换了眼珠子就是咱家门神了，只罩着您一人，您说您这福气可有多么的大。

林虑说谝！谝！你再谝闲传。妈说得是的，孝子俄喜欢。林虑说妈你傻呀，这白帝跟咱家有仇，当年高祖爷爷劁断过祂娃，您还指着祂佑护您还不如说您正刚巧犯怹手里。

妈说俄不这么看，真要把这当真事计较起来，咱家还是赤帝呢，不比祂低。高祖爷爷劁断的是猴娃娃凡胎，搁天上说就是催着娃回去。哥俩儿如今都在天上没准早和了没准现在正一齐瞅着咱们在老白家庙里说话，给老白家上供添油地上也和了不定怎么欢喜呢。

我说是这么个理儿，是这么个理儿阿！是凡在天上有位子的在地上结的疙瘩都不是疙瘩，是猿粪。妈您老是能一下把话说到根儿上。冲林虑：你就是一身俗见。林虑说见过谝得自个都信了的。

西厢房刚粉刷过糊了顶棚门窗粘了新帛隔断打通铺了一拃厚地板，家具陈设还没进只在地当间摆了俩坐垫我跟灌夫说你先出去躲一天上雍镇街里玩玩晚上再回来。妈在门口脱了鞋进来说这是俄寝卧阿？我说喜欢么，喜欢就睡这儿。但原来设计不是这样的，这是您歇脚冥想香堂，我找人写了两个堂号：莫言堂、存默堂；您挑一幅镌了挂上，有什么不爱见、见了没话的人带到这儿来，干坐着也不该尬。妈说那俄住阿搭捏？我说有，有滴是，您往里边走，可着您住。

妈说里边是阿搭？跟我顺廊子往后走。里边——出了正殿后门，是一地木料，踩着木料过桥似的出了后院门，是整个村子，村民刚给迁走，家家敞着大门，扔一院垃圾，遗弃的猫在房上，狗在门口见人就抬起前爪跟人握手。人走得匆忙，井台还是湿的，小菜园菜叶还绿油油的都长老了韭菜开花、芸薹结籽、豌豆暴荚，土里种的块茎类芋头什么的也冒出一片新芽。

我握着黄狗手跟妈说：这都是您的地儿，都是原来畤里的房子，秦逼咧了木人管了，老百姓住进来把房子都祸祸了。我准备恢复秦时整个西畤旧貌，围墙修起来，正在征集当年参加过建庙修庙老木匠和流失文物，听说还有壁画，也都画上，高祖斩白蛇起义，子婴绳套脖子白马素车道旁迎降，项籍火烧窝傍宫，把这段历史告诉后人。到时您想睡乃间屋睡乃间屋，想歪着歪着，想倒着倒着，全是您的窝傍。俄再在庙门口钉一金匾，上书"敕建大报恩畤"您看可好？

说完拍拍狗脑袋，挠了挠狗脖子，说你们谁身上有吃的给点？林虑说俄怎么觉得你有点拿妈打岔呀，谁没事身上带吃的呀，你摸狗跟摸猫似的再把你咬了。

我说你瞧，干什么都有人说三道四，妈您不会不信俄这报恩的心是真的吧？妈说：谝谝得了，费那个劲，也别广俄一人住，俄呢儿有俩合浦灰真珠，窦太主不要给俄的，你还是把俩眼珠子换了，项籍个倦人俄也叵烦，大夜下总瞧着老汉在呢儿放火，心里桨乱。

我说俄也来住，陪着您。项羽叵烦那就画您，画您生俄，红日入怀。妈绷不住乐了，拍着手叫：哎呀，那怎么能画捏？我说俄亲自画，就画一轮红日，冉冉升上松树，松下还有怪石、仙鹤、小鸡儿啄米、白菜。

林虑说日你还真画不圆，你先给俄画一鸡蛋瞧瞧。

我说不带老正着接的阿你一女孩老这样再累死谁。

送妈林虑原道回去，狗也跟着，老风——原来内庙祝，留下了，当看门大爷兼茶房，在门口点头哈腰，跟我说这狗黏上你了。我说带大黄去伙房，让大号给找点吃的。东方朔李敢慌慌张张跑进院，一个劲冲我挤眼，朝院外指，挨间拉廊子门，挪开一扇一头钻进去。林虑说你们躲谁呢？我说不知道，谁知道这俩犯什么毛病了。林虑说我怎么刚才好像看见灌小玲她爸了？我说谁？噢你一定看错了，她三叔在我们这儿哥儿俩像，就是胡子不一样，她爸是黑的三叔花白。

出了院门，司马迁在院前停车场溜达，东瞭西望，跟我妈车夫攀谈。我说哟你怎么找这儿来了？司马迁给我妈施礼：太后好。我妈对司马迁印象一直不太好，老记得小时候内点事，打量一眼说：都长这么大了，问你妈好。就去车上坐着去了。林虑说马迁哥好。

司马迁说我去陈宝时，顺道过来看看。我说弄明白没有到底是个啥？司马迁说是块石头，天上掉下来的。我说那也是沾了灵气的,听说还能变男变女呢。

司马迁冲我妈起动的车再施礼:太后走好。挥手赶赶眼前攘起的灰,回头对我说:真打算修这破庙了?

我说真是有价值历史建筑,我还真不是从宗教方面考虑,是考虑给咱们三秦保留一处文化景观,将来翻建好了开放给老百姓参观,特别反对内种把前朝一切都铲除干净项籍式搞法。秦虽然消亡,也是咱们历史一部分,好也罢坏也罢,都反映咱们走过的路,政治否定文化改造我一直是这么个态度。你进来瞧瞧,提点意见,说起来你也是文化人,你意见没准正是我意识到料不到你一提就切中肯綮就启发了我来来来留神这门槛有点高。马迁说行,我看看你改的怎么样。

我挽着迁儿手一齐迈过门槛,给迁儿介绍老风:风老师,本畤大祝,风后一百代孙,本畤未立之前就在武畤、好畤干过,名祝。本畤立,襄公专门请来做国祝,雍地几大名畤鄜、密、畦、北、上畤下畤一百多所庙都是他们家徒子徒孙掌祝,见了他都得喊祖爷。

给老风介绍:马老师,重黎后人,你们世交,当年跟风后老师都是朋友,你肯定去长安集市买过东西吧,他们家是集市老市长,以后你再去就提马老师。

迁儿说风氏阿,老姓,幸会。老风说能给我打折么?我说那怎么不能太能了,放心,兹凡集上卖家都不敢跟您要钱以后你就空手去。迁儿说你提这个干嘛！

我说不能提是么，下回不提。挽着迁儿快步通过廊子指着各道门扇说这是风老许舍、这是我冥想的香堂、这是我临时寝卧、这是工作人员许舍……一步跨入正殿，说你再瞧我这少皞，修旧如旧，还行吧？

迁儿说好！这俩眼珠子也是原来的？我说原来的。

迁儿说有意思。我说你瞧地上内摞砖，都是拆房子拣出来的原砖，我准备房子再盖都用原砖。迁儿说就这一摞砖？我说还有。带他出殿后门，指地上：原木料。指整个村子：都还没拆呢。迁儿说拆了再盖？

我说修旧如旧阿。迁儿说好吧，那你这活儿可且干呢。我说我得着一句话最近，不急，什么事急一定干不好。特别是修复古建，没条件不讲，有条件尽量做到原构原件，所以我要求工人，拆下来的砖都必须编号，半头砖、残砖也不要扔，将来可以砌在外立面。

迁儿说你心太细了。我说没办法，谁让我喜欢上这搁了呢。迁儿说你兴趣太广泛了。我说人活着嘛，今天想起一件事就要去做，不要等明天，明天不定又想起什么了。迁儿说执行力是么？我说嗯嗯，问你件事，你会把我这爱好写在你书上么？迁儿说你希望我写么？我说无所谓，但是我觉得你可能会缺一个重要章节：汉朝的艺术。

迁儿说艺术不用我立传，全靠自个，作品。好比你这片房地产，隔多少代了，还不倒，人逮说你看人先秦的工，真好。我就管内些傻干事活着挺热闹死了没人知道但确实影响了历史走向的人和我喜欢的朋友，我愿意他们甭管有没有贡献啥德性都在历史占一小角。

我说你意思我还是立一碑，告诉别人我中间修过。

迁儿说除非你后边没人修了你立这碑才有意义，否则您就是内一大溜给人添坟的，可要后边没人修了就咱这砖混木结构不用等下一个项籍来烧自个能先塌了犯不着操这心。

我说可巧赶上我还真不是以房地产著称于世。

迁儿说要不说建筑、房子也有命，赶对了人就能多站几年，赶上了您，算这片房子命好。

我踢着脚下土说晚上一起便饭呗，你瞧这菜多的，不吃可惜撩的。迁儿说不了，我还得回雍镇，饼妹等着我呢。我说一起吃呗，你把饼妹接过来，你有车么？

迁儿说我打车过来的，这会儿可能还有去雍镇的车。我说不用走原道，这儿直走就能到路上。从菜地拔了把小葱塞迁儿手里说你拿点菜。迁儿说不要！

我看着迁儿在马路边打了辆运土鸡车坐上走了，慢慢走回前院，拉开西厢房门，东方朔李敢灌夫都在里边，东方朔说走了？我点点头，蹲下，捧着脸。

李敢说你怎么了，不舒服？我摇头：说话说累了。乜眼瞅着灌夫：你很有意思，头发没白胡子先白了。

灌夫捋了把胡子，纷纷扬扬掉一地，低头捡起一根，说我还有意思呢，头发没掉胡子先掉了。

14

六月,李广程不识一个兵没接到。壮丁十五万都发出去了,都在路上,修秦直道,十五万人铺开也是上百里。起初,也是按蒙恬施工法,黄土熬盐碱,先到的人一律去运城盐池挑盐,后到的去南山伐木,料备齐了,再一齐动手祸土揉面,该补的补,该垫的垫,夯平墩实,支上百里硬柴一齐点火烘焙,工人也一齐休息,烤馕的烤馕,煮水的煮水,下套掏洞搞来狍兔鼠狸也一并上火入煲,烟飘百里,香飘百里。人吃饱了,路也得了,扫去黑灰,真像张饼,有的地方烙黄了带焦边儿,有的地方雪白,趴下一舔,咸的。

阿老去检查工程,自己驾一辆双轮马车跑起来轻快如轨,半日跑到马栏河,又从马栏河兜回来,没见到一个人影,沿途工棚还在,撬杠夯石木桩亦在,人不知去啦。好容易看到一个工棚冒烟,下去见一个病恹恹老汉在煮粥,问他：人呢？老汉说挑盐去了。

路就这么搁这儿了，整个五月挑盐的没回来，砍柴的先回来了，也没法干活就在路边等，闲得没事偷鸡摸狗和附近村里老百姓打群架。长安纨绔子弟听说北边新修了高速路，赶着新马车来路上试车，撒欢跑撞死老百姓牛自个也伤得不轻，听说还摔傻了一个。

阿老找工程总监理义纵说不能这么干两天放羊一个月，蒙恬施工法要改，我们要质量也要速度还要讲纪律，不要忘了我们带的是兵，修路本意之一是锻炼队伍，都是朴实农家子弟，在我们这里干了几天成乱漆疤糟了，将来怎么对接兵单位和人家家里交代？你要执行纪律，部队就要像个部队。义纵说：遵命。

起初，义纵被派往南方开展工作，在那里工作很有成效，很快征集到五百壮丁，南人说话听不太懂，总感觉他们在捏咕什么，出于责任心义纵亲自解送这五百人到茂陵，被张汤按照我的命令强制入伍，任命为会稽曲长，继续带队前往修路。义纵说老张，是我，我！张汤一抹搭脸说我不管你是谁，我只知遵从上命。

义纵有个姐姐叫义姁，懂妇科，尤善调理拔罐烧艾捏积捎带卖阿胶，宫里很多人信她，转来转去转到我妈呢儿去，把我妈潮热和爆发性出汗治了，也不是治好了，就是我妈每次发热给拔罐，出汗给捏积，让我妈有一种在治的感觉。拔完罐给擦汗，泡一个仙茅、当归、巴戟天、黄柏知母药浴出浴后心情为之一爽，当天就不烦不摔东西骂人，喝得下甘枣百合大麦粥了。

拔罐是容易上瘾的，捏积也容易上瘾，我妈这病又是个正常机体功能退行，几年工夫过不去，义妁就成了她老人家依赖、每天要见的人。上回我妈来西时我就瞧见一挺大岁数妇女贼头贼脑跟在宫人队里，打扮得跟个仙儿似的，几次赔笑没搭理她。后来林虑也吃上她家的阿胶益母糕，还帮着推销给她姐儿们，说姐儿几个吃完脸色好。有一次还专门拎了两篓跑我这儿来，说这男的也能吃，我看你最近眼圈发黑跟几天没睡似的你补补。我说你真知道心疼我，我几天没睡我就睡几天，缺觉补觉没听说补驴皮的。林虑说好吃，你就当零食吃爱吃不吃吧跟你说件事，我有一朋友叫义纵叫你给劳改了，人真没什么事就是送劳改犯到茂陵当劳改犯给扣了罚去做苦工别提多冤招谁惹谁了。

我说你怎么认识他呀？林虑说你甭管我怎么认识的，你就说这忙你帮不帮吧，这是我一特好的朋友，我这可是头一回找你帮忙你说我什么时候麻烦过你。

我说我查一查，如果事情真像你说的，可以。

林虑说谢。

过几天田蚡来西时，我问他义纵现在怎么样？田蚡说不知道，这一阵净忙新武器定型跟大周审核被装采购预算，没预算不行阿，阿老内边我也要求他出预算了，张口就给浪费很大钱都不知花在哪儿，国库再有也会掏空关键是我都来不及给他筹措义纵怎么了？

我说你查查吧，我听说他回来了，在修路。田蚡说不可能吧，他回来为什么不跟我说。我说听说被限制了人身自由。田蚡说胡闹，部队有时真就是不讲理。

田蚡去署里找阿老没找着，问小栾你们这儿现在谁管筑路的事？小栾说不是我们管，好像是兵曹老张管，你去问他吧。田蚡又去找张羽，张羽说有这么个人，很不错，脏活累活带头上，他们队挑盐总是第一。

田蚡说这个人是咱们组里的，你特么给他搞到队上去。张羽说没人跟我说呀，我知道组里进新人当时我在下边，这个人自己也不说他们队都是南方人我以为他也是南方人呢。田蚡说你赶紧给他捞上来，向我报到，我这几天不在你们就给我整这事还嫌我事少么。

张羽嘟嘟囔囔：先说好我不同意他调走阿这是我最好的队长本来就没几个能干的，随队跟来硬安插进队内些里长邻长在家就不是好东西，都是乡里青皮，到部队数他们调皮捣蛋，大检查不是已告一段落组里目前主要工作不就是修路你把人都抽走我怎么干？

田蚡说这个人的任命我说了也不算，你有什么牢骚向皇帝发去。

田蚡向我报告人已经找到你要见他么？我说我就不见了吧，你征求一下本人意见愿意到哪里工作尽量照顾本人意愿。田蚡说跟本人谈了，本人表示不想回南方，愿意继续留在筑路队，考虑到是个人才，我打算任命他做筑路总监理。我说甚好甚妥。跟李敢说你回长安取换洗衣服顺便找一趟林虑跟她说她的事办了。

阿老说蒙恬施工法要改，你要执行纪律。义纵立即召集全体队长开会，宣布停止挑盐砍柴，把所有外出人召回来，上子午岭开山取石，下姜姬河马栏河挑沙，烧石灰，掺上沙和黄土，夯三合土，用以垫路。再将各队临时收押逃亡追回不服管教有小偷小摸行为二百人和吃拿卡要结帮拉派欺凌部属折辱长官什伍长百人和替这些人求情同乡屯长十人、曲长二人，一齐推出去斩了。筑路队上下为之一震撼。义纵又任命了一些对他阿谀奉承又确有些才干小子做新什伍长和屯长，用张羽的话说还是青皮，但是听话的青皮。规定了新的作息时间，完全按——用张羽的话说他以为的军事化管理，每日吹唢呐起床，击鼓吃饭，二鼓上工，鸣锣收工，吹角熄灯。每日各屯要报完工量，实行末位鞭笞制，当众撩开下裳抽光屁三马鞭，累犯三鞭加饿饭一顿，三犯还是三鞭饿饭一顿加黥面。之所以饿饭刺字不加鞭用义纵自己话说就是惩戒为辅，第二天还要干活，不给冒充伤重难支第二天偷懒借口。

鞭刑在每日晚饭前进行。（马迁注：时，一般人民日常惯行两饭制，所谓过午不食，天擦黑上炕。因筑路工程消耗体力甚大，故上特恩准比照作战部队及民间夏秋收习俗日落前加干饭一顿，由国库供给。）由义纵强盗伙老搭档张次公执行。几百条汉子一字排开趴在刚夯实还温乎路基上，张次公扬鞭一路齐臀打来，有的哀嚎有的哼唧有的强忍不作声有的打完翻身坐起嗬嗬壮笑，声情诡异抑扬迭顿宛若男声多部哼吟重唱。

次公亦不时出怪，欲抽又止甩个鞭花扎个马步，待身下人卸了绷备肌肉松弛复重鞭落下，获一声惨叫，捧饭碗围观工友发出阵阵哄笑喝彩，成节目了，次公亦顾盼自得。

张羽找到田盼说这也太不像话了，这是公然擅动私刑！把带兄弟内一套带部队来了。田盼说有效么？

张羽说有效，路已铺至朐衍，现已分作两部，一部由张次公带领继续向前争取年内到达终点九原；义纵亲率二部东渡黄河克日开凿黑峪口至雁门汉直道。

此汉直道是我在沙盘上二者之间划了一条直线，因得名。当时建不建这条路总提有争论，主要是山西境内山高水阔，直达雁门要在汾水上建桥、打穿吕梁。阿老郰坚等一班军事干部认为建桥可以想象，打穿吕梁不可想象以我目前施工手段工具而言。而且在军事上意义不大，若秦直道修通，雁门有警，我军车骑数日内可抵九原，向东展开即遮断入雁门房骑归路，使其不战自退。故秦时素不闻雁门有警，文景之世匈奴屡入雁门我翻山逾岭胼胝驰援到了也是马后炮亦正是欺我直道不通。我说一件事可不可行我们就不要坐在屋里争论了，问问第一线施工人员他们最有发言权。

于是田蚡就去问义纵，义纵回答没问题！你再问问上，要不要在黄河架一桥，我以为黄河上要有一桥，秦直道接汉直道，过渡不下马，那才真正解决巩固国防内可援三关外可大包抄战略刚需，甭管谁再来都要掂量掂量。我说回去问义纵先生好，黄河桥目前先不考虑。对大伙说你们看怎么样，我意这事就这么定了。

田蚡说有效就好，部队从不体罚士卒我也不信。

张羽说老百姓有怪话咧，我们筑路人员排着队唱着歌去上工，老百姓给娃娃讲：这是俘虏兵。田蚡说这就对了，不怕他们想歪歪了，就怕他们想对到咧。

我跟田蚡阿老窦婴大周萧婴灌夫一班人坐在西厢房掰着手指头算账：秦直道（以下简称北线）十月可通，汉直道（以下简称东线）明年十月也未见可通。现在我们派去五万人抢东线——是不是五万人我问田蚡。田蚡说是，更多人也摆不开，真进了山开洞，掌子面最多容下一个伍。我说五万人就要两万根铁钎两万把铁锤一个扶钎一个抡锤……你说掌子面只能容五个人？田蚡说我说一个掌子面一个班儿，三班倒，一昼夜百刻十二个时辰换人不换钎，也要锤秃一百多根钎，两万根钎儿不多。大周说等于天天打仗，砍石头，比砍人只费不省。我说那就要先保障砍石头了，河东太原上党这三个郡铁矿就不要锻刀了，先生产钎锤。

窦婴说锤其实是军民两用，战争年代我汉英布所部骑兵就装备有龙虎锤，把开山锤把儿锯短了就可用。

我跟田蚡说那这一块生产工具类只能列入新武器概算你留了备拨、不可预见费了么。田蚡说留了，不过可能不够，可以考虑先从马匹项下预支，这个工作目前基本没有展开，铜还趴在账上。我说将来从哪儿补想了么？田蚡说只能从下一财政年度税费收入补了。

这时西時门外传来马嘶，有人吵吵。阿老说你这儿也不清净阿。我说天天就是云中雁门来人问：人呢？

接着就听风大爷喊：老总！可不敢往里进可不敢乱走……门哗一响被拉开，李广出现在门口，一身风尘，直眉瞪眼说都在？正好，我问问你们，人呐？

田蚡站起来说老李进来进来别堵着门有话慢说。

李广说没话！就俩字：人呐？兵呐？四月份就催我接兵，到今儿六月溜溜俩月，我一个傻子蹲在西口苍河头净看画儿了，派多少人催问就给我俩字：快了。

我说你坐下，正谈你的问题。跟阿老说两项工程年前都完不了，看来只能顾一头，先把路修了。阿老说培养一支好的筑路队不容易，刚上手就解散也可惜。

我说您的意思是？阿老说我意思就它了，我手头也没别的人，就这支队伍，打通北线折返修复马岭线，东线开通再向上谷渔阳延伸，把北边九郡战备马道一气贯通再转业练武。我说这就不是一年两年的事了。

阿老说不管几年十年八年，这个决心一定要下。

李广坐在一边打了个大大的哈欠。我说那就这样，老李，你和老程先回来，兵还是要练，在哪儿练时间地点等通知。李广说我是不是可以不回云中了。

我说这个你自己安排，家里两个月没回去了可以先回去看看，命令马上就下，你和老程回原职，云中雁门守备部归建。田蚡说我一会儿也要回长安，你等我会儿咱俩一起走。李广说你那个车慢，不等了。

李广走了。夏侯说大爷呀这是。我说不要背后议论人。

15

七月，发生日食。我问司马迁我这一生发生几次日食了？司马迁说我记录的有三次。我说我才二十出头就出现三回日食，将来还不知要再见多少回，是日食就该这么频繁发生从前也这样，还是因为我全让我赶上了？司马迁说因为你，你憋日头。我说那真太不好意思了，你作证我真不是成心的。谬忌说可能是因为你年头去雍镇没诚心祭拜四时净玩了，上天责怪故有此般异象。我说这回去诚心，另外拜托你移过给匈奴军臣单于。谬忌说老外跟咱们全是反着的，移过倒给他添寿了。我说就是说完全不信你也拿他没办法。

当月，更役律大检查工作基本结束。全国累计完成征兵三十二万七千四百五十一员，茂陵实接收三十二万五千一百零二员。中途逃匿一千九百四十九员（各地官府已绘影挂图通缉捉拿）；患病不能行走就地留医经当地官吏、接兵单位派员、主治医三方会诊，认定预后不良确实不能完成更役退回原籍二百三十七员；意外死亡五十二员；自残按抗役罪坐笞二百，罚没家产，鬼薪白粲三年，不能砍柴者拔草，一百一十一员。

除一期到达十五万员转为工程兵目前正在筑路，二期三期四期到达十七万五千员已分批调往长安附近甘泉、细柳、棘门、灞上各老营房集中驻训。也没有重新任命，就算我个人委托训练署令郦坚，请李广、程不识两位将军在棘门、细柳各开一个示范场，各选万人，进行编制军一次成军试训。

八月，连降暴雨，长安发生内涝，横门菜市茄子胡瓜顺着横门南大街漂到北阙甲第。渭水漫堤，泡了两岸秋庄稼，鲤鱼跳上老百姓家炕，老妇抱着母鸡坐在盆里儿子涉水拉着走。细柳、棘门营房也进了水，操场成了潟湖，棘门的兵在湖里玩水，解下裤腿扎住一头抓鲫瓜子。细柳新兵万人冒着大雨在湖里拔慢步。

我问郦坚二将军试训效果如何。郦坚对我说：李将军到今天部伍尚未重新划分，还是按茂陵出发时编伍哪个村人就按哪个村自愿结屯组曲，原来谁当头还是谁当头，作训总结一份没交。我去了两次，他都没在搞队列，把兵带出去打野外，陌生区域指定一个集结点，让各分队自己选择路线行军，指定时间到达指定点，自己找地方宿营。然后进行评比。哪个分队行军组织得好，在情况不明路况不明条件下分队指挥员派出尖兵先去探路寻找向导，分队随后跟进，少走很多冤枉路并且注重掉队收容，在全队难以按规定时间到达保障一部脚力健者先期到达，再逐步收拢队伍，表扬他们：没白从你们老家走到茂陵。到达集合点，亦知找水草近便处结庐宿营，不等上级指示便下套捕狍引弓射雉上树采果子自己搞饭吃，等全军到达你们已吃饱喝足睡了一小觉全员精神抖擞召之即来是我喜欢的将来不管到哪里放出去放心的部队。祝贺你们！

受表扬分队很兴奋，战士争说不是某头指挥的，是我们大伙商量的，某某头净顾自己一人往前跑。

分队长也有点害羞说功劳是大家的大家伙的。

李将军慈祥说：能发动战士一齐动脑筋想办法就是好指挥员，你在家是做什么的？某某头说猎户。

李广说我看你将来能指挥一个军。唯一一个缺憾就是你没有放警戒，到了宿营地全体人员猫在窝棚里睡大觉，还是军人意识临战意识不强。但是没关系，你们今天之前还是老百姓，今天之后就是战士了，下回注意，休息可以，要把隐蔽哨放出去，放到坡上道旁，没有制高点，就要放得远一点，留够反应时间。

做得不好的分队我就不点名了。李将军说。好的部队各有各的好，不好的部队问题都一样。行军像赶鸭子，宿营像鸟入林，叽叽喳喳，叽叽嘎嘎，隔座山都能听见你来了。指挥员头脑不清，事先无准备，出发现找路，基本的根据风向日影关系山川走势判断方位能力没有，可以走山脊非要下沟，平地不走非要钻林子，自己拿不定主意别人告诉他也不听，发现迷路第一个恐慌，见到獐子也吓得掉头跑。平时作威作福，一个屯长都要给自己开小灶，行军装备要战士替他背，净说些有的没的吹嘘的话，战士中威信极低，讲话没人听，甚至在行军中故意甩掉他。我就不明白这样的屯长军候怎么当上的在家就是一霸还是花了钱下一步就要全部撤换，下到伍里当兵，兵再当不好就去惩戒营当挑夫妈的我就不信治不了你们这帮小子。

郦坚说就这，连哄带骂带拍唬，天天带着兵往外跑，听说最近又增加了夜间科目，要求每个干吏学会借助星宿判断方位，在地面物完全无观察条件下找路。每个兵学会与部队失散断粮断水，在全陌生敌对地域——也即禁止向老乡求助，单人徒步穿越森林、丘陵、平原居民聚集区怎么找水怎么采食怎么隐蔽。高级科目只许用单肢也即只能用一只手或一只脚，走回部队。

我说战士反映怎么样？郦坚说当兵的自然喜欢，你想阿跟超大型捉迷藏似的，上万人队伍大晚上带进深山老林，敲一声锣全体解散，爱往哪儿跑往哪儿跑，他老人家起驾回营，坐在辕门口数第一天回来几个第二天回来几个，一直等到最后一个泥猴儿一瘸一拐赶到，最后几步瘫软在地一爪一爪爬进来，夹道欢迎扛在肩上营区游行给戴大红花说这才是真正的兵。

我说有没有就没爬回来的，就丢在山里或爬到外地去了？郦坚说目前还没发生。用老李的话说，目前这个水平还是要作点弊，沿途要插一些草标指路，布置一些收容点，有食物饮水跌打损伤膏药和巫医急救人员，还允许实在坚持不住举双手出来向收容点投降。以后就难说了，以后高级科目这老家伙说不怕死人！

我说老程怎么样？老郦说老程当然一板一眼，当年他们在边地当太守就是著名两个极端，兵一到驻地，第二天就拉到操场上，站军姿，一站十天。平时都圈在营房里，早起跑操，饭后检查内务，上下午队列，晚上熄灯紧急集合，门卫、游动哨、刁斗、口令，出入营门敬礼还礼，外来人员登记一丝不苟。去看了一次他们会操，方队已经走得有点模样，虽然个别兵还有踢腿过快抬臂过高摆臂扭肩看上去甩答甩答走走挤成一嘎瘩排面成松紧带现象，已经比孩子们刚来上哪儿都乌秧乌秧强太多了。程将军送来的训练计划日程标示很清楚，下个月他们上武科，一个月，站桩。

我说你比较喜欢他们俩哪个的训练方法？老郦说看怎么说，我要是当兵的喜欢李将军，站在我这个主管全军训练训练署令位置上，还是比较认同程将军。很多人议论他们俩带兵方法殊异，程将军说两种带兵方法，一种把兵当聪明人，放到环境里，调动人的最大主观能动性，让环境磨砺他，这是李将军的方法，出兵就出最好的兵，将来能成将的兵，出不来的呢，内些头脑没那么灵活胆子没那么大从来都是跟着人跑跟着人混我们所说乌合之众呢，你都不要了么？李将军的方法叫：就高不就低。我的方法叫：就低不就高。我不管你将来会有什么发展，你现在是兵，就要完成兵的基本要求，兵的基本要求是什么？纪律性。没有纪律，你这个整体就构不成。纪律性从哪来？就是从每一次立正、向右看齐，每一次摆臂、抬腿、拔慢步一点一滴中来。在一个受高度纪律性约束整体中你可能反应慢点、软弱一点甚至我们讲话是个笨兵你也是有力量的。两军对垒，我带一万个笨兵你带七八个勇敢机智机灵鬼，我看还是我取胜机会大一些。

老郦问我：你相信人生下来心智体力都是一样的么？我说这不是问题吧，问题是该用程将军还是李将军的方法对待人群。程将军的方法照顾到多数人，可是多数人乐意跟从李将军。

同月，后勤署令萧婴跑遍西北六郡视察景皇帝初年设立六牧师苑令下辖的三十六个马场。发现因多年缺乏管理，牧场已为世居此地人民侵占，布满牛羊，过度放牧很多地片已是半草半漠，且还有草场方圆小每块地涵养马群规模有限突出问题，就算把老百姓都迁走，一下投放几万匹马草场不恢复也承受不了。

最要命的是马种还是定不下来。犬丘马现在还没驴高，跑起来跟大狗似的。长安公侯家有一些互市进来的西域马，看上去高大匀称，结实干燥，反应速力一等，可都不是纯血马，匈奴很贼，无论转口还是直接出口给我们的马都规定必须是五代以下杂交马，就防着我们拿去做种马就像我们出口给他们谷种都蒸过防着他们大丰收一样。这样的马一代代生下去也不是选不出良马，可是没谱儿，咱们也拿不出良马给它往回扳，给你生一茬骡子你也没地儿哭去。数量也太少，等马调整过来人都不在了，不适合大规模繁殖。

还是只能依靠我汉原产优良马种河曲马。萧婴在总提扩大会上说。现在从民间征集来马也多属此一马种。这里要表扬一下各功臣之后和曾在部队任职现仍在部队任职李将军程将军韩将军等各位将军，在朝廷一时拿不出钱来又急需情况下，不讲价钱就将家里私人驯养好马悉数献出——李将军，听说太夫人现在出门都坐牛车了？李广说嗐，这个还有什么好说的。

我说不能让老实人吃亏。田蚡，你回头上我屋里搬金砖去。田蚡说有，道路工程、新兵训练各项费下都有节余没花出去，就是要先平一下账再冲一下账。

窦婴说你现在就在账上倒来倒去了？田蚡说账不就是这样么，一笔钱画在上面，先花内个再花内个倒来倒去。我也不愿意管，每天我都要跟自己说多少遍不赖会计跟他没关系他也是工作但是一见会计就恨他。

萧婴说只是这些河曲马多为挽乘兼用，役使类型亦多为挽乘型，乘挽型次之，单一乘型少之又少。且由于长期、代代重挽，双马或四马联挽，体型发生遗传改变，前肢多呈轻微外八字或又状，后肢多有轻度内八字或外撇。经我署军马处马政科对八十八匹公马测量体尺，体高达到二级以上标准（139.45～145.45厘米我特么不换算汉尺了！）四十二匹，占比百分之四十七点七三；体长达标（142.45～151.45厘米）六十七匹，占比七十六点一四百分比；胸围达标（166.45～181.45）五十一匹，占比五十七点九五；管围达标（18～20）七十九匹，占比八十九点七七。在一百七十匹母马中，体高达标（133.45～145.45）一百零九匹，占六十四点一二；体长达标（139.45～145.45）八十八匹，占五十一点七六；胸围达标（160.45～181.45）一百三十七匹，占八十点五九；管围达标一百四十四匹，占八十四点七一。结论是马匹质量尤其是公马质量不高。这和国内战争结束国土防御不再需要大量战马，文景以来长期不重视军马选育工作有直接关系。

怎么弄？萧婴无辜眼光望向大家。公马不灵母马再靠谱孩子生出来也是半残。窦婴说那可不见得，我认识很多优秀母亲父亲完全不是东西，生下孩子赛着牛插臂如简狄、姜原、女脩。我说司马迁最爱聊这个，就恨后来有男的，要还按早先女的都和脚印鸟蛋生，人不至现在这德性。田蚡说他跟你说的？我说没，我替他总结的。萧婴说各位长官不至于建议咱们也把母马放到野外去，等着踩脚印胡乱吃点什么，敢赌么？

李广说不用赌，赌你肯定输。我在陇西北地做太守时，当地边民就经常春夏把自家母马赶到匈奴内边野放，秋冬再找回来，怀了孕就不放出国了，借他们的种。所以我为什么从来都骑北地的马，不信你去查验我上交内批马都没有你说的外八字内八字情况。匈奴控制进出口可控制不了万里边境线马群自由交配。

我说这个好！万里边线就是我们的马场。大家也纷纷说好，吃他们喝他们偷他们汉子生了娃娃归咱们。别说几万几十万上百万马撒在万里边线上也不显，对隐藏我军战略意图提高种群质量节省饲料人员管理开支别说了——怎么想怎么划算！阿老都乐了，说理想。

李广也得意说我推荐自己做养马总监没毛病吧？

我冲他伸双大拇指：加双棒，你们家交了多少马，每匹马黄金百斤。李广说太多了，拢共给一千斤就成。

田蚡说这你替谁省呢，皇帝奖赏不要跟你急阿。

会上决定加强六牧师苑令所领三十六马场管理，严禁老百姓进场放牧。过去马政管理令出多门，名义上太仆管，实际只管长安附近六所皇家厩苑。廷尉下面有牧场，各大

149

单位自己下面都设有牧场。现决定在六牧师苑令上设总牧师，统一管理调配全国牧场资源，名义还挂在太仆下，实际工作向总提汇报向我负责。各大单位牧场一律收回并各郡国州县牧场实行辅育。皇家六厩也拿出三厩，养母马。今年马发情期已过，总牧主要任务是恢复草场选育母马，以待来年春投放给边地人民寄养，三年送归，以十马还官一驹计息。

会议还决定，任命李广为总牧。先在西北六郡原有边亭、烽燧基础上选派懂胡语、熟悉边地汉匈风俗优秀饲养员筹建一批马庄，为将来由民代养过渡到总牧自养，制度化改良选育马种，作为一种正式国家行为：畜字马孳息也即养小母马待字生驹；做试点。

李广说首先感谢总提信任，老实讲我是开创性人格，乐于在新领域开一个局面，守成——超过半年，就烦了，能不能只干半年？我说半年太短，你至少要等三年一个轮次完成才算开创了这个局面，才能走。

李广说如果打仗⋯⋯我说打仗立刻调你回部队。

田蚡和灌夫咬了会儿耳朵，对我说我们准备把这一计划代号定为"次元和亲"。我说就别特么硬套了。

16

九月,灌夫案拿出二稿征求意见稿上会,把抄写稿一份份发给大家。阿老说这个年轻人是谁我怎么没见过?我说这是灌夫呀上个月总提开会谈亭马建设你们还见过。阿老说怎么变样了?灌夫说赖我,胡子掉光了。窦婴推开发给他的竹稿说我就不看了这字太小我眼花你念吧。大家也说不看了,念,当场议当场定当场改,节省时间说实话你让我现在看也看不进去。

我说那就念吧,以后我们也不分发文件了抄起来还费劲,回收也是你等我我等你,以后都上会念,念三遍,三遍没意见就算通过。灌夫说我确实特别想念可是最近上火您瞧我这烂嘴角您再瞧我这舌苔嗓子都没亮音儿了。我说看出你上火了,我念!搬过竹稿一看:哟,这怎么半隶半篆阿,谁写的?灌夫拿过来一看,喊书吏:儿!儿!过来过来,讲多少遍抄写公文不能使篡改不了阿？儿低头不吭声。我说你怎么管人家叫儿阿？灌夫说他就姓这个姓，儿。田蚡说这是五月内批文学贤良里的吧？我说不知道。田蚡说你考的你不知道。我说都长一个样儿。阿老说他写的就让他念。灌夫拎着儿肩领夹把他拽到地当间，说你就站这儿，——念。儿脸通红，吭哧吭哧开始念：

……总提明确我军未来作战方针为东西国土防御中部择机攻势作战。为此我军把北边十三郡划分四个战略区。陇西北地上郡为西部战区；九原云中定襄雁门为中部战区；代郡上谷渔阳为东部战区；右北平、辽西、辽东为东北战区。战区平时不设领率机关，仍执行郡守负责制，战时由皇帝任命杂号将军，统一指挥战区内所有武装力量。国防军总兵力一百万人，暂编一百个军，番号从一到百。一到六十为甲种军，三十个骑兵军，三十个步兵军。各军定编万人。六十一至九十为乙种军，二十个步兵军，十个步车混编军。步兵军定编七千五百人，步混军定编一万五千人。九十一至百为补充军，三个骑兵军，七个步兵军。各军暂定编万人。目前已完成十七个甲种军新兵入营驻训，二十个乙种军入营转为工程兵。今后计划用五年时间，使甲种军六十个军达到满员，十个军完成步骑换装；乙种步混军满员率达百分之七十，武器车辆充足完好率不低于百分之五十；补充各军在营人数不少于五成。

（二）甲、乙、补充各军组织指挥、担负任务和当前、中、远期目标：

1. 甲种军由多个部骑兵或步兵组成。直接隶属于朝廷，目前明确的指挥机构为总提，是在总提命令下执行运动作战的武装力量，是陆地歼敌的主力。军首长平时为军长史，战时由皇帝亲自任命杂号将军统领。甲种军作为基本战役兵团，当前首要目标是尽快完成组建形成战斗力。中期也即五年内完成前沿部署。五年后可在指定战区、或跨战区遂行作战任务。

2. 乙种军由步兵、战车兵、工程兵三大兵种组成。主要担负北边各战区要点守备和战备马道修筑任务。受总提和所在郡守双重领导。军首长为军长史或由郡守兼任。一般在本战区独立作战或依任务与甲种军合编为方面军，受方面军首长指挥，遂行跨战区作战。

3. 补充军由新兵和因伤因病致残（六级伤残以上）不再适合一线部队服役而服役期尚未满老兵组成，（马迁按：我汉军人因战、因公致残评定标准如左：伤残一级：(1) 日常生活完全不能自理，全靠别人帮助或采用专门设施，否则生命不能维持；(2) 意识消失；(3) 各种活动均受到限制而卧床；(4) 完全丧失劳动能力。伤残二级：(1) 日常生活需要随时有人帮助；(2) 各种活动受限，仅限于炕上或坐垫上活动；(3) 不能劳动；(4) 社会交往极度困难。伤残三级：(1) 不能完全独立生活，需要经常有人监护；(2) 各种活动受限，仅限于室内活动；(3) 明显职业受限；(4) 社会交往困难。伤残四级：(1) 日常生活严重受限，间或需要帮助；(2) 各种活动受限，仅限于在居住范围内活动；(3) 职业种类受限；(4) 社会交往严重受限。五级：(1) 日常生活能力部分受限，偶尔需要监护；(2) 仅限于就近活动，需要明显减轻工作；(3) 社会交往贫乏。六级：(1) 日常生活能力部分受限，但能部分代偿，条件性需要帮助；(2) 各种活动能力降低，不能胜任原工作，社会交往狭窄。) 受总提直接领导。军首长为军长史或司马，由训练署派员担任。驻地一般选在长安附近或各大战略区交通便利后方。平时主要担负训练新兵向各军输送兵员使部队按时完成新老交替。战时及时补充部队减员并遵总提命令执行维护道路、粮械运输、战区治安及其它后方勤务保障～～～&&& 蘑菇葫芦梨……

　　我突然惊醒，说怎么不念了？听到一片微鼾，大家都抱着臂打着小呼垂头着了，儿一人无趣站呢儿。

　　我跟儿解释：都累了。窦婴忽然呼吸暂停甩了一下手惊恐醒来：怎么不念了？接着大家也纷纷醒来，擦着哈喇子迷惘呆视，说这稿不错这回讲得比较实。

　　灌夫一直没睡，看着大家，说哪儿不错了？你们给说说还有哪儿需要补充？

　　我问儿你哪儿人呀？灌夫替他回答：千乘郡人。

我说怪不得，讲话跟含着枣似的。田蚡说关键是落实。我说接着念阿。灌夫说念完了。我说那就二读。

十月，我参观游览了渭水南岸密畤、渭水汧水汇合处的鄜畤和吴山之阳的上畤下畤，向这四畤献太牢。

参观上畤时围观人群中看见王恢，含笑望我，我亦报之以一笑。到了下畤，我对供奉在上炎帝塑像拱手三拜，一回头，恢就站在我身后，我说你怎么来了？

恢说您什么时候有空儿，有些业务想向您汇报。

我说下个月吧，过年事儿比较多。恢说那我直接上西畤找您？我说下月我不在西畤，你跟东方朔约。

十一月，装备署军械处刀科和颍川郡阳翟县署直辖兵工场联合研发环首刀淬火出炉，弓科改进十石黄肩弩也出了第一支样弩，都送到西畤大院试刀、试射。

刀科科长苏建先拎着一把五尺刀耍了一圈，刷刷把我们院里新栽种一排小白杨都给削了，然后双手托刀说：请各位老师试手。田蚡刚伸手被窦婴挡回去：你再抢着自个！接了刀搁手里掂掂，扭脸向剩下几棵小树疯狂砍去。我说你不在北军干了？苏建说战车没前途，我原来就是骑兵出身，对研究骑兵武器有兴趣。

我说这是几炼呀？苏建说三十炼，目前能达到最高段位，未来目标定在百炼。窦婴一身汗回来说你要不要试试？我说不动刀，动刀心中起杀意怎么搞？

田蚡接过来说我怎么就非得抡着自个？窦婴说你双手，你把内片芍药砍了。田蚡举刀直奔大槐树，苏建说相！相！内真不行，太预，恰刃。

大周和弓科科长李蔡抬着一具刷着柚子黄漆大弩往地上一墩，直喘。大家笑说演，演。我心里默算：十石，千斤之力。

李蔡说这玩意儿连做它的师傅都没拉开过，我试了一下，手指头斜方肌现在还疼呢，今天拿来的目的是让大家欣赏它的工艺水平，不是听说要搞武器博览馆我们准备回头给捐呢儿去。

夏侯说我来。田蚡说坐着，蹬着拉。夏侯说知道！你是真不知道我原来是干什么的。蹲下拿俩个手指一勾弦，说我还是算了。田蚡说喊大号喊大号，他行。

大号！大号！我们这一路喊到后厨，大号满手面粉出来：什么情况？老郦台阶掸土说有个事非你不成。大号一瞧地上弩，说：就这？拍拍手里粉，朝掌心啐两口痰，说：都起开！坐下两脚蹬弩，双手拉弦，一发力，嘿哟一声，扶着右肩落荒而走，说伤着我了。

大周在一边乐，说老李，别跟人逗了，这就不是单兵武器，来来咱俩一起。我说你们俩老头就算了，叫两个战士。李蔡说我们俩行，我们俩作为甲方拉多少遍了，十石就是以我们俩舒适度定的极限，不能用还能叫兵器么？俩老头坐地上四脚蹬踹四手合力——走你！扣在廓机上。李蔡单臂托弩四向瞄准，说老头怎么样？我说老头牛。李蔡立刻弯腰把弩放地上说老头也就这点能耐了。我说他在你们署里也这么逗？

大周说跟三岁孩子都逗，跟他哥完全俩风格。李蔡说要说我汉能有一个人开这张弩也就除我哥没有第二人了。扭脸说敢子，怎么也不喊人阿？李敢说叔。

李蔡装上箭，说你想射哪儿？我说院门口内柳。

李蔡眯着眼说这逮有小二百步。大周上前帮他调整望山刻度：两分？李蔡说两分半。簌——，箭飞出不见踪影，门口卫兵缩了下脖子，猫腰拔刀惶然四顾。

我说箭哪儿去了？李蔡说出院儿了，这无依托射击还是不行。内边李敢牵出一匹马，翻身上马夸哒夸哒跑出院。我说这要实战就逮一人扛弩一人背箭俩人一组？李蔡说对呀，可以配备给野战部队，随身性还是比床弩强。窦婴说适合单兵最大弩力做过测试么？

大周说一直在测，也做了几把样弩，两石、三石、六石的，近日准备到北军找一个什打一次靶。

李敢跑回来，说没找着，听村内边有一老大娘在骂街，说她们家猪死了，没敢过去问。

晚上大号去村里向大娘赔礼道歉，双倍价买下死猪和扎猪肺上的箭，回来灌血肠，炖白肉粉条。

刚上桌阿老来了，本来说吃过了，一看菜说这逮来点，捞一碗粉条，嗦了两口，说不如肃慎炖得好。

饭后阿老到我屋跟我说出了点状况，公主小组传回消息，张骞叫勃度赫扣了，送到军臣那里，张表现还好，没有透露更多东西，一开始只是说自己是商人，跟老罗去进玻璃和葡萄酒，但是搜出他行李里汉节，才改口说自己是官商，没提你，说是替窦太主办事，节是托窦太主搞的，主要是应付咱们关口出入境检查人员，这也是我们替他先想好的说辞。军臣单于还是很不买账，说搞不清你们人物关系，你带着汉节我就认为你是汉使，你去我大匈奴后院干嘛，你和月氏人有什么关系？张说什么肉汁，沿路国家呀，没听说过，我要去的是大秦，我是学建筑的，对穹顶覆盖技术很好奇，也不用胶粘，也不用榫卯，怎么一口锅似的扣上去，想去罗马实地考察，也听说他们呢儿姑娘漂亮，长得都跟雕塑似的，还有他们内面条，听说臊子有一千多种，我是关中人，您知我们关中人都是面条狂热爱好者，哪儿有一种臊子是我们没吃过的，不能忍。

我说话多了。阿老说跟他讲过问什么答什么，不要耍小聪明，你讲得越多你的破绽就越多，别人对你了解也就越多，还是慌，一慌就话多。军臣说就冲你这么油嘴滑舌我就不信你说的每一个字，这么着，我们这儿也是穹顶覆盖，你先在我们这儿考查考查，我们这儿姑娘也漂亮，都跟城门似的，必须发你一个，羊肉有，羊肉臊子面没吃过，一会儿你给我做一顿。

张还跟人对付呢，三成？五成？得！算我这趟白跑，七成归你不能再低了。军臣说少来！你以为我跟你似的什么都有价格，你就住在茏城哪儿也不许去，等我们调查清楚你的情况，核实了你的身份，再说。

我说有没有办法弄出来。阿老说目前只是怀疑，人没有危险。朵尼各条线最近都活了打听这个人是谁，我们就按他讲的统一口径说他是窦太主私人，露了馅也只追到阿娇那儿，我们的目的就是让匄方觉得他既重要又不重要。我们判断军臣也没准主意，他的政策是不许我们涉足西域并不是针对具体人。他这人有一特点，拿不准的事就先放着。在汉匈大友好背景下，他对我们这边有一点身份的人也不会做出什么极端的事，我甚至觉得他有一点吸纳招附的意思。他内个茏城也是哪儿的人都有，自己觉得自己是国际大都市。我已经叫关系给张带话，给他的指示是不要乱动乱找人，可适当做个小买卖，做好在匈奴长期坚持的准备。

我说也好，老是吵吵生活在远方，现在到远方了。

二天我回长安，阿娇给我带话，说宫里也不乃个太妃做寿，非让我露一面，我要不去她就得去所以我必须回来。路上东方朔跟我说王恢约了几次，说跟我约好了要谈事。我说过几天的。进了宫，阿娇说寿宴在长乐宫，又说司马迁最近

159

老找你，我说回来再说。

到了长乐宫七拐八拐我也不知拐哪儿去了，一屋里，一帮老太太坐地上吃面，见我来了七嘴八舌张罗快坐下快坐下，赶紧下面条喝点什么这是枸杞泡白菊这是陈皮罗汉果。我说同喜同喜今儿谁的生日阿？老太太们说没带东西阿自己人蜡么客气干嘛。我说刚从外边回来。老太太们说外边不去哪儿也没家里好这是小贺前几个都不好不会做饭小贺也不会做但是你跟她说想吃什么她就去问记心里回来做你觉这面条怎么样小贺擀的。我说很好。老太太说臊子也是小贺做的。

我说也很好。小贺——头发梳得利利落落一中年宫女，也是一盆火似的说好再给您添点。我说没吃完呢。小贺说再添点臊子。我说够够。小贺说咸不咸？

我说还行。小贺说再添点。我说不用。小贺说三分面七分臊子才好吃。我说真不用。小贺说添点添点。

我说我添我会跟你说的，你能让我们说会儿话么，这面怎么越吃越多呀！把碗墩地上。

从老太妃屋拐出来迎面碰见小邢，说哟你怎么在这儿，你不是在匈奴么？我说你们嗜，一帮人一天有正经事么传闲话都传不出水平。小邢说我们嗜当然都没什么水平了。我说我能去匈奴么，我去还能这么秘着光你知道还不得天下轰动不知多少人头落地！小邢说你也别觉得你很轰动还人头落地就不能友好访问呀。

我说哟你别说还真是，我没想过你觉得我能去匈奴友好访问？小邢说怎么不能，人家蛮夷能上长安来访你你怎么就不能去访人家呢。我说你启发了我，我回去琢磨琢磨。小邢说是怕人家把你逮起来吧？我说你呀不要学李益寿你说你老损我有什么意思。

小邢说你上哪儿阿，老太太屋在这边。我说刚从老太太屋出来。小邢说我发现你瞎话真是张嘴就来，我才刚从老太太屋出来。我说咱俩说的不是一老太太。

小邢说你上东宫居然不看你妈看别的老太太。

我说行吗？你管得也太宽了。

小邢说行，我回去就跟老太太说你现在有别的妈了。我说你不说你都不姓邢，我还真不信你能挑了我们娘儿俩关系。

尹婕妤迎面扭搭扭搭走过来，说哟，这大晌午的俩人在这儿聊什么呢？我说聊你呢，说你人特好。

回到未央宫，马迁在我门前廊子上背着手踱步。

我说怎么不进屋阿？马迁说屋里太闷。我说进屋进屋。马迁说就几句话，在外边说完我就走知道你忙。

我说不差这一会儿的。马迁说你最近见朔儿了么？我说没有阿，他怎么了？马迁说我也老没见了，从他说单位事儿多搬到单位去住就一直没联系，前一阵子去望鹄台想着是去看看他，饼妹给他织了两条毛裤腿顺便带给他，到了望鹄台问看门的说他在，让我等在门口说喊他出来，您知后来发生了什么，出来一人看着我发愣，跟看门的说不认识我，我说我也不认识你，我找王朔，你们这儿望气，内人居然说我就是王朔，我就是望气。我说你们这儿有俩王朔么？内人说没有，就一个王朔，就是他。我完全懵了，从小的朋友就说俩月没见也不至变成另一人关键他也不认识我。我还琢磨呢是不是找错单位了，原路回去，原路进来，看着望鹄台敲门找王朔，看门的给我进去找，出来的还是内位，我是不是心智错乱了还是大白天遇见鬼了？

我说你先别急，你进屋我跟你细说。我前脚迁儿后脚跨门槛进屋，阿娇正在收拾她内套家伙什，八步旁边转来转去，我赶着满屋子味儿说你现在也是没时没晌。阿娇没嗳声，抱起猫进帐子上炕冲里躺着。

我悄声跟迁儿说朔儿出差了，去哪儿干什么现在还不能告诉你，保密，连我都不让打听，你碰见内人就是保密措施之一，逮等他回来才能解密，我只能告诉你他现在一切都好。迁儿说他能干嘛呀我能干嘛呀你在中间弄这事。我说阿老认识吧，他的事，懂了吧？

阿娇帐子后边说什么狗屁保密不就是上匈奴了么。

我高声说你都知道。

迁儿说行了我也不打听了我也没兴趣，就是太吓人了你知道么。我说一有他的消息我第一个通知你。

送迁儿出去迁儿说你内民俗博物馆修完了？

我说什么民俗博物馆？噢噢我也乐了，说修完了，都住上了。迁儿说其实你的事我全知道。我说其实我也知道你知道就没想瞒你，以后要不这样，咱俩搞一约定我也不诳你了你也别不经我同意往你内书上写。

迁儿说我现在就可以把我内书拿来，让你审查有没有你不愿意让人知道我写上的。我说我不审我相信你，你我再不相信我还能相信谁呢？事后都可以写，正在进行中的报道了万一没成呢？迁儿说我内不是报道我内就是留给事后的。我说那成，你能保证死后发表么？迁儿说我死后，你给发表？我说我死后我死后。

迁儿说你就没兴趣看么我废寝拔力写的。我说真没兴趣不爱看写自己的事一辈子还不够烦再看一遍。

迁儿说不全是你哎哎呢儿有个人给你行礼呢。我一溜眼，王恢锹把儿似的杵宫门口拱着手才直起腰。

我跟马迁说别看别看咱俩假装没看见往前走。

王恢喊：上，上，我。我说那只能送你到这儿了。马迁说你赶紧，忙你的。我跟门卫说放内人进来。

王恢说我来的是不是不是时候啊？我说正等你呢。

我把王恢带到阿娇屋前，说你先等会儿我进去看阿娇起来没有。进屋直奔炕身子一歪大八字趴被子上，八步一惊抬身一跃下炕走了。阿娇说你怎么又回来了？我说外头还一人，特烦，我先呆会儿。阿娇说你这叫什么事阿把客人撂外头自个进屋躺下了你起来起来。

我说困着呢。阿娇说哎哎你别睡阿。我已经睡了。

醒来满地灯。就听阿娇说：我觉得行，这个人什么时候带来让我们见见，其实最好让他们进城，喜欢咱们东西，给他们！让他们背着东西往回走，回去路上堵他们手都占着……听见我翻身回头说：你醒了？

我说你又给谁做媒呢？阿娇说我正跟王恢聊天呢，我们俩想了一个计划，能一下解决你的问题。

我连滚带爬下炕，王恢和阿娇坐在炭火盆前嗑瓜子，脸上放着红光，乐呵呵望着我，我说我什么问题？

阿娇递我一把瓜子，我说不要瓜子有水么？

阿娇说水正烧呢，匈奴阿，你不是老想和匈奴打一大仗，战场选在哪儿定不下来匈奴不听你的，现在有办法了，王恢认识一人认识单于，能摆单于调出来。

我说凉水也行。阿娇说没凉水。我说你们俩想的计划？阿娇说对呀，我建议王恢让内人去找单于，王恢想不出找单于动机，我说动机还不好找么，讨厌你，不愿意当你臣民，想当匈奴人，喜欢草原自由自在生活，你觉这动机成立么？我说讨厌我成立草原自由自在不成立。阿娇说一个动机也够了。我说抱歉没听明白，讨厌我想当匈奴人，单于说来吧，问我我也会说，去吧，怎么啦？

王恢说皇后的意思是说，去不能空手去，要有见面礼，见面礼可以是一座城。

我说你们能不能把话说全了，别老说半截话。

王恢说……阿娇说你别说我说，这不是匈奴人都挺贪的么，咱们派内人可以跟单于提，献他一座城，他不是逮进来收城么，咱们——你，战场不就有了，城里城外——这我们还没想好——憋着他，单于美不滋儿来了，你跳出来了，带着你的兵，他肯定傻了，还不由着你冲阿劈阿那我们就管不着了，个人建议单于想投降你一定允许。

水在火上咕嘟咕嘟开了，阿娇拎起小水壶：要不要沏点陈皮？我说你现在也喝橘子皮了，白水就行。

阿娇说理气化痰，还是给我沏了碗陈皮。

王恢刚要张口阿娇拦住他：你让他想会儿你让他想会儿信息量太大。

我吹着热气呲溜呲溜喝水，眼珠子乱转：你们是认真的？阿娇说你这、这、喊我不跟他说了你跟他说。

王恢说内人你见过，上回太学开学，还一回……

我说我哪儿记得怎么些烂七八糟的人。

王恢说内人叫聂壹……我说你现在什么也别跟我说，我现在什么也记不住。你出来，我跟你说。

王恢跟我来到外面廊子上，我跟他说：一，以后永远不许再来皇后这儿跟她说这事；二，把你的计划写一个东西交给东方朔,看过再给你答复;三,我不找你不许你找我,再看见你上宫门口堵我,完城旦舂!

对东方朔说:送客。

17

十二月,任命儿宽为总提文学卒史,人事俸禄关系挂在大理。因为此人熟悉灌案,把王恢呈上的马邑围歼战(暂定名)计划书涂了提交者姓名交给他,对他说你看看对灌案有没有补充,可行性,操作性写一个报告给我,不行就说不行。

一月,我不能回宫,阿娇见我就问我们内案子怎么样了?我说正在专家论证。阿娇说我能跟专家聊聊么?我说你不认识。阿娇说有专家么,你不会早就给扔哪儿了吧?我说我是那人么?阿娇说你干得出来。

我说不是你想的那样,明天,后天吧,我把专家带来。

后天,我带儿宽进宫,给阿娇介绍:专家。给儿宽介绍:皇后,马邑案策划人,你们谈。

我出去转了一圈,到望鹄台敲门,看门的一看我开门让我进去，我说在吗？看门的说在。我说我就不上去了你把他叫下来。一会儿张骞来了，我说怎么样阿呆得还习惯。张骞说太闷了，王叔什么时候回来呀。

我说没事多学学天文能认几颗星了。张骞说记不住，今天在这儿明天在呢儿老换地儿你还是让我学军事吧。

我说军事家也要懂天文，王叔恐怕回不来了一时半会儿，你要有长期出不去的准备。张骞说阿？王叔怎么了，还回得来么？我说不该问的不要多问，回得来怎么回不来？前几天见到你爸了，你爸托我给你捎话：好好利用这段时间多学知识磨练性格，将来到哪里都是一个有用的人。家里很支持你哟，不要辜负大家期望，耐得住寂寞，王叔一回来就让你去部队。

出来我跟看门的说经常来看他的人有谁，看门的说只有李美人邢美人有时来送吃的，哦前两天还有一个太史的人说是他朋友我登记了他的名字叫什么马。

我说除了李美人邢美人以后任何人来找都说不在，不要给他们传达见面。看门的说是。

我绕回后宫，儿宽在廊子上等了一会儿了冻得搓手跺脚。我说谈得怎么样？儿宽说谈得很好。我说那就好，叫李敢找个车把儿老师送回西畤。

进屋阿娇正在发愣，我说没瞎说吧？阿娇说他是哪儿人阿？我说怎么啦千乘的。阿娇说一个字没听懂。

当月，儿宽交出他的报告，结论灌案是一个国防动员方案，马邑案是一个战役草想，两案无参比性，马案有可行性，操作难度很大，应予进一步细化。

我说马案附你的报告，给总提每个人抄一份，派机要待诏送他们签阅，要他们每人拿出意见。

二月，马案上会。阿老看法代表了与会多数人看法：想法很好就是太一厢情愿。阿老说我们摸了一下这个人的底，确实是马邑做得比较好的一个商人，主要做丝帛、化妆品出口，所以可以进到阏氏毡房跟单于一家有那么层私人关系，但是买什么布料说的上话和出兵入侵我国这样的大事也信他不是一个量级。我家内眷每年也要做衣服，若给我太太量尺寸的裁缝突然跟我说他有门路可以使我得一座城我是不敢信。王恢替他想的内个动机——据说皇后也参与了意见？

我说没皇后什么事。阿老说哦，我也以为勉强。若此案实施，还要再想一下，加个码，使他不得不如此，如触犯刑律罚没全部家产还要抓他全家判他的刑。

灌夫是与会者中认为此案不妨一试的少数派。说我是比较早接触此案，也基本同意阿老判断，也了解了一下此案形成过程。我得到的消息说是王恢找的聂壹，告诉他我们正在准备对匈作战，问——或者说催促聂壹提供和单于的关系，在交谈中——当然聂壹吹了牛，说他和军臣关系多么多么近每次去都为他设宴不醉不归如何搞得定，据说——请注意，是王恢主动提议让他利用这层关系向单于献城诱其入境为我聚歼创造机会，聂壹本人犹豫，后在王恢压力下一口答应。也就是说此案不排除王恢邀功心切刻意织就，聂壹的话有多少水分，他和单于关系到底怎么样实际我们并不掌握。既然此案有这么多不确定，为什么我又认为此案可试呢？首先，匈奴本系军国，人民习于并乐于从事战争，视杀戮、抢劫为极高尚极荣誉事业，差不多是他们最重视、最珍贵什么都能改惟独此项不能变的传统或曰习俗就像我们崇尚仁义尊老敬上过年必须全家团聚吃顿馅儿一样。单于的威望也借由曾经带领他的人民征服过多少国家打下多少城抢过多少财帛女人或高或低。军臣即位以来除个别年头一直与我保持和平，至今已二十七年，这是常态么？非也！依我理解匈奴人之秉性绝对非常态。今后是不是还能保持和平下去，仗是不是就永远不打了，我们两国就成为好邻居好朋友好亲戚，我的看法恰恰相反，和平时期愈久战争危险愈大。战争是流在匈奴人血液里的习俗，大家都是习俗的奴隶，习俗的力量甚至超过道德更别提法律。不打不可能，不打交代不过去，他的好战的贫困的人民看着呢。剩下的问题就是在哪儿打什么时候打，这对我们是问题对军臣也是问题。设若聂壹跑过去献上这么一策，我们认为是机会他也应该认为是机会，有内应，抓一把就走，何乐不为？如果这个判断成立，此案实施，我给五成成功把握。

窦婴说五成可一试问题是有没有五成，我给三成。

夏侯说此案只是就谋略谈谋略，设一个局，战役规模无一字涉及，若单于中计当真率军而来，就是合战，这么大规模作战完全建立在心理判断上我给一成。

我说最坏的情况是什么，设若我们依计而行？

郦坚说围了，打不下来。

阿老说没来。

窦婴说打还是打得下来，就怕围不住，打一半叫他跑了，主要战役目的没有实现，歼灭战打成击溃战。

我说没来不考虑，立足于来。围不住，跑了，虽不能达成全胜，小胜也是我们目前所需对敌也是震慑。

会上遂决议，继续推进王案（马邑案正式更名马邑合战，代号王案）。一署依据我军现能集中最大兵力预判匈奴亦出动全部本部兵力大致敌我双方各三十万人规模，拿出一个作战计划。二署负责对王恢原计划进行补充强化，务使其每一步都做到行为有据，动机可信，可吸收王恢聂壹参加。三署训练内容要调整，从目前的单兵武器格斗，转入方阵、大集群战役战术演练。到本月底，全训部队应达到可随时出动一级战备状态。筑路工程部队除正在抢筑汉直道义纵部，其他各部应立即收拢，发给武器，熟悉武器，最迟不晚于五月底以前完成战斗准备，列入我军作战序列。

四署，应立即将已入库新式武器装备拨发部队。并追加订单，命各工场驻场军代表——铁官、工官督导铁匠、弓匠加班日夜生产，必要时可予以物质奖励。新生产出环首刀、大黄弩无须入库直接运往部队。

五署（也即新成立的军动署），应立即制定各部从驻地向马邑开进路线和运输方式。并在各地郡守配合下对路线周边进行治安摸底，清除隐患，一旦部队行动，路途周边地区即实行军管，保障部队顺利通行。

六署（也即原来的五署）应立即调拨粮草，征集民马、民夫和民间草医巫医，收购止血止痛麻醉药材及包扎用帛麻布匹，打制棺材，在我军将要开进各条路线沿途设置兵站和野战临时救治所，做到往上开的部队有饭吃，往下撤的伤员有药喝，亡者有薄材躺。已回收入库封存旧制战车应立即解封，派匠检修。未回收的停止回收，已做报废处理进行拍卖的，退还拍卖所得追回车辆。亭马目前是指不上了，部队用马还是要靠民马，所以征集民马是六署当前所有工作重中之重，六署要重视，摆在首位，由署令萧婴亲自抓。

会议强调：这一切行动应在严格保密条件下进行，不能采取发通知、贴布告大喊大叫大拨轰动员形式。会议纪要不传达。对部队讲要进行秋操。与地方联络到当地找主管人个别谈，同时予以保密告知。实在藏不住，非要与民众接触求得民众谅解支持如设置兵站、征集民马民医追讨拍卖所得也一律以部队秋操告之。

会议指出：前段灌案执行过程中保密工作就做得不好，部队调动部队训练重要人事任免甚至总提住址很多消息都透露了出去，引起社会议论纷纷。追查下来大都是总提成员亲属和身边人员散播出去，要管好身边工作人员和亲属，不要什么都跟老婆讲！上在会上带头做了检查，跟皇后讲了不该讲的话。其他总提成员也分别做了自我批评。

上在最后总结发言中讲：各责任人心中都要有个手刹，王案能否顺利进行全赖第一阶段也即聂壹利诱军臣单于能否成功，第一阶段失败即全案失败，到那时就要及时刹车，取消一切行动，恢复执行灌案。

18

三月，夏侯多次带队去马邑看地形，爬遍马邑周回山头，确定预伏位置设于西口通马邑与武州山通马邑两条路线之间丘陵地带。这里有马营山、塘子山、了高山、大南山诸峰，山谷毗连出入山口多，观测点佳，南距神头泉群不远，既便于我大军隐蔽又利取水补给。向西展开是开阔河谷，向东亦是广阔平川草场，无论敌从哪个方向来，我都可相机调动，转向攻击。

同月，聂壹坐负债不尝，错认良人为奴婢，私造度量衡，数罪并罚，处黥城旦舂，没收全部家产，妻女没入官奴。聂壹出逃。

四月，没有消息。公主小组反馈出来情况都说没见过这个人，军臣一切如常。夏侯带一个精干指挥班子进驻霍窑沟就战时指挥位置。窦婴在雁门开设前进指挥所。细柳、棘门部分全训部队开始向马邑运动。

上初现悔意，表现为决心动摇，在西畤连日召开的作战会议上问阿老聂壹有没有可能投敌，把我们意图透露给军臣？阿老说主动投敌意图不明显，那又何必向我们开价讨一个侯。上说商人嘛，两头询价，军臣要给他封王呢？匈奴内个王封得也很滥。阿老说他这笔买卖做的就是军臣，买卖不成，也不过是军臣躲过挨坑，咱们最多算被涮了一道，他拿什么向军臣邀功？军臣脑子再转不过来我也不信他会为一次犯罪中止奖赏罪犯本人。上忧郁说也许他们就想看咱们被涮这会儿正在毡房里笑咱们紧忙呢。阿老说你想多了，稍安勿躁，这件事穿帮最不利的就是聂壹，拿两位君主开涮他活腻味了吧。上说部队正在集结，人吃马喂，要是军臣真的不来呢？阿老说这会儿你又算这种小账，军臣不来，我们就当演习了，我陪你去马邑看秋操。

上说还是冲动，别人一起哄就跟着别人跑了。现在我知最坏的情况是什么了，人家没搞你你去搞人家，还没搞成，叫人家知道了，诚信道义双破产，你再说什么人家也不信了。阿老说人家原来也不是很信你。

五月，还是没消息。公主小组在茏城联络点，一个粟特人开的商号，很久没有婢女出来挑波斯雕刻玻璃珐琅金盘买罗马铅粉了。阿老的人挑着卖针头线脑梳子绢花货郎担在单于庭周边奴仆居住区走帐串庐听话听音儿。更多的人派到单于庭四周各路口支烤炉打馕，严密监视进出单于庭人车马。唯一得获被认为有点价值发现是看见张骞了，也在单于庭左近外族人聚居区最热闹最乱当地人叫脏街路口练摊儿，出摊儿晚了，认为我们的情报员占了他的地儿，跟这个呼揭汉子吵起来。呼揭人初以为他是秽貉人，没让他，后来听他骂出汉语特么的，而且此人参加过上回查找他下落行动，才认出他，把地儿让给他，没跟他计较。

十七个甲种军已全部到达雁门马邑一线，正陆续进入马营山、大南山指定待机地域。乙种军十五个军也全部完成集结，正在进行人员补充、武器换装和车辆重新配备。总提先前的命令是由近及远补充一个军开拔一个军，上谷渔阳集结各军可边开进边补充，目前七个军在路上。前日报告六十七军行进中整补组织混乱发生车辆翻覆坠谷人员重大伤亡事故。总提紧急命令未开拔各军停止出动，俟全部整补换装完毕得到总提新命令再行开拔。而六署仍按原计划将补充兵员武器车辆源源不断运往沿线各兵站，造成物资大量屯放无人领取，人员等不来部队缺乏管理自由散漫扰民滋事，本来路修了一半路况就不好，现在多点拥堵已在路上部队走也走不动，人在上谷，堵点在代郡。

上在西畤每日打坐，进出屋几次绊在门槛上。灌夫多次提醒上，杂号将军任命不能再拖，这么多部队挤进一个作战区域，没有统一协调指挥，还会更乱。

儿宽拟好命令送到上案几多日，上一直未签署。

大号悄悄跟大家说听风大爷讲，看见上夜里去拜少皞，点了三炷香，鞠了三个躬，念念叨叨说了一些不知什么话。

同月，上忽招王恢韩安国参加总提扩大会，请人在军中李、程二将军并命窦婴夏侯从前线赶回一同参会。会上请王恢就他谋划马邑合战案最初想法做再次陈述。王恢说我听说代地原来为赵国一部分时，赵国在七国中虽然算不上大国，北有强大的匈奴、楼烦、林胡诸胡，西有秦，南有魏，东有燕齐，所谓四战之地，可是赵国的百姓仍能供养老人，抚育小孩，按时节种树，家里粮食四季吃不完，匈奴不敢随便入侵。今天以陛下声威，四海一统，国力不知比当年的赵强到哪里去，匈奴反倒经常入侵，拿咱们这儿当他家，想拿什么就拿什么，没有别的原因，就是不敬畏咱们，用老百姓的话说：不怕你！肃慎人常说：不使人爱你便使人怕你。所以我以为——也不是今天才有这个想法，一直都暗自认为——必须予以反击。

韩安国说道理只讲对自己有利的一面形同歪曲事实。你是燕人，却对赵国当年地理位置不清楚，二百年前还没有匈奴这个国家，林胡楼烦在赵西面，赵北面是你的故国燕，你们和秦韩魏齐楼烦林胡把赵像包粽子一样包在中间，粽子馅儿还有一个中山。赵氏之雄不过武灵王一代，自夸兵强，虽有退林胡、收楼烦、灭中山拓地千里之功，年年混战，打完秦打燕齐，打完燕齐打魏韩，一味示大逞威，越打地盘越小，越打国家越贫弱，终不免长平之恨，四世之内亡国绝祀。我听说高皇帝当年被围困在平城，七日没吃没喝，后来假妇人之仁解围返回长安，也没有让羞忿之心影响行为，像匹夫那样小不忍便恨不休，百般报复不报觉都睡不着，反派刘敬去匈奴送粮食送金帛，结翁婿之亲。这就叫圣人！以天下为尺，度量自己得失，不以一己私忿累及天下人应得应份过太平日子的权利，所以我汉得获五世太平，今天我们还在享受高皇帝当年忍不堪之忍、息万钧之怒所带来的红利。还是不要轻易打破这一得之不易和平大环境吧。臣反对主动挑起战端！对小民而言，所有战争都是坏战争。

王恢说不然！高皇帝身被甲衣手执三尺剑，纵横数十年，不报平城之怨原因，非力不能，是知道天下人历战乱也久都渴望休养生息所以顺应天下民心。

上说你这算同题抢答么，他刚才都说了高皇帝不是为自己，是为天下人。

王恢说不是，我一时有点乱。是，我同意韩大夫对高皇帝评价，本人对高皇帝当初做法也极表衷佩高山仰止。我想表达的是高皇帝当年那么做有当年的理由和当年的情势，今天的形势和当年不一样，今天国泰民安，边境却不安宁，年年闻警，守边成了最危险的职业，年年都有大量士卒死伤，某地边关全部守军阵亡也不是新闻，中国大地运送阵亡战士遗体归乡棺材车相望于道。这还不包括当地老百姓遭受的损失。我曾在上郡长城之边一个村子做过追踪调查,汉初该村尚有百户人家男女老幼近千口。文皇帝三年右贤王入占河南地,杀掠上郡,事后统计,该村户减什二,二十户被杀绝户;人口损失较大,什减其四,青壮男女皆被掳走,止余家中老幼。八年之后,文皇帝前十一年,匈奴一年数扰,因入侵兵力不大,止千骑或数百骑,上郡并未传警长安,只以当地驻军应对驱离,长安亦不知有入侵事,只在事后接获报备,而对该村百姓而言则是一场接一场大难,跨年统计,该村户减什一,十户人家被杀绝户;人口什减其三,尤余五百余口。后元年、后二年匈奴连年入侵,从西到东,无郡不受其害,其中尤以云中、辽东受创最深,被杀士卒人民皆过万。上郡被祸仅次云中,该村户减什六,仅存五十户人家三十户被杀绝户;人口锐减,只余百十口。后六年,匈奴大入上郡、云中,长安震动,置六将军。事后我去该村探查,村已无人烟,遍地焚迹。

我请问韩将军——在这里我不想称呼您现职御史大夫,我想称呼您做了一辈子的职业,也是我心中一直对您的认可和尊称:将军。是,将军,老百姓都不喜欢打仗,打仗就要死人,可要是您住在长城脚下我调查的内个村子,是个老百姓,不管您种地还是放羊,您反对我们主动出击打击匈奴吗?就说是,还是不是!

上说不要煽情，军国之事不是闹家务，容理不容情，只讨论利弊，煽情等于打乱仗，不让人说话。这种事——我指你刚才讲的内个村子遭遇——每个有人性的人都会感到痛心，是我们打击匈奴的重要理由，但不是充分理由。

韩安国说是，我半生从军，可算是个职业军人，正因为兄弟是职业军人，所以谈论战争首先考虑的便是军队的安危。兄弟少年向学，睢阳那个地方没有好老师，便跟着驹县一位田先生学韩非子和一些不闻于世的杂家杂说，其中有数残卷据称上古传下来《女娲兵法》，开篇第一句话便深得兄弟心，其说曰：行伍首要，让当兵的吃饱饭——这是兄弟的话原文古奥——吃饱饭等待对方断粮，扎紧营盘等待对方来攻，攻守作战总是攻的一方需要投入更大力量消耗损失亦更大，而守的一方可以较少兵力予以牵制消耗损失亦更小。

讨伐敌国也好，攻城掠地也好，最重要的是调动敌人而不是自己跑来跑去这样才能获得战争的主动。圣女娲开我种族胤绪，也算圣人了吧，这就是她们当年用兵之道。兄弟后来以学受梁孝王赏识，擢拔入仕服务于梁王，七国之乱受命与张羽将军共同抵抗吴王进犯，正是凭着这一点心得才扛住吴军熬到局势逆转。

李广说周亚夫也是凭着同样心得熬到刘濞崩盘。看来你们是同学。指程不识：你这还一学弟，老程。

程不识说这次可是你先招的我。你甭管怎么说多积粮扎硬寨是常识，没有好的防守就没有好的进攻。

李广说对对，胜利都是防守取得的。

韩安国说也不是不要进攻，兄弟只是反对轻举一国之兵，深入敌国远征。匈奴地域广阔，景色单一，草原无路，亦无可辨识标志物，其间尤遍布戈壁广漠，走错方向就会陷入绝地。可靠向导难觅，老百姓对我不支持，或为敌耳目或直接拿起武器反抗。我军轻入，纵队行进则两翼暴露，敌骑可择任意一点对我实施突击；横行并进则队与队之间空隙过大，易受敌穿插分割。快速前进粮草跟不上，行进缓慢有歼敌机会也抓不住，走不到千里，马还有的吃，人吃的恐怕就接不上。兵法曰：把部队撂在半道上，就等着人抓俘虏吧。

窦婴说哎呀这个女的兵法就别聊了，女娲她们当年才几个人，一帮女的，手里也没个像样的家伙，遇到劫道的，只能围成一圈挥舞树枝做困兽斗，等着人家知难而退。我甚至认为她们所说的营盘就是上树。

上说老韩是不是没听过我们的计划呀？问跪坐一旁做会议记录儿宽：儿，叫你抄送的文件送过韩将军么？儿宽说名单上只有总提成员，未见韩将军。

上说怪不得，以后把韩将军李程二将军都列入名单。对王恢说：你跟韩将军简要介绍一下我们的计划。

王恢说：你想到的我们都想到了。我们今天所谈打击匈奴方式本就不是发动军队深入匈奴腹地到茏城捉拿军臣单于，不过是利用军臣贪心，许之以利，诱骗他进入我们国境，我则以坚强有力部队埋伏于其必经之路险要地段，对其形成战役包围，他往左走有我们预伏部队，往右走有我们预伏部队，向前走不通，想撤后路已断，匈奴来的人再多，皆是我网中之鱼，他的部队再能打，必败，军臣定为我所生擒。

王恢又巴拉巴拉讲了一些聂壹的情况，目前的进展……只提了两句，聂壹目前正在茏城给军臣下套，没多说。韩安国都听傻了，说这、这、这还真是我没想到的。

上说：这事是我们总提几个人定的，也准备了一段时间了，这次扩大进你们三位将军，就是想再听听意见，你们都曾长期驻守边防，对匈奴人了解是通过实战一仗一仗积累出来的，是实打实的经验，比我们这些纸上谈兵的人要准确、深刻得多。现在情况也介绍了，你们有什么想法都可以摆出来，谈一谈，这个计划究竟可行不可行，还是像阿老说的一厢情愿。没关系，否定、认为计划不可行的想法尽可以提，现在一切还来得及，匈奴未出动，我们随时可以收摊子。

阿老说恐怕来不及了，聂壹现在无消息，如果明天军臣把他推出去斩了，我们可以收摊子，并不排除明天他好端端出现了，有了消息，军臣上套了，那我们想打也得打，不想打硬着头皮也要打。

田蚡说计划还是可以中止，我们把聂壹抓起来，不给他献城，军臣得不到消息，也就不会前来了。

上说不急，不急着表态，多想想，饭点到了，先吃饭，我们准备了一席酒饭，犒劳各位在前方连日辛苦，吃完再谈。

窦婴说不要又是大号的烤三样，在雁门两个月天天撸串，撸得我舌头起泡大便干燥，我现在就想喝点小米粥，吃点咱们汉人家常炒菜。

田蚡说都预备下了，烤三样也有，烧茄子烧豆腐炖粉条溜丸子炒鸡丁摊黄菜萝卜丝小鱼——都有。

窦婴说太好了我这老胃哟。

入了席，小酒一端，韩安国说既然都准备得这么充分了，就往下走吧。

19

六月，跟张骞一起练摊儿情报员报告发现聂壹，一个人傍晚出来吃烤包子——现在这位情报员和张骞联手做生意一个烤馕一个烤串儿，碰到老匈就卖夹馍碰到老汉现场捏褶儿卖烤包子。聂壹吃得满嘴流油，还跟张骞聊了几句，说你这包子馅里应该再加点茴香。

毗蓝氏婢女也出来买铅粉了，一下子买一大盒，说我们主子要跟爷们儿出远门子了。

阿老在匈奴本部各王的关系也都传出话，接到调兵令，草原上正在放牧的牧民放下套马杆卷甲携弓，箭袋插满箭，马群牵出几匹马从八方四面向茏城飞奔。

己巳日，一自称聂壹男子进入我武州塞，指名求见我二署北狄处长栾树。自护送聂壹出境一直等候在此的小栾出面接待了该男子，在通关留置室与之密谈，随后以密闭驿车载其入关，亲送至马邑城外放行。自己乘快马走已部分竣工汉直道在黑峪口牛家川渡过河，换乘渡口兵站驿马上秦直道，于庚午日破晓抵达西畤。

上当面听取了小栾报告。小栾讲聂自述三月到达茏城就没见上单于，朵尼安排他住下一等就是两个多月，也不让出门也没人问话，每天一块奶酪一碗酸奶送进毡房里，把他焦躁的，寡淡的，只能自个唱歌，和毡房里钻进钻出老鼠说话，雷雨天毡房外积水，夜里蛙声一片，和看守一起扎蛤蟆糊上泥扔火里烤着吃。后来跟看守混熟了，才得知军臣就没在茏城过冬，去秋就去了其十四子勃度赫那里，整个冬天住在比较温暖的居延泽，这几年每年入冬军臣都去居延泽，人上了岁数，怕冷，又惦念幼子，什么时候回来不知道。

上说我们的情报工作做得不到家呀，几年了，这么大变动，一点不知道。

小栾说十天前朵尼来找他，带他去军臣位于狼居胥山夏季牧场。道儿倒不远，半日即到，到了安排他在单于大白毡幕不远一个小毡房住下，送来一碗酸奶一块奶酪，跟他说别出门，就在这儿等，单于随时可能召见他。他就等，一等等到昨天，天天扒着毡房缝儿看单于在周围遛弯、喂羊、逗狗，有时骑马进山，有时还见个什么穿金戴银贵人，有时纯粹一点事没有，站在坡上望着大山发呆，就是没人通知他单于现在见你。昨天——哦不，是前天了，前天早起，他还睡呢，一夜失眠，刚睡着，被人掀了蒙在脸上老皮袄，是朵尼，跟他说起来，跟我走，一路把他带进单于大白毡房。单于也一夜没睡，喝了一夜马奶子酒，现在还举着个瘪皮囊往嘴里滴，地上横竖躺着各种喝醉的阿克为甚和毗蓝氏。军臣真是老了聂说，比起二十年前他俩初见时脸皮子松了不知多少扣，原来满满登登一张饼脸现在跟扇子似的都出折叶了，小眼本来就不大原来还有点聚光现在跟俩瓜子似的，嘴皮也薄了透过稀疏胡子能看见俩嘴角弯月一样一咳嗽缺门牙。聂还没张嘴，军臣便说你的事我都听说了，特马者。

小栾说特马者您懂吧？上说懂，不就是"行"么。

小栾说对，说完单于就睡了。剩下的事都是朵尼和聂谈的，二人相约，匈方负责将聂送回边境，聂潜回马邑纠集手下门客镖师，于本月十五望日月圆之夜，举行暴动，攻入县署斩了县令、县丞，将二人首级悬于城门为号，匈方见首级即刻挥军入塞，直取马邑。话没说完，一地人都醒了，卷地毯摘挂毯拆毡房，顷刻见了亮天，外面原本满山谷毡房均已不在，匈奴人都骑在马上，只听朵尼一声号令：油路也立即——走着！全军奔腾，山谷至方圆可见晴空陡生千尺尘埃，还在熟睡的单于亦被二奴抬上网床双马夹峙并驰而去。

上既羡且惊：瞧瞧人家这行动力！就是说他们已经来了？小栾说聂壹入关之时，军臣大军已勒马塞上。他是中午到的，上午天就是黄的，我坐在武州塞屋里都感到灰大，呛得直咳嗽，我还以为是沙尘暴，亭尉李二哥说六月不会起尘暴，定是北边有情况。李二哥是老边防，有经验，迅速登上敌台瞭望，即刻吹响竹哨"一长"战斗警报，叼着哨子跑下来取弓，对我说以烟尘腾空量估算不下数万骑。这时，聂姗姗来了。

上说望日没有几天了，我们的时间很紧。扭脸唤来儿宽，当即签署命令：任命御史大夫韩安国为护军将军，着即前往马邑霍窑沟就战场总指挥职，节制各军。总牧李广为骁骑将军，指挥已改装骑兵之第一军、第二军，着即前往马邑就职。太仆公孙贺为轻车将军，指挥步混第六十一军、六十二军，着即前往马邑就职。

太中大夫李息为材官将军，指挥强弩第三军、第四军，着即前往马邑就职。大行王恢为将屯将军，指挥补充九十八、九十九、一百军，着即前往代郡桑乾就职。

依作战计划，我主力对当面之敌发起进攻之日，将屯将军指挥的右路偏师即应前出平城，向西卷击，夺取匈军后方辎重也即随军放牧牛羊，遮断单于归路，以达成应歼尽歼——聚歼之势。本来考虑将屯将军人选是程不识，因其日前于军中坠马摔伤右胯右臂，生活自理亦发生问题，只得回家休养。上另属意张羽苏建，未及使人征询二人意愿，事为王恢所知，当面向上请战，言臣是燕人，自小行走于燕代之间，又在代地收集情报多年，平城一带地形再没有比臣更熟悉的人了,今兴大兵,雪三世(指旧燕、前秦、本朝)之恨,臣虽微尘,尤有奋扬意,难辞壁上观,请为将军。

上说你行吗?王恢说怎么不行,前年闽越谁去的,兵不血刃,郢酋授首。上说噢噢忘了还真是,特马者。

司马迁按:王恢以边尉数年内起为九卿、将军,才不可谓不高,仕途不可谓不畅,惜德不配位,智穷运滚,终不免囚死,徒留"微尘奋扬"熟语晒世。

六月十五望日,廷尉(虽景皇帝中六年更命廷尉为大理,除殿堂之上一般人还是改不过口依旧称廷尉)石庆亲自解送去年京兆轰动灭门案本来意在毒杀婆婆未料全家中毒而亡恶媳陈某贞和连环杀人强奸劫财案犯者南山巨匪屈某平至马邑。虽总提屡次重申保密并将雁门代郡划为战区(灌案四大战略区设想最终未能在总提会上通过),在战区实行军法管制,并在相连相通各要津关渡设立检查岗,严禁非军事人员进出,长安各公侯府邸宴饮酒席上还是近乎半公开疯传北边要打大仗,全国兵马都开上去了,今上也去了,听说包围了匈奴几十万人,单于也在包围圈里,这是旷世大战阿!百年一遇,这仗要是不去观战,亲眼瞅瞅单于怎么被活逮,以后就没得看了,匈奴这国已就没了。

很多公卿都借公差往雁门跑。北阙甲第各胡同无聊女眷也花枝招展包车组团搞战地几日游。无赖少年更是锦衣绣靴驾着自家车马在秦直道赛车扭脸就往战区闯。设在黑峪口几大渡口战区军检人员，经常搞不清来者身份，见这些人手里都持有战区前指或各军、各职能署发放通行令牌，有些人家提名知道，有些人没听说过七聊八聊总能扯出一个闻名的，都是老长官，就一概放行。一辆太仆所属皇家车场专造岁末花车游行拉嫔妃、平时闲置只有皇亲近戚大婚接新娘才借得出来、描着黑漆金螭龙长安最长轿式马车，跑到马邑去了，拉了一车夫人太太招摇过市。为不使潜伏马邑匈奴间谍觉察有异，总提并未提前撤离马邑城内居民，给战区前指的指示是内松外紧，警戒圈设在城郊，许进不许出，出来一个扣一个。城内老百姓还在正常过日子，就是觉得有点奇怪，出城走货进货种地放羊的人走一个失联一个，说好的日子平日当归的时辰不见人，出去找也是去一个没影儿一个，忽见来了这么辆漆着皇家徽记大车，拉一车华服高髻插满珠花步摇的女的，市民释然：哦公主来了，怪不得城外多了不少当兵的，我们家内位一定是给拦在哪儿了。

更有一辆北阙少年独驾双马跑车直接冲进雁门前指大院，守门警卫拦车，车上下来个小子还把警卫打了，还在门口叫嚣：我舅是皇帝，你们都归我舅管。前指下级军官很多出自南军，也多有将侯家庭背景，这小子狂言唬得住当兵的唬不住这帮哥们儿，撸胳膊挽袖子围上去说管你是谁先废了再说。惊动窦婴下来观看，还真是枣泥——修成子仲，赶紧吼住这帮人：都别动手！对小胳膊已被拧住小脸欸白修成子仲说：外甥不免死，再让我看见，先埋了你再跟你舅舅说。

战区每日简报送到西时，上震怒。儿宽听到屋里什么东西兹兹响，循声发现上在磨牙。上命儿宽写命令：战区军法长史就地免职，路监义纵接任军法长史。对秦直道实行全线交通管制，地方车辆一概禁入，原战区前指及各军各职能署发放通行令牌权收回，今后只凭总提开具令牌通行。附命令还有一卷御书"义纵亲启"密札，里面只一行字：见到枣泥打断他腿。

一年后义纵在长安县任县令，果然路遇修成子仲，二话不说拖下车来梏断他双腿。此是后话。

石庆到了马邑城下，被套白裤腿军事警察拦下，说你不能再往前走了。石庆说我是廷尉，有总提发的令牌。军警说你是皇帝也只能到这儿了。石庆说我送人来的。军警一瞪眼：等在这儿！

此刻已过半夜，满月挂在中空，明若穿窗，地上城、树、人眉眼看得很真。石庆能感到四下有更多的人，有人群叫气场也好叫磁场也好起的噪波。一会儿来了一伙提刀扛斧便衣，石庆认出领头者是栾布小儿子，看着长大的，前些年老头活着的时候俩家走得还挺近，瓜果上市采邑献贡两家都在互致礼篮名单上，逢年冬至携眷餐聚两家也经常在共同朋友大局上相遇，没少喊叔。小栾上来就扒着囚车看，回头怒说怎么还一女的，押运员在哪儿？石庆早被这伙人挤到一旁去，这时又挤回来说我、我。小栾说不是说好要俩男的，怎么什么事不叮着就非掉链子什么毛病这都！

石庆说号里现成的就这俩已决犯，你们不是就要人头么，人头砍下来还有什么男女之分都一个丑样子。

旁边一人说你们家男的没胡子呀？石庆说你们家孩子起小就长胡子呀？这女的才十四本来就是少年犯她就是男的也没胡子。小栾说行行别争了，这会儿说什么也来不及了天亮之前必须把人头挂出去，那就开始吧，老聂你往后让让，这位老哥麻烦你把犯人枷开了，次公次公，还得麻烦你，动作麻溜儿快。刚才拦车内位白裤腿军警着装汉子扛着环首刀走过来说：我这刀刚开的刃还没喝过血呢。

石庆找他的人：小王小王——王温舒！钥匙钥匙。

小王跑过来，一边袖子里掏钥匙一边说：把我们摁一边蹲着不让动。

陈某贞屈某平开了枷从车上提下，都有浑身松快血液畅通一时愉悦。石庆跟二人说该说不该说的行前都跟你们说了，你们所犯除故意伤害人命还沾十恶罪，一个是不孝，一个不道，连伤多人，其中一死者还是你兄弟，救过你命；二审定谳也对你们宣布了判决：具五刑——大卸八块。也不知你们曾经做过什么积德的事，赶上恩典了，改判殊死，只砍头，少挨多少刀。一会儿上路，都硬气点，别给咱们廷尉大狱丢脸。

屈某平说是是感谢朝廷大恩和大人您体恤恩待。

石庆说嗐，谢我什么，我不过是给朝廷打工，干的就是这份差事，我和你们近日无怨往日无仇。

屈某平说是是我们从来都没记恨过您，我和小陈在号里隔墙唠嗑还总说廷尉大人是好人，来到廷狱就没再受过拷打每天饭汤还能见到肉末，今生无以报答，来世做牛做马。

石庆说你还觉得你有来世阿？您在地狱也是最底下内层，熬到最高层就得十万八千年，才能到地表，从最低级生命苔藓混起，混成孑孓、豆虫、蛹、蛾子、爬行动物，再到哺乳动物牛、马，我都不知在哪儿了。

陈某贞说我呢，我在第几层，我不怕碰见鬼，就怕碰见我婆婆。

石庆说你比他高两层，十六层，你婆婆正好也在内层，你怕她干什么，你在油锅里，她在磨盘碾子底下，她顾不上你，而且你们俩即便相遇也互相认不出，这层关系止于今世，她虐待你你给她下药你俩扯平了。

小栾说怎么这么些话聊起来没完了。

石庆说完了，换好裤子就完。这边王温舒已捧来两件叠得见方见角粗麻絮丝绵芥末黄加厚裤，抖开一看都连着裆。旁边穿系带到膝白裤腿军警好奇围上来，说哟你们这怎么还带裆阿？小王说我们这是专门给死囚行刑穿的穷裤，怕断命时尿一地拉一地不好拾搂所以带裆，裤脚还有扎腿。军警说你们真讲究。

　　石庆亲手为屈某平陈某贞提上裤子，到陈某贞还别过脸，杀紧腰绳，又蹲下抽出裤脚绳拉紧记上仨死扣，边忙边念叨一套说词儿：迈左腿，别家乡；迈右腿，别爹娘；杀紧腰，恩怨消；杀紧腿，腾云起……

　　完事起身对小栾说：你们可以弄你们的事儿了。

　　四个军警上来两个夹一个往一边带。

　　陈某贞喊：大人，能不能拜托你一会儿把我头捡回来和身子缝在一起？

　　石庆拱手：全交给我了。问屈某平你需要么？

　　屈某平说不需要。

　　张次公走过来说给二位道喜，您二位谁先？

　　陈某贞说：我。向前跨了一步。

　　次公说姑娘站着还是卧下？

　　陈某贞说站着。

　　王温舒怀抱一小酒葫芦速跑过来跟次公赔笑：还有酒还有酒——还有一口酒。

　　小栾说你们怎嫩么多规矩！

　　次公说让他们喝，喝了酒脖子根儿硬。

　　陈某贞一口酒就给呛呢儿了，弯腰咳嗽，再抬头就见一物袭来，眼下就只见草和脚了。

　　石庆高喊：前面是座天阿，脚下气托云……阿字没出

193

口就被一只腥手捂住，小栾热烘烘一张嘴吹着他耳朵眼说别喊，让人听见。说完松开手说叔，不好意思才刚没认出您，回长安，带上您侄媳，给您赔不是。

石庆说叔懂，在这儿不讲这个……这边话没落地，内边喊一声疼！同时当啷一响，又一颗人头骨碌骨碌滚下坡，几个人飞跑下去摸黑捡回来，给小栾查看：没沾一点血全是土，还得说张哥手艺好。

张次公摸着刀刃说我还头回见刀进半截脖子还喊得出来我这刀崩刃了。踢着脚下土说这儿有块石头吧。

才刚屈某平是趴着受戮，几个人围着两腿岔开没头身子说有的时候还是女的牛。

小栾说女的头呢我看看。一个军警把陈某贞头端上来：也没沾血，还能闻见酒气。

小栾说这么干净不行，找血，滚滚。

再把人头举到眼跟前，小栾满意说这回分不清男女了。把头传给身后人，说你待会儿挂城门再给挂高点。内人捧着头说那我就带我的人先撤了。扭脸问自己身后人：内颗头收好了么，这不能包，得用篮子。

人说收好了。接过头放进一篮子，一手拎一篮子，两颗头在里边还有些晃荡，一队便衣蹑脚而去。

这时天已渐亮，小栾对另一汉民打扮脸却是胡人鼻眼汉子说：你怎么遮是现在就走还是等挂上人头？

汉子说等挂上人头。小栾说也好，还不定有别的什么人在附近贼遛着呢，我陪你等。对石庆拱手：叔，受累，您可以回了。

20

十六日,前指报告匈军探骑入武州西杨户岭,目前正沿东窑头、小西沟向吴家窑、大南山方向侦察前进,已接近我大南山阵地,我阵前各军已全部进入战斗准备。前指询问要不要提高我各亭障、烽燧、村堡战备等级向当地百姓下达疏散令。总提回复:不要。

十七日,前指报敌十数骑入西口,目前已逾马营山,在李官屯、宋官屯、野场地之间道路上来回驰骋,并于中途下马解甲进食。午后,其中数骑曾欲登马营山,几进至我阴伏部队阵前,后见山势陡险掉马转去。

总提回复:目前军臣仍在平城收拢部队,已与其五子兀吐思、八子苦叻拜所部汇合,正在等待河西大小谷蠡王部。情报显示,此次军臣只动员了单于庭以南各部,西北二大将不在其列,计八万骑,号称十万。

总提判断：其主力入塞路线为武州方向，西口袭扰我敌应为东移大小谷蠡王部。亦不排除两个方向同时入侵，你们应做好两方向同时出击准备。或将主力南移至鸡鸣山、小峪沟一线，于两路汇合处集中打击。此时重新调整部署是否有困难？请窦、韩议后告总提。

十八日，前指报武州方向敌骑探未有进一步动作，已悉数返回。西口之敌增至百骑，复进至我范家屯、新窑、榆岭、梁坡一线，抵马邑城下阴窥多时，日落前折返。目前我尚未判明敌意图，重新部署难度亦大，故议决暂不移动当前各军位置，仍坚持打敌主力、必要时同时围歼两方向来敌之战役决心，俟日后敌情变再变。报告联署签名窦、韩。总提回复：可。

十九日，敌全天无动作。马邑城内突发人民骚乱，大批群众出城向我军哨卡要人，声言其亲属无故遭我军扣留。我军哨兵劝解开导无效，遂发生冲击我军哨卡解除我军哨兵武装扣押我军人员事件。我军警执法队再三警告不听，遂开刀弹压，斩为首闹事人员数名，抢回我被扣押人员。群众惊骇，退入城中，复以妇女为主围堵冲击我县衙，我县衙史曹差役和已进入县衙军警人员果断还击，执棒驱散群众。入夜群众又起，结队持刃攻击我军警，捣毁沿街商号店铺，放火焚烧县衙，据报火光之冲明，烟氛之弥远，立于雁门关楼亦可覩视、嗅及。午夜过后，我前指调动补充九十七军一部入城，宣布全城戒严。

上在西畤说这下好了，假成真了。

二十日，敌仍无动作。我九十七军于马邑城内捕获匈奴间谍七名，均就地正法。

二十一至二十三日，敌无动作。我山中设伏部队却连日遭遇马邑出城跑反人民，不得已将其收容，尤有伏蹿隐匿草深崖险搜山不得者。前指忧虑，恐难封闭全山蹊径，致一二漏检者潜行出关，暴露我军位置。同时忧虑敌连日无动作，关外敌情不明，临边观察目力所及亦不见大股敌踪，只见一些散骑、畜群，炊烟细弱。部队情绪不稳，有些干吏讲怪话，说我们现在是傻老婆等汉子，汉子什么时候来——来不来都不知道，傻老婆可能根本没汉子。前指恐敌部署有变，请求向关外派出侦察人员。

总提接前指报，即下令雁门善无、武州两县各边亭、村堡封锁边境，疏散边地农户牧人，勿使一马一羊渡关。同时告前指：敌还在关外，于三十里处结营。军臣又得一子，各王、大都尉、大当户以下敌酋皆去平城贺喜，目前正在连日痛饮中，故当面之敌各部无动作。你们不要向境外派侦察，以避免一切我军人员落入敌手可能。各野战军亦不得自行组织越境侦察。临边观察亦应以地方驻军配合二署人员进行，严禁野战军番号人员参与。你们应以最大耐心等汉子，告诉部队汉子会来的，不要汉子来了，你们又没准备好，再让汉子跑了。

儿宽后来调到廷尉做文学卒史，当时石庆告丁忧，张汤新做廷尉，张汤这人虽有酷虐之名，对法律理解却有自己很坚持的标准，要办成铁案必须从古代圣人只言片语中找依据，所以对曾受业于《尚书》大家欧阳生和孔子十世孙孔安国在家种地手不释经卷因而得创一成语"带经而锄"的儿宽很敬重，交为挚友，重要案子都交给他疏通法理法据。一次二人罗织法言法语疲倦闲聊，儿宽说你知上烦的时候什么表现么，擦灰。儿宽说完立即后悔，接下来几年都顶着巨大压力工作，好在张汤并没有再提此事，还是待他如故。

二十四日，上正在屋里擦灰，儿宽手捧前指橘衣飞骑刚送到战报一脚迈进屋，展开高声念给上听：今晨卯时，军臣率主力六万入武州塞；大小谷蠡王合兵二万，入西口。

上扔下手中揞布，拨开挡在门口儿宽，一步跨入廊子，奔向作战室。

田蚡阿老及总提其他成员已聚在作战室沙盘前，代表匈军各部围棋白子，落满武州塞至吴家窑一线，西口至宋官屯一线也摆满白子，与马营山、大南山之间我军密密麻麻黑子形成鲜明比对。韩安国就任即返回西时夏侯赐正捧着一罐白子一只手在里面抓起一把又哗啦啦放下，见上进来，指着两枚子说辰时已到这两个位置，再进一步即入我马营山、大南山设伏阵地，现在是申时，如果没有意外应该已经进去了。

上说有没有新战报？夏侯说只有这份，刚到就给你送去，要求他们匈军入塞后每个时辰送一份战报，下一份酉时应该到。田蚡说什么意外，这时还能发生什么意外。见无人吭气，又说陈宝保佑。郦坚说你跑到陈宝去了？田蚡说五帝時我都拜了，还是陈宝灵，昨天刚献了一头小马驹，今天匈奴就来了。

阿老说我建议我们不必等在这儿了，匈军出动，悬着最大心已经落下，今天不会有更多情况，天已近暮，匈军不会夜行军，那么多部队就是晚上走也过不完，我们部队也不会夜间发起攻击，估计就在当前位置宿营了，我们还是正常休息，早点吃饭早点睡觉，期待明天是进攻日。

大家说对对，今天是大周值班，你留在这儿，我们休息。

阿老回二进院许舍打了个盹儿，醒来一身汗，屋里已经暗下来，听见摇铃，风大爷边走边喊：开饭了开饭了。出来往前院走，见一院子明晃晃点着灯，小餐厅摆着数案饭菜，没人。作战室人影晃动，大家还没走，聚在里头聊天，进去问有什么新情况。夏侯说二号战报已到，如您估计，两方向匈军位置均无变化，均停止前进，割草喂马，烧水宰羊，就地露营了。

阿老说匈军肉食，又耐饥渴，一斤干肉可抵十日粮，战斗部队常脱离辎重行千里不举火，今日头天出动，肉酪携带应该很充足，怎么才走了几步，就在敌前放心坐下来，烧水宰羊？羊从哪里来？随军驱牧，先头部队今天都过不了杨户岭。

夏侯说我们也在议这个事，赶着羊行军不光他们咱们骑兵也没听说过，我没放过羊见过放羊，羊走前面人走后面，骑兵前面走着羊，不像话！我们已派橘骑去问，要部队加强警戒，谨防匈奴人搞什么名堂。

田蚡问上：你什么看法？

上说：太轻视我们了？

阿老说我们这么想，就是轻视他们了。

入夜，大家都没睡踏实，又陆续回到作战室。三号、四号战报接连送到，两方向匈军情况无变化，均停留在原位置，西口方向敌军围着篝火在唱歌，武州方向，除哨兵游动大部已入睡。羊的情况摸清楚了，是马邑居民遗留于草场畜群，牧主或被堵在城里，或惧怕我军，跑了。上连声叹气。夏侯说几十万人和几十万人这么傍着睡，翻个身都能听见，今夜难熬。

田蚡说最怕等人，小时候我们邻村一姑娘，上河边挑水老碰见，好看，眼睛会说话，大辫子到屁股呢儿，走道一甩一甩的，最爱看她挑水走道背影，不敢跟她说话，也忘了她叫什么了当时知道，每回碰见能赶上面对面被她瞅上一眼，能摆我羞死、臊死、爱死。

郦坚说你还知道害臊呢内会儿？田蚡说谁不是打小时候过来的，你也别装的是铁打的，后来也不知怎么对上了眼，就是先矜持，后含笑，再后来拿眼睛勾，勾得我上河边没扢水挑着空桶往回走，把她笑的，在后面喊我名儿：臭儿！你没打水。上也乐了，说田蚡你要聊天你回去聊，你别在这儿聊。田蚡说我这不是等着烦么，看你们也烦，聊会儿天时间过得快。

灌夫说那后来怎么招了臭儿？田蚡说没后来了，我被她叫了声名字酥着半边拉身子回了家，都不知道时间过去半个时辰，从我们家到河边也就几步路，到家我姐——就是咱们当今太后，从小能够着灶台，我们家就全她做饭，锅都刷了，说还以为你淹死了正准备上河里捞尸呢。没上哪儿啊，就一步一步奔家走，一步没停，家越走越近，出一身汗，半个时辰没了。

灌夫说其实你们在中间办了事了。田蚡说去去去！

阿老说在特别大的引力体面前时间会发生弯曲，主观感受就是丢时间，别人该在哪儿还在哪儿时间正常流逝，只有你，弯曲了。这种事经常太阳周围发生，偶尔也在人类之间发生，只不过一般人不相信人有这么大引力，发生了以为自己恍范儿说出来也没人信。

田蚡说没错没错……是这样啊。阿老说下回你可以跟人说，太阳没什么了不起，巫师发现，除了人可以像太阳一样造成时间弯曲，人散发的热，就是能，加一块，比流经太阳的能，密度高一百万倍。

田蚡说我跟他们说，我比太阳热。

灌夫唱：弟兄们加油干诶，诶嘿嘿哟诶……

风大爷进来说：五号战报到。

大伙围上去拆封看：两向之敌无新情况，西口之敌也已就寝。上说咱们是不是也该睡了，下一个战报来，敌人该醒了，别咱们倒没了精神。大伙说睡睡，真困了，一起往外走。

灌夫搂着田蚡说到底怎么了？田蚡说睡觉还酥着呢碰哪儿哪儿过寒战不能挨席子。灌夫说没问你回家。

田蚡说说的就是不知道阿，再没见，第二天上河边挑水改她爸了，也不知这姑娘漂哪儿去了，许是嫁人了，我们呢儿乡下姑娘也就这命，希望她嫁内人对她好吧。是是，我要还在乡下我连个媳妇也摸不上。

21

上小寐即起,天已渐亮,匆匆用薄荷苏子水漱了漱口,赶往作战室,发现大家都在,正在看新到战报:两向之敌,均于寅时初刻起床,结扎停当,上马持弓,现寅时已尽,未前进一步。上说他们为什么不前进,他们停在那里做什么?

夏侯说我们已派出橘骑,问匈军为什么不前进。

上说再派,问他们,是不是匈军对我动向已有觉察,若敌有异动,可否不等敌完全入围即对敌发起攻击。要前指每半个时辰派一个橘骑,报告他们决心和处置。问他们,此时出击取胜把握有多大?

郦坚说奇了怪了,上马一个时辰不挪窝,持弓又是临战准备,反常反常。

大周说两向之敌同时动作说明他们之间有协调。

萧婴说未入围就打且敌已有准备,就是正面强攻,取胜机会各半。

灌夫说肉已到嘴里直着脖子也要咽下去。

风大爷探头进来：粥已熬得，馍已落屉，现在吃还是待会儿吃？

田蚡说端到这里来，谁饿谁吃。

风大爷把粥馍和一摞海碗端来，大伙刚摸碗，风大爷又探头进来：八号战报。

夏侯叼着馍展开卷牍：呜噜呜噜……上一把夺去他口中馍扔回笸箩里，夏侯口齿流利念：……我决以护军韩将军指挥骑一二军、强弩三四军配属步五至十七军计十七万人组成东兵团；轻车公孙将军指挥步混六十一、六十二军及步六十三至六十九军计八万人组成西兵团；前指掌握七十至七十五军五万人作为战役预备队；于今日午时向当面之敌同时发起突击。东兵团任务仍为包围歼军臣单于主力，不使其向境外退走，全歼或大部歼灭于我境之内。西兵团任务为突击牵制西线之敌，当发现敌有向东靠拢、与东线之敌合军动向应更加积极进行攻势作战，拖住敌人，坚决阻敌东进并力争围敌一部、歼敌一部，待我东线主力歼敌后，配合主力对该敌形成合围，歼灭于我境内。目前攻击命令已下，各兵团部队正向出击地域运动，大部已到达并完成阵前部署，午时初刻准时发起总攻。

大伙一齐扭头看刻漏：午时三刻。不知谁喊了一声：开始了！大伙说不对呀，这才早饭，馍还在笸箩里粥还温乎着，怎么午时了，刻漏坏了？郦坚上去检查刻漏，刚伸手大家喊：别动！你再把漏倒过来更不知道时间了。阿老说丢时间了吧又？大家说不管不管他，一齐涌向沙盘，夏侯抓起围棋罐一边看战报一边飞快往下落黑子。

田蚡说我脱一光膀子大家没意见吧，怎那么热阿。

大周灌夫说没意见，我们也热，都从大袖里掏出胳臂俩袖管拦腰一杀，光膀子并排，低头乱看沙盘。

阿老说西兵团任务不轻阿。

大周说：现在看出骑兵少了，两个军抓六万人，恐怕很难全部抓住。一抬头，上也光了膀子，抱肘站在对过拿拇指抠门牙，挤在一堆光膀子中盯着看沙盘。

灌夫说只要匈军不跑，打，还是有希望。

夏侯说把骑兵强弩都用在东兵团，就是要李息主攻，李广包抄。

风大爷一路喊着：报——，十号战报！冲进屋手挥卷牍往离门最近阿老手里一拍，扭脸风一样跑出去。

阿老展开一看，没说话，把战报交给夏侯，夏侯一看，也没说话，直接趴沙盘上，恨不得把小山小路白子黑子吃眼睛里。田蚡喊：你再急死谁！一把夺过战报，看了眼，也没说话，把战报塞给上，上看了眼，脱口喊：跑了？立刻也像夏侯一样趴沙盘上，找匈军当前位置。

夏侯直腰指新摆好白子：巳时初刻，东西两线匈军前队改后队，全线回撤，到战报发出巳时六刻已分别退至东窑头、野场地，并进一步北撤。照这个速度撤，现在是午时四刻不到，应大部已退出武州塞、西口。我东西兵团仍在出击地域，进攻命令已取消。

夏侯看着上：情况就是这么一情况。

风大爷一路高喊：报——跑进屋，把战报递大周手里：九号战报。

上脸一变，口音竟也岔变：怎么肥四？刚才是几号战报？低头、抬头乱看：战报哪去了才刚还在我手里谁拿去了？

儿宽在角落举手：我，战报在我这儿，十号——才刚是十号战报。把战报递给身前——才刚挡着他的萧婴，一手传一手，传回上手里。

上压着嗓门说：为什么九号比十号后到，去查！

田蚡跐溜跑出去。

阿老说先看一下九号内容。

上说没什么好看的，跟十号同样内容，发现匈军迅速后撤，暂无法判明敌意图，若敌确实开始撤退，请示可否展开追击。还请示什么，都退到口外去了。

风大爷一路高喊：报——，十一、十二号战报。

郦坚说怎么这会儿战报扎堆儿来了？

上说儿宽！不是应该你负责收发战报么，怎么让这个疯老头子跑来跑去?

田蚡进来说问题搞清了,九号战报橘骑员一路加鞭,在直道马岭段近雍镇出口处马力竭失蹄,橘骑员坠地受伤,因直道管制打不着车,单腿蹦了二里下到雍镇、西陲岔路口等半天才搭上一辆农用车,才到。

夏侯说姆?十一号是代郡方面军王恢所报,十二号才是雁门报怎么乱编号。王恢报……

上说先念雁门。夏侯念:今日未时五刻,武州、西口之敌已全部退出我境。我东西兵团仍于原地待命,只派出原雁门守备部队各一部尾随跟进,至申时三刻已全部恢复我境,重新占领西口至武州塞一线边亭、烽燧、村堡,目测视野已无匈军骑尘。当前正在查检我边亭烽燧村堡损毁情况及人员伤亡数字统计中。已报至我处计有边亭木建被完全捣毁三处,部分捣毁七处;烽燧十一处土建基本完好,只在两处上面发现人粪、犬首犬血,疑为诅军使用;村堡九处亦为人粪遍覆,疑曾为匈军溺所。人员卒战亡三十七员,伤百十三员,失踪、被俘或逃亡二百零四员;亭尉战亡一员、失踪或被俘二员;士史战亡五员、伤七员、无失踪;尉史战亡九员、伤十一员,无失踪。同时报失踪还有雁门下来检查工作适值匈军入侵未及返回尉史一员,疑似被俘,亦有伤卒报告亲睹其员中箭落入亭堡下深涧,目前正在组织搜索,尚无发现。

夏侯说王恢这个战报怎么是七号，前面还应有六件，怎么肥四，一件没看到，哪去了？

上喊儿宽！田蚡说儿出去了。上说喊他回来。对夏侯：先念七号。

夏侯念：……依前呈报，我部十七日向平城派出匈奴籍侦察员昨日返回，带回平城我特情人员提供军臣单于目前驻帐地点及其所部作战序列详见二十三日四号战报。今日得悉匈军主力入塞，我九十八军即从拣花堡出塞，越过龙池堡、漫流堡，向吾汲河、上吾汲展开。目前已达上吾汲，报告上吾汲至乞伏原池也即南池广阔地带无匈方整建制部队（前报已告南池为军臣前进牧场，目测可见牛羊数万），看管畜群多为老人、妇孺。我率方面军主力九十九、一百军目前仍在铜梁堡（前报已告我指挥位置十七日自桑乾前移至此），等候总提进一步指示。恢前已向总提发出多份战报，迄今未得总提一语回复，恢不胜困扰焦虑泥惑中，不知总提计划是否有变，变亦请速告之。今日再请，若总提仍无答复，恢决以前报既定作战计划执行，于二十五日至迟不晚于二十六日率方面军主力出塞，向南池方向攻击前进，扫荡南池，夺取匈方全部牛羊。

上说这个王恢有主见，不死板。继而大怒：前报！前报！报了六次我们一次没看见，都把这个方向忘了，我就觉得哪儿好像缺一块，——儿！你怎么搞的？

儿宽怀抱一摞卷子一脚门里一脚门外正要进门，惊立于门槛，张口钳舌：我我我芥末酱芥末油……

上说你一急说话就没人听得懂，你安静，默念一网不捞鱼二网不捞鱼……

田蚡从后边推他一把：你先进去。跟进屋：我替他说，卷子都扣风大爷呢儿了，混在一堆私人信件里，我和儿宽翻了半天才给找出来。这事儿也赖我，代郡比较远，路也没全修好，想着橘骑跑也快不到哪儿去，军邮倒是通了，就安排军邮捎带脚帮着传递一下战报，想着不会耽误，军邮也确实没耽误，都给递到了，但是外面都套了个军邮的封，打着军邮的戳，风大爷以为是信件，就放在传达室信件堆任人自取，收件人也没写任何人名字，咱们每天去取信也都给忽视了。

上说你也别什么事都往自己身上揽，有你揽不住的时候。这个风大爷是谁的大爷？本来留用就是看门，现在可好，收信是他，送战报是他，做饭、喊开饭还是他，哪儿都是他——大号去哪儿了，怎么老没见了？

田蚡说大号窦婴带走了，上前指做饭去了，也是嫌咱们这儿不太吃他内烤三样了，老吃家常菜，显不出手艺，自个也要求走。上说上回要求吃家常菜说吃老三样上火不也是窦婴么，他倒嫌弃起咱们来了好好不说大号了，说风大爷，今后请他回归本职，只管看好大门，把院子台阶扫干净，做饭、送战报另安排人,不要再听他的破锣嗓子就会熬粥蒸馍炒的菜咸死人。

夏侯说怎么答复王恢呢?现在已经是二十五号,他可能已经出动了。

上说告知他军臣已撤军,要他注意他西侧,南池牛羊可夺取即予夺取,形势严重,不便夺取也不要过于深入,做好归路掩护,带出去的部队要全带回来。

22

七月。撤销杂号将军，诸将各归本职。撤销雁门前指并雁、代临时战区设置。战区军管及马邑戒严同日取消。战区部队骑一军、二军调陇西、北地就近总牧治所，继续完成汰换劣马畜字马孳息任务。强弩三四军及步五、六、七、八军留驻雁门，防备匈骑再入。步九军调上郡，步十军调五原，十一军调云中，十二军调定襄，十三、十四军调太原，十五、十六军调上党，十七军、步混六十一、六十二军调甘泉、棘门、细柳。这样安排也不是撒豆子，除了巩固边防需要，主要考虑部队供给，六月雁门几十个军驻了一个月，几个郡调粮赶不上趟，北边各郡本来就非粮食主产区，地广人稀，养一个军已经是上限了。

补充第九十八军是此次行动唯一出境部队（因此役未达成作战，总提今后会议、文件皆去掉战役、合战辞谓，一律称行动），虽未打一仗，只是跑了一圈（王恢二十五日晨获悉军臣回到平城，当即下令九十八军回撤，同日军全部安全入境），还是全军唯一动了的部队，军入境时王恢还在铜梁堡组织了列队欢迎，击鼓吹唢呐，军营伎献凯旋酒。郦坚代表总提去看望部队，在桑乾检阅分列式，九十八军一看精神面貌就跟九十九、一百军不一样，郦坚对恢称赞：有点主力的样子。

所以这次调整部署，九十八军不动，还留在代郡，与雁门调来的六十三军一起担任固边守备任务。九十九、一百军则和结束马邑戒严任务九十七军转业回工兵，继续修建打通上谷、渔阳延伸到辽东等级马道。

六十四军调上谷，六十五军调渔阳，六十六军调右北平，六十七军调涿郡，六十八军调辽西，六十九军调辽东。这都是这次行动表现比较好，命令去哪就去哪，从上到下表现出较强战斗意志，军令、军纪没出大问题的部队。七十到七十五军作为预备队未出雁门一步，没有表现，降为补充军，调回茂陵，还保持军的架子，抽调部分干吏、老兵组成新编九十一军、九十二军、九十三军，准备接收明年征调入伍新兵。

八月，总提在西畤召开扩大会，检讨此次行动得失。窦婴主持了会议，并在会上第一个发言，重点谈什么原因导致了军臣突然撤军，造成我们整个行动计划落空。首先聂壹嫌疑最大，他提供的想法、步骤，可说计划是他的计划，调子是他定的，前期行动也是他一手包办，我们都是跟着他跑，他讲什么我们信什么，和单于的关系又那么深，如果说有一个人单于能通过他影响我们的决策，非他莫属。唯一说不通的是动机，聂图什么还可以妄猜，军臣图什么，摆我们一道，看我们的笑话，好玩？也是动员了举国之众，千里跋涉，喂到我们嘴边来，我们是白忙了，军臣又能得到什么？军国大事，视同儿戏，讲不通。据二署的人讲，军臣回到平城也是暴跳，当众谴责了朵尼，褫夺了他的封号和领地，驱逐此人出单于庭，罚往北海牧羊。所以我们推断军臣也和我们一样，被涮了。

聂于马邑暴乱后脱离我们视线，其宅邸、商号、店铺均在暴乱中遭纵火焚毁，可说也是家产尽失，赔了个一干二净。我们在二署人员配合下查找其人下落，至今未见其踪，有人说看见他往口外跑了，跟着匈军撤了，战时道路全部封锁，不太可信。有人说暴乱中被杀，我们一一核实了马邑城内尸体，没有他，但有他的全家，老人、妻妾、儿女。从这个结果看，可以排除他的嫌疑。

第二个重点嫌疑人是一个叫李侃的原雁门郡税赋署缉私尉史。十五日忽然前往杨户岭五号亭堡检查工作，据他的同事讲，有线报望日月圆有私贩将从境外运送一批乳香没药走杨户岭入境，案值重大，此案一直是李尉史亲抓，牵扯到马邑城中另一富豪孟氏家族，养到今天，所以得着信儿就去了。十五日夜是否发生走私今已无考，因五号亭堡在二十四日匈军入侵中完全被毁，守军全部战死。我们判断是没发生，日期有变，走私这件事还是有，因而李尉史没走，等在那里，一定要抓到货。等到二十四日，军臣来了。有其他亭堡被攻陷因伤被俘后脱逃卒报称，在被俘人丛中看到李尉史，好像是和匈军中什么人相识受到优待，他们没吃没喝，李尉史被请到帐中喝奶。另有匈军后撤时借机脱逃卒指认，撤退时他们是在地下走，李尉史骑在马上，还换了件匈奴人横芒直襟氆衣，后来就被一帮匈军军官请到前边去了，当时已可望见武州塞，很大可能李尉史跟着匈军撤到塞外去了。随后即有传言，李尉史向单于泄露了我军动向，致单于急退。传言有鼻子有眼儿，说单于闻讯大惊，有对话：吾固疑之，吾得尉史，天也！归军途中即封李尉史天王，李天王现正在草原上吃香的喝辣的随便戏牛粪妞儿呢。

李息说我也听到这个传言了，部队还没撤，军中就有人传，说我们被一个姓李的给卖了。

上说核实了没有？

窦婴说我们在清点收敛五号亭堡战亡士卒遗体时发现多了一具，在场守备队的人说不认识，以为是避难老百姓，后经雁门税赋署来人辨认，证实是李尉史，胸前中箭，战斗中死亡，是烈士。

上说报假情况的卒要处理！

窦婴说是，我们到医院把内两个据称看见李尉史的卒都提来了，问他们到底看见了什么，看见了谁？两个卒一口咬定看见的是李尉，他们都是一个部队的，虽不在一个亭堡，平时很熟，都叫他二哥，不会错。我们翻回头再去查内两个失踪亭尉，其中果有一人姓李，叫李仁宝，武州当地人，在家行二，人称李二哥。义纵已把他全家抓来，家里也没什么人了，只有一个老娘和两个孩子一男一女，媳妇前年死了，爹、爷、三个兄弟、七个叔叔，都曾在我军服役，先后战亡。

上说封天王的事有没有？

窦婴说无法核实，我们在平城密伏人员报告，平城那里也是谣啄满天飞，每个酒垆、烤肉摊前都有人吹嘘，说是他报告的消息，挽救了单于大军。自称是我军尉史的有；自称是我军军候的有；还有一个居然自称是将军李广。

李广说昂，怎么又扯上我了？

窦婴说无法彻底追查，核实每句话到人。我们认为，我军自四月初开始向雁门运动，运兵运粮运械，几十万人云集于雁门那么一个唾壶大点地方，地界上早已轰动，影响到每一个人，猜不透我军集结目的，也知这里有大部队，难保没人嘴快，把话传到塞外。我们保密已经做得不能再到家了，军臣都进来了，才发现不对，只能说他们很迟钝，情报收集混乱，或根本没情报，还是骄兵，心中傲慢，没把我们当一回事。

上说事先就应该想到阿，也已经想到了，还是要去做，我们这股乐观自信从哪来的呢？

会议开了三天，各将都检讨了自己部队问题，部队捏在一起时间过短，人员上下不熟悉，有的部校尉不认识曲军候，曲军候不认识屯长，大家都不认识将。特别是在运动、排阵时容易发生竞行、抢位冲突，互相之间没配合，不听命令。训练时间短，人和装具、武器结合差，骑兵畏惧骑马，厥张开不了弩，有的兵不具备操刀基本要领，拿起来只会乱抡，各部队都发生不少自伤误伤非有意状况。不懂保养，缺乏武器保养常识和意识，有人还用武器做挖掘、砍伐、切瓜切菜他用，大量新式环首刀、大黄弩发到部队，未使用即锈蚀、缺刃、弩机扳不开。武器还是不敷用，乙种军很多兵手里还拿着修路铜铲、木锹，到撤离战区时尚未做到人手一刀。补充军纪律极坏，进入城邑执行戒严任务时有乱杀人、抢劫、偷窃、强暴轮奸民女多宗案发生，军吏不能制止还参加抢劫，受到军法镇压。

军法司亦多有滥用军法，罔顾人命事。对脱队、逃亡士卒未经甄别、审讯，即行处置。有出公差、采买、临时离队士卒遭军法哨卡拦截，稍有木讷，首级已悬令杆。甚至有迷路整伍步卒均遭斩杀恶性事。激起部队极大恐怖和愤怒。其中尤以执吏张次公恶名昭彰，昌武侯子北军屯骑校尉放骑一军军司马单德，因部下求医病卒遭张次公杀害，率所部骑兵抄了马跳庄检查站，绑了所有军警跪在路旁为死难病卒磕孝子头、喊爹；单骑追杀张次公数里，连放数箭不中，张次公弃马跳入路旁脏沟屏气潜于水草下才躲过一灾。各军亦颇有尉史放言：开战鼓响，先打军法队再打匈奴。

李广说这个事我知道，是我批准的。

起初，与会者对王恢在代郡的领导力是赞许的，对九十八军的表现是肯定的，那样一个熊部队跑出去没散架，完整带回来了，不易。窦婴还说希望王恢总结一下经验，到新部队讲讲。聊着聊着口风就变了，二天会议午餐上的羔羊排，配的有酒，大家喝了几盏，王恢说用人不疑疑人不用。李广跟了句你对聂壹也一直不疑吧。王恢有点挂不住，说聂壹怎么啦？聂壹完成了他的使命把身家都赔上了。李息说把我们也赔上了，陪他玩了这么多天。王恢说你赔什么了好武器好兵都给你们了，我带着一帮民工，每天跟哄孩子似的打一巴掌给个甜枣，走到上吾汲。韩安国说你去了么？

王恢说要不是你们跟老母鸡似的蹲在山里抱窝，我几个来回也走完了。李息说你别坐在那里吹了！要不是你内个聂壹送假情报，把个钻进口袋单于放跑了，还用你偷偷摸摸去牵人家牛羊。王恢说把定方案内个人找出来，问问他，为什么派我去偷人家牛羊，当初我就提过建议，给我一个步混军,单于进来我第一个打出去。郦坚说我定的方案,我没听说过你的建议,当初我就不建议你带部队。公孙贺说你带步混军,你知道车搭人还是人搭车,你给自己家马套过车么?

田蚡和窦婴没喝酒,先吃完出来蹲在廊子上聊天,听到里边吵起来起先也没在意,听到摔酒盏掀案子乒嘞乓啷响才连忙进去,只见灌夫站一地肉肴狼藉中吼:当初我就不赞成你这个鬼计划!哪找来那么个人,净出些鸡鸣狗盗主意,把我们五年整军计划全打乱了,大国交兵是这么个搞法么,捉奸一样,傻子才会上当!

窦婴喊:灌夫!冷静。郦坚喊马邑失谋你要负责!田蚡问李广怎么回事,好好吵起来了。李广说不知道。

上这两天胃疼,吃饭就没去,风大爷给他单熬的粥,也没喝几口,摁着脐上躺下想忍一会儿结果睡着了,田蚡喊他开会才醒,懒懒说你先去,一会儿到。田蚡看他不舒服的样子,什么也没说,拉严门走了。

上端着风大爷给他泡的枸杞杏仁代茶饮来到会场,坐下脑子还是懵的,听了会儿才听出大家都在指斥王恢,在主力未能接敌却仍对敌构成重大牵制,匈军已退至塞上还未回平城,代郡方向完全空虚,而我九十八军已进至距匈军后方基地咫尺之遥,再进一步即可缴获匈军全部辎重——这一稍纵即逝可说是大家为他创造的战机来临时,竟然下令部队撤!回!了!

郦坚手指王恢鼻子厉声发问：给你的命令是什么？你是怎么执行的？你这是临战退缩，是逗桡，曲行避敌，顾望；——畏懦。当斩！

王恢脸色灰白，虚弱辩解：我那是步兵，草鞋，草原上草比人都高，到处是鼠洞，踩上去就是坑，你们在沙盘上看咫尺之遥，我的兵要走一天。当初计划定的就是你们在马邑歼灭单于，我在后方袭击他辎重才能成功。军臣已经退到塞上，南池、拣花堡皆在骑兵一日之程内，我的兵打响了就回不来，我就是全军出动，三万补充兵也不敌八万敌骑，我都会让人抓了俘虏。虽然知道撤军回来可能要受军法审判，可是我觉得更重要的是为陛下保全三万壮士。

上本来没态度，最后一句话顿起反感，说哦，你先想到是我，国家养军队就是为了保全他们性命？

王恢说我不是这个意思。

李息说那你是什么意思？

韩安国说你在闽越就作战不积极，敌人退一个山头你占一个山头，敌人不退你就观望，猴子从这棵树荡到内棵树你都紧张，三天行程，你走了半个月，整个部队都在山里拖垮了，到闽越投降，你的部队也没放过一箭除了打猎，还到处吹叫什么不战屈人之兵。

萧婴说你说你的部队是补充兵，穿的都是草鞋，哪个步兵部队穿的不是草鞋，靴子是发给骑兵的，草鞋本来就是我军制式装备。十六兵站给你送的甲裙、批膊、胫甲、头盔仗打完了还在仓库里为什么不发给部队？渔阳六署粮库调拨雁门救急陈粟你说截就给截了，我亲自跟你协调，协调不下来，说你也要吃，上万石粮食你吃得完么？

窦婴说你在二署工作时就爱吹，到处跟人讲你和皇帝的关系，上还是太子你就认识，老去你呢儿吃饭，你和聂壹真是一对，一个吹和单于关系，一个吹和皇帝关系，你们两个搞在一起，不搞出点事情捅出天大娄子我才奇怪呢。

韩安国说他在渔阳就吹，跟这个认识跟内个认识。对王恢一瞪眼：阿老对你很有意见！

田蚡说你一句话，马邑花掉五百个亿。你从我这儿拿走说要给聂壹打点的两千斤黄金今天还没报账，我要你给我一个明细，钱都打点给谁了。

李息说我们在前方喝粥，吃马料豆，你黄金一千斤一千斤往家搬，怪不得你老婆上九天娘娘庙散香火钱都给金豆子婢女都穿丝履马童额题鎏金哦你们没见过他内个将屯将军官威，我去雁门就职路上碰见过一次，皇帝出来有虎贲羽林旗伞卤薄，他老人家车驾也有将旗令牌甲盾护卫，我让得慢了点差点挨了他扈骑鞭子。

萧婴说怎么没见过，你没瞧他桑乾将军大营的威风，辕门放屯哨，一边二十五个挎刀的，报时敲的是金鼓，我去的时候正是午时，七通金鼓敲得我两耳嗡鸣，心头乱颤，以为

221

马上要推出去问斩了。

大家越说越气愤，纷纷指王恢喊站起来！站起来！

晚上，田蚡到上屋里，问怎么搞？上说大家什么意见？田蚡说还在揭发，看来要搞一夜，李息萧婴跳得最欢，说今夜搞不完明天接着搞。上说我知道王恢会有问题，没想到有这么多问题，看来不处理不行了，不处理无法服众，你通知石庆，叫他明天来接人。

明天，石庆带着人、车来了。王恢坐在自己屋里，一夜未睡，胡子忽然长出老长、还白了几根，头发也显得凌乱，从包得松松垮垮巾帻垂下。田蚡带着石庆、王温舒等人进来，王恢立刻站起来，慌乱找冠戴正，系于颌下。王温舒上前欲拔冠，石庆立即制止：不要。对王温舒说：带大行令先去车里，枷也不要上。

王恢门前以哀恳目光视田蚡，田蚡对他说进去好好交代问题，不要想太多。王恢低头出去。石庆对田蚡说不会让他遭罪，请相放心。田蚡施长揖：多谢。

又明日，田蚡结束西畤会议回到长安家中，夫人跟他说北二条三号府上王夫人昨日来家中了，送来说是你要的东西。田蚡说我要什么东西？夫人说一大挑子，还有卷封漆简册，我都放西屋了，没打开看。

田蚡去西屋，进门看到两大麻包堆在墙角，闻到金属器内股咧凡味儿，摸摸两大麻包里丁丁块块，解开上面放着的简册，是账本，两千斤黄金每一笔支付时间、地点、签收人姓名和打的手印，记得清清楚楚。

九月，令天下百姓大酺五日，可以不干活聚众杀牛饮酒，有点提前过年的意思。

廷尉拿出王恢案审理意见：逾制，夺爵；逗桡，斩；合并执行斩。

九月十七，太后亡母忌日。上中午去太后那里吃豆腐，田蚡、田蚡夫人、金俗、修成子仲也在。太后对上说：我听说王恢被判斩了？上说谁跟您说的？

太后说我在宫里虽然不出门，也不是与世隔绝，社会上的传闻总会一句半句传到耳朵里，赵太妃那里就是长乐宫扒褂中心，我们几个老太太有时也会用鞋垫扎眼儿比大小，赢饭票赌个吃镜糕黄桂柿饼下午茶的小东。田蚡夫人说哟，您还赌博呢。

太后说我们那都是小来来，饭票都是宫里伙房订餐省下来的，换点零食，赵太妃她们都穷，我哪好意思真赢她们，不过是变个法儿给她们送钱。上说还用这么弄，下回我把卖镜糕黄桂柿饼摊儿叫到宫里来，让她们守着锅吃。太后说你可别，嫩么样就不香了。

金俗说是是，请的不如赢的，赢的不如偷的。太后说还真是这么回事，听卖镜糕的人说，王大行是忠臣，给皇帝出了好主意，要活捉单于灭了匈奴国，可恨叫奸臣走漏了消息，放跑了单于，如今奸臣又挑唆皇帝治王大行的罪为匈奴报仇，可怜王大行一心报国，却落了这么个下场，单于正坐在单于庭龙椅上窃笑呢。

上看向田蚡：真是卖镜糕的人说的？田蚡低头往嘴里猛扒热豆腐，大着舌头说我木听耍。上对太后说：您介意我把卖镜糕的找来问问，他这话是打哪儿来的么？太后说你不许找人家，你找了人家以后人家都不敢给我通消息了。上说妈，您就记着一条，这卖镜糕的但分能明白一点这里的事，他就不在街上卖镜糕了。

太后说那你意思就没这事了？上说有没有这事也没老百姓说三道四的地方。还奸臣呢，朝中这些大臣您都认识，您说，乃个是奸臣？只有办妥事和办砸了之分。上问田蚡我吃完了，要回去了，你走不走？

田蚡说我再坐会儿，我还想再吃一碗，就没吃过这么好吃的豆腐。上说行，你们呆着，我先走了。

田蚡又混了会儿，跟太后扯了些哪儿都不挨着哪儿的闲篇儿，见天不早了，夫人催他回去说孩子该背书了，就跟太后告别，说回头再来看您。跟金俗说您得着。尾随夫人出了门。

东方朔在门外台阶下候着他，跟他说：上请你去趟西宫。

上在高门殿前台阶上坐着。九月了，种着楸树的庭院未到西时已不入阳光，显得阴翳，有些凉意了。

东方朔把田蚡送到能看到台阶的承明殿转角，指了指坐在台阶上的人影，就退到一旁树荫下去了。

上对田蚡说：我看了一下石庆送来的案卷，王恢本来可以拿我二十五日对他七号战报答复为自己辩护，我提醒他注意他的西侧，南池牛羊不便夺取可以不夺取，带出去的部队要全带回来。可他在整个审讯过程中只字未提，只说决定是自己做的，还是有些担当，这样一个人这样杀掉了，有些可惜。你想个办法，怎么免了、或者减轻他的罪，又能给大家一个交代。

田蚡说先判了，不执行，叫他家里出钱赎为庶人。

上说：可。你去办吧。

九月二十五，宣判下达，王恢钳发戴枷送回掖庭待决犯特监羁押。入监后狱卒解下他肩上二十斤木枷，对他说告诉家里凑钱吧，上面交待了，准你赎为庶人。

王恢没嗳声，坐在角落崭新铺盖上摇头晃脑揉脖子。一会儿，狱卒送进来一漆盒酒菜，说田相送的。给他斟了酒，就退出了。过了半个时辰回来，发现王恢用腰间解下来的大红绅带悬于梁勒颈吐舌了。

23

元光三年春,黄河改道,从顿丘往东南流。夏五月丙子,又在濮阳瓠子口决堤,漫灌巨野,贯通泗水,势不可当涌往淮河,淹了周边十六个郡。夏粮绝收,老百姓都在树上。上命主爵都尉汲黯、右内史郑当时办理河务,发动补充军、新编军十万,上堤抗洪。沿河多处决口被堵住,复又崩坏,部队有重大牺牲。

汲黯请求再发民夫,征调军车,运送石木麻袋等抗洪物资至河南。田蚡说江河往哪里流本来就是因地势天时决定的,在没有人的时候就这样流,本不是为了方便人居住、灌溉而存在。风还有东西南北换着吹的时候,在天看来就没有决口这回事,是我们——人,住到了人家必须经过的地方,现在我们又要用人去改变天的意志,强行去堵,您估计我们要征多少人才能与天抗衡?

郑当时说黄河改道主要侵害的是河南诸郡，田相食邑在清河，位于黄河北，没受一点损失，所以才会讲这种站着说话不腰疼的话。

上说我真是太烦你们这种说话方式了，怎么还没怎么上来就先度测人家动机，把人家往脏了猜，你们是缺乏就事说事能力还是习惯于凡事先排除利益相关方不这样就说不了话？为什么我觉得爱这么聊的人本身就特别脏，没脏心眼怎会一下想到呢儿去。

郑当时说臣只是想排除利益相关方。

上说你是淮阳陈县人，今次水患受灾最严重地区之一，你被排除了。

上问汲黯：你认为以我国人民这体力，多少人足以抗天？

汲黯说您要这么聊，全人类加匈奴一起也不足以抗天。

上说抗天这事，光咱们几个聊都是外行，还要请教专家。

上于是召集望气术士等古代科学家，询问他们抗天的态度和方法。假王朔率领大家跪了，说我们哥几个从来都是顺着天办事，顶多瞎猜一下天的意思，猜得准猜不准都是事后说，从来没敢想过抗天。

上点名李少君：你，不是准么，想个辙。

李少君说这个事，还真是办不了。

上于是命令停止无效抗洪，等水退了，人民重新按新河道布置居住，就不要在河道盖房子、种草了。

上半年，东南闹大水，北边也不宁静。从冬到春，自陇西至辽东，匈奴不断侵扰，入侵规模不大，我又有防备，驻边各军都把兵力顶到第一线，遇匈军便与之全力交战，匈军有了伤亡便迅速撤退，但是老百姓还是受到损失，全国半年统计下来，还是很大数字。

匈奴马邑被吓了一跳后，军臣单于有个内部讲话，对各贤王、谷蠡王、大都尉、大当户、骨都侯说汉天子背信弃义，对我们使阴招，是他们放弃了和亲友好的政策，以后你们可以自由进出汉地，不必报我批准。同时采取了一些措施，令汉籍毗蓝氏搬出单于大帐，集中居住，并将她们身边婢女一律换为匈奴籍；禁绝过去可随意进出单于大帐营区串帐兜售珠宝、妇女用品汉商入内。但是未对茏城汉人商号、店铺采取行动，还是允许他们继续经营。各边口岸绢畜互市亦未禁绝，每年冬春需求格外旺盛大宗谷物交易仍以一季翻一番速度增长。战略物资马匹、铁器进出口同比、环比也有不同程度增长。汲黯曾提出禁止绢畜互市尤其大宗谷物出口建议，草原冬春草枯，未及复生，牛马掉膘，大宗谷物出口等同资敌。田蚡说停止互市等同全面决裂，我们的畜字马计划也将受到影响。窦婴灌夫李广等军方人士都支持田蚡。上没有批准禁市。

王恢的死还是在军中引起一些议论，有人说王恢是代人受过，真正该负责的人躲了。有人说王恢从头到尾都是出了大力的，结局不好叫人寒心，以后没人敢出这个头，做有风险的事了。有人说他内个最后一攻本来是可以攻出去的，有人阻拦才被迫停下来，阻拦的人是谁，层级太高，不好讲。有人说他就是没靠山，当初选他为将就有人不愿意，到任后也屡受排挤，最烂的武器、最熊的兵给他，就想看他笑话，那些不如他的人没事，他倒摊上事了，有靠山不至这样。

在田蚡家每半旬必办先大酒再轰趴儿大局上，灌夫指责李息不该搞得人家整晚不能睡觉，讨论作战得失扯到金子、人家老婆婢女身上去，暗指人家贪污，现在证据出来了，金子一两不少都花到公事上。李息说又不是我一个人不让他睡觉，你们都在，哪一个少说了，揭老底战斗队都出来了。

韩安国说我说的都是事实，你说的就不是事实。

窦婴也说：我批评他是爱护他，你那个厉害，直说人家逾制，就这一条，他就活不成。

田蚡劝说你们能不能不吵，王恢出了这种事大家心里都挺难受，这是谁也不希望看到的，我提议咱们为王恢转世能投个好人家，喝一杯。

灌夫说你也别在这儿装好人，我们和王恢不过同事一场，这里跟他走得近、真正算朋友的也只有你，你为朋友说过句话么，没有。你说的是什么，五百亿都让你一人花了。你要不提内两千斤黄金，李息也不会揪住人家不放。

田蚡说怎么冲我来了，我没为王恢说过话？我为王恢说的话做的事只是在这里不能提,说出来吓死你!

李息过来弯腰拍灌夫:哎哎,灌夫,咱俩不在这儿说咱俩出去说。灌夫一扭肩膀闪开李息的手:你少碰我!李息说我碰你怎么了,我还就碰了!说着又一把扯住灌夫后脖领子。灌夫原地旋转盘腿改跪姿一头抱住李息双腿想一把劲掀翻他,哪知李息站得稳,一把没撼动,自己往起一站用力过猛失去平衡大概李息还当胸给了他一掌使其身向后仰蹬蹬连退数步,一步踩挨着他坐窦婴手上,一步踩刚起来想让没让开韩安国脚上,一步踏翻李广食案,一石锅酱汤全泼李广怀里;两臂还在空中舞了一圈,一抬打了旁边伺候局姑娘脸,姑娘满头插花飞了一地,发髻也散了;一落扇了上赶着前来拉架田蚡一大耳刮子,才啊呀呀在众目睽睽之下,仰面朝天——库擦!瓷瓷实实拍地上。

灌夫倒地挣扎还想起来,田蚡甩着手尖叫:摁住他,别叫他起来!几个服务生摁不住灌夫,还得分人去抱住李息。散了发髻的姑娘上外边喊廊下甲士,上正在外边端着酒和司马迁聊天,回头一脸愕然。

雄壮甲士进来,一曲膝就把灌夫压在膝下动弹不得,灌夫连声呼喊:我不能呼吸!

上进来说:怎么回事啊,一喝酒就打架。灌夫从地下爬起来,攥着后脖颈子说我颈椎断了。李息也不蹦跶了,回到自己座位坐下端起酒要喝,被旁边夫人一把抢过去:你别喝了。李广拿餐巾擦着胸前污渍说都特么有病！我这新置的冰纨深衣，毁了。

田蚡说没事，闹着玩呢他们，喝高兴了。

上说都挺大人了，还这么散德性！说完又转身出去到廊子上，继续和司马迁聊天。

司马迁问：怎么写呀？上说：你就明写，我的责任。你就写我说的：马邑事首先是王恢提起的，发动天下兵马数十万也是按照他最初建议做的，而且纵使无法捉到单于，他按计划出击夺取匈奴辎重，也是个小胜利，堪慰朝野士大夫就盼着打仗的心。现在不杀王恢，无法向天下出粮出力出了儿子当兵老百姓交代。王恢听了我说的话，就自杀了。

五月，封高祖功臣后五人列侯。玉中，以卒从起沛，以都尉守成皋，事急，开北门出高祖滕公，自当后，中楚矢受缚，从项籍军为卒，军败还乡，务农独身终世，无后。以其兄孙玉华绍封宁陵侯，食二千户。

于豆，以盾从起沛，至灞上，入汉中，定三秦，击项籍荥阳，绝甬道，从度平阴，楚汉分鸿沟，战不利，不敢离上，功比崩成侯，然垓下合战染疴，渐不起，高祖拱手与别，乃引兵还，皆以为豆不治。及元光二年，崩成侯孙仲居回沛祭祖，遇豆孙于胡央，知豆自愈，还乡务农没世，往告。封央琅城侯，千户。

李凌，以自聚党定宜阳，汉王还击项籍，以兵属，从定天下，未得侯而卒，无后。以其女弟孙秋绍封珑都侯，千户。

华刚，以执盾初起从入汉，以队将守荥阳，属纪信。楚围荥阳，汉王夜驱披甲女子二千出东门，纪信乘黄屋车，缚左纛，华刚车右，居女子中，同出东门，楚兵四面击之，华刚高喊：城中食尽，汉王降。楚兵皆呼万岁，掷弓刀。汉王乃与数十骑从西门走。项王见纪信，问汉王安在？信曰：汉王已出矣。项王怒，烧杀纪信，并华刚。刚无后，乃封其弟孙雷广阿侯，二千户。

江力，以执盾初起从入汉，以骑都尉破项籍军，以将军定诸侯，功比城父侯，高祖六年封历乡侯，二千户。三年后薨，无后，国除。今赐其弟孙长安公士江员诏复家。

秋七月，阿老入宫见上。东方朔引其入高门殿，上在里面等他。阿老说聂壹找到了，现在河西月氏属地文山脚下冷龙岭北麓焉支草甸游牧，恢复了他本姓聂脱耳秃宇斤罗，自称是楼烦人一个小部落，避汉自河南地西迁于此，受月氏王保护。我们通过河南地楼烦王手下一个关系，跟他部落中一个负责采买乌孙人建立了酒醋酱供应关系，他还是喝不惯匈奴马奶子酒，爱喝汉地酿造烧刀子、豆酱汤和清徐出的"水塔"牌陈醋。当然他对我们很提防，部落一个汉人没有，都是乌孙楼兰呼揭丁昆西域内边杀人越货受通缉跑出来流落草原亡命徒，被他收容。我们找的这个关系也是楼烦王一个亲戚，专门负责王室内需采办和从汉往楼烦带货，是聂的老朋友，楼烦风俗汉化，也是离不开烧刀子和陈醋，过去聂是他的渠道，现在聂不在了，我们在马邑设的商号"鑫宝源"成了他的渠道。当然这位也姓聂我们给他起的代号叫"老双"的楼烦商人并不知道鑫宝源背景，我们请的掌柜是粟特人老曹，才从西边过来，在马邑开了间珠宝铺子，因为暴动铺子烧了，珠宝也让暴民抢了，赔了本流落马邑，被我们招募，一句汉话不会说，我跟他交代事还得靠翻译，在汉地也没有其他朋友，老双对他放心。

通过老曹——每次老双来都请他喝葡萄酒，吃自己亲手做的羊肉、葡萄干油焖饭——我们从老双口中基本摸清了本次马邑事件始末。聂是个爱国者，不过他爱的国是他本族楼烦。对楼烦自晋赵以来为中原各国打击、驱役、同化致其从一塞上强国沦为苟安于河南地弱部深以为恨。尤以今夹峙于汉匈两强之间国势日危，国祚不在楼烦而系于汉匈，辄可见覆国亡种大戏登演戚戚不可终日，每谈及必痛哭掉涕，言不能效度尔折合罗杀身报国。（马迁按：度尔折合罗，楼烦史诗《度尔折合罗》主人公，楼烦牧羊人，行状若燕荆轲，只身入殷营，刺杀殷师统帅帝武丁妻妇好于军中，挽楼烦亡军亡国于即倒。与中国记载不符。）

后与王恢结识，王恢利用他，他也利用王恢，打着二署旗号在边境武装走私，生意越做越大，一跃成为马邑首富。

您知什么生意最赚钱么？阿老问上，旋自答：粟米和大豆的出口。匈国每于冬春马瘦毛长，牛羊亦少出奶，长安百钱一石谷米运到九原、武州，口岸价要千钱。春二月有钱也买不到，要硬通货黄金紫貂来换。而您知在我秋粮主要产区颍川、南阳、陈郡农户收购价是多少么？谷百钱三石，大豆百钱四石；丰年可贱至五石、七石。高后时，我国也处于经济恢复期，曾有令禁止谷物输匈。文皇帝中后期粮食已经吃不完，禁输令名存实弛废，便有行商勾结漕吏，将关东输往长安漕粮切出一部分运往北边谋利，那时还是少部分、个别人行为，输往匈国谷物数量也不大。景皇帝时大开边市，粮食连年丰收，关中也丰收，对漕粮需求锐减，各主粮产区有强烈愿望给自己囤压在手粮食找出路，于是就发生了这样怪现象，函谷关经渭水至长安漕路上运粮船舳舻相接桨橹欸乃，自秋至春半年不绝，漕运量不降反升。这样大量粮食过长安不入，都运到雍镇，在那里的码头卸载，入陈仓，再由陈仓出库装车，经旧秦直道运往九原。九原在景皇帝时期是谷物出口大口岸，不但匈国进口商要去那里进货，马邑、雁门出口商也要去那里趸货。因当时尚无汉直道这样一条捷径，从关中直接运雁门粮车时程长且损耗大，每石谷比九原货运费即贵百钱。所以聂壹虽垄断马邑谷米出口，贵为马邑首富，跟九原大粮商比起来，不过小角色。

上说能够调动漕运，控制陈仓，在九原那样的边屯重镇迳开口岸，恐非一般行商游贾所能。

阿老说我汉坊间有言：十万钱的生意谁都可做，百万钱的生意只有少数几个聪明人能做，亿万钱的盈收朝中无人谁做谁掉脑袋。这也不是什么秘密，当时、今日路人皆知，九原最大的粮商叫梁文照，不过是某人的红马甲，实际控制人叫窦文超，想必上您也认识。

上说是窦婴家内个文超么？阿老说正是，论起来还得算您舅爷。上说诶，窦婴是我奶奶的侄儿，跟我妈平辈儿，我叫声舅，他儿子我怎么倒叫了爷了？

阿老说噢那弄错了，我老记得他是窦太后兄弟，那就是您表哥。上说他没我大，就是兄弟，兄弟的儿子也不能叫爷，算了不说了，太乱，说事。

阿老说景皇帝时窦婴又是太子太傅又是大将军，后期实际是不是丞相的丞相，门客舍人遍天下，漕运史、陈仓令、五原郡守皆是拜他擢拔，窦文超便利用这些关系行他自己的方便，插着窦氏家旗的粮船、粮车到哪里都是一路畅行，沿途关卡军警税吏无人敢刁难反倒争相结交。也不用说别人了，田蚡那时作为将军府曹郎还跟着跑过几趟车，走过两趟船。到田大人上位，文超也懂事，主动提出将生意分一半给田大人，田大人还就笑纳了。于是这生意便分成三份，窦家一份，田家一份，灌幼夫一份，四、四、二。

上说这灌幼夫又是谁？莫不是……

阿老说正是，灌家为颍川首望，是什么望先不说，在颍川做事不经过他，事情总要生些枝节。窦文超起初便与灌幼夫联手，一个负责压价搜购余粮，一个负责运输销售。现在田家加入进来，还是这么个分工。到建元二年，因赵绾王臧事窦、田二人丞相、太尉同免。窦确实是以侯家居了。蚡——我就不提为什么了——恩宠不衰，跟某人谈论政务多被听用，满朝士人官吏都看出趋势来了，蚡家的酒宴也有名，酒好菜好，每回座上客比在职时反倒更满，窦婴本人也成了常客。

到你六年，蚡复出为相兼署太尉事军政事务一把抓，罩着这条黄金粮道需要打招呼等琐事便多落在田家身上，漕史、仓令、郡守也换为田家人。田小六便去找窦文超商议，要加份子，六二二，他要拿六。文超同意后去与幼夫商议，这么下去，明年就不是六二二，很可能是七一二、八一一。他能甩开我，也能甩开你，他越过你直接到当地收粮，你还能打他家的黑棍么？灌幼夫说：不能。二人遂议定，这事还得干，跟田家分开做，不沾他，另辟一条粮道。渭水、秦直道都是公共资源，你走得我也走得，关键是黑峪口至雁门缺一条直道，有这么一条道，就可以不走九原，经雁门出马邑把武州口岸做大。修直道这种事工程浩大靡费甚巨非民间集资能完成，于是他们就找王恢策划，怎么能想个办法让朝廷出钱修这么一条路……

上竟一时语滞：难道，是为这个，——我去！

阿老说当然也跟大形势我们整军经武有关。王恢看到我们各地铺开工程，也从其他渠道了解到我们的规划……

上说什么其他渠道，就是灌夫窦婴那里么，计划是他们两个做的，王恢想知道什么还用问么。

阿老说现在还没证据说王恢在贩粮图利这件事上入了伙。王恢也是建功心切，不能进入总提核心是他一块心病。现无法查明他、还是聂壹哪个先提出马邑之谋，两个当事人一个死了一个跑了，无以坐实。

上说死得不冤，我甚至怀疑他不是自杀。

阿老说只知聂壹与之一拍即合，积极推动此事，他内个楼烦脑袋瓜里想的是两强相争无论单于被擒或我被单于打个稀里哗啦对他都是最优，次优也可使我们两强结怨，他内个楼烦祖国夹缝中生存环境得到改善。据老双说他还曾面见楼烦王提出倡议，趁汉匈两败俱伤兴兵入代，夺占楼烦旧地。楼烦王的反应是你别坑我了，汉匈皆是大国，一棒子打不死，我趁人之危占得到占不到便宜单说人家缓过手来就要我的命。

上说楼烦王是明白人，我是傻子，大傻子！人家一句多余话没说，就顺着人家指的道产生了想法还以为是自己高见，主动掏钱为人家打工去了。

阿老说套儿下的确实比较深，把他们的想法变成你的想法，由你提出。后面的事你也知道了，跑出个李仁宝，把三家好事搅了，只有第四家窦家、灌家，谁家事成与不成都不耽误他们两家事成。去冬今春，大豆出口翻番，武州出口额直追九原，汉直道有功。

上命传田蚡。田蚡至。上问胖宝怎么样？田蚡说昂，谁，您问六子阿？上说是啊，你们家里不是都叫他胖宝么，上回叫曹时勒了脖子，最近癫痫还犯么？

田蚡说有一阵没犯了，现在养了条狗，天天跟着他，他快要犯病狗能闻出来，冲他叫，立即采取措施手绑起来、嘴戴上嚼子，犯也不碍的，扔一边躺一会儿就好。上说智力有下降么？田蚡不知为什么聊起他家胖宝，看着上和阿老脸色又很严肃，加了小心说：智力还是有点影响，有时数数儿，数到十就跳一百了。

上说那是他不太熟悉百以下的数儿了，再过几天他连万也不认得了，一就跳到百万。田蚡听出上口气不友好，也不知哪儿招了上，也不知这话怎么接，看着上干笑。上说你别光笑阿，你家胖宝已经发大财了，比你都有钱你还不知道呢吧。田蚡说您开玩笑，您逗我，别的我不知道，钱我知道，前儿个我才帮他平的账，这个没出息的好的不学，上街猜豆，输了钱，人瞎子找上门来了。上说什么猜豆？阿老说就是仨碗，猜奈个碗里有豆。上说这能输几个钱。阿老说有加磅的，这一圈看热闹的有押庄，有押闲的，闲就是内猜的,加一磅就翻倍,磅上加磅半天下来,输赢也不少。

上说你是真不知道还是装不知道?

田蚡说知道什么?上来您就问我们家孩子的事,我怎么啦您倒让我死一明白阿!

上跟阿老说:不想跟他说了,你跟他说。

阿老把刚才跟上说过的话简要一三五八九又说了一遍。

田蚡涨红脸,回头寻摸,喊人:韩嫣!李敢!

上说你喊他俩干嘛?

田蚡说我喊他俩把我撅起来!我但分知道丁点这里的事,您灭我族。

上说窦文超找你分你一半生意有没有这个事?

田蚡说有,小窦确实来找过我,可没说分我一半生意,只说他爸现在不管事了,有些地面的事希望我能出面帮着打个招呼,我是拍胸脯了,说不能这样,人一走桌就掀,人有上不去的没下不来的,将来我下来还指着大家别太拿脚踹,你们家的事就是我的事,你放心全交给叔了。我确实说过这个话哪想到这里有这么多事。您知道我是守财奴,小家乍富,从来不做有本儿生意,放高利贷我都嫌担风险,有钱就盖房子,置地,我信这个,房子再不值钱还能剩一地砖头。

上说对对你净帮人介绍工作拿回扣做这无本生意了。

田蚡说这事有!您要因为这事办我,我认。但有一样,我介绍不成从来不收钱,介绍成也不多要,让人看着给,横门人市介绍一老妈子还收份儿钱呢，这钱我拿着心中无愧！

上说信你了。

阿老说也有可能是胖宝听说了去找小超瓣儿劈，也有可能文超觉得不把牢，既然田叔应了就把胖宝扯进来凡事让胖宝出头也更像真的。

田蚡说胖宝不可能！他连数都不会数，我跟他妈老说他，不要出去跟人乱混，你这脑子就跟家老实呆着，家里有吃有喝。

阿老说你就不要替胖宝开脱了，我们这儿都有胖宝吃人家拿人家证人证言。

上说父母看自己孩子没一个看准的，江洋大盗捕来要杀头父母还说呢，我们这孩子从小就孝顺，说话脸红，见长辈就鞠躬，邻居都夸我们这孩子本分。

田蚡说那我在这儿表一个态，如果田至中触犯了国法，我头一个去刑场看他杀头，绝不收尸。

上说话不要讲过头，讲过头就不可信了。

八月，中尉尹齐带人收系了灌夫。因灌夫还在军动署令任上，算现役军人，就把他关押在北军军法处看守所里。颍川郡都尉同时收了灌幼夫及灌氏一族。

尹齐把灌幼夫供词往灌夫面前一排开，灌夫就承认了粮食出口生意是从他做起来的，后来交给儿子打理。但是不认修直道是为了与田家争生意，他在军动署令任上起草的每一份计划都是出于国防需要，为准备打仗而拟。灌夫说不管怎么说他还是个军人，军人操守和底线也即荣誉感还是有的，绝不会把战争这么严肃重大国事和生意混为一谈。他可以做生意赔钱或者放弃，绝没想过发战争财，现在知道事情竟然就这么发生了，而且和自己儿子大有关连，深以为耻。

文超一直隐在窦府，有司没有得到上明确旨令不能上门抄检。窦婴请求见上，上避而不见。窦婴给上写了封私信，通篇不谈自己问题，只是讲灌夫教子不严，论罪当罚，罪不至死，请上看在灌夫父灌孟国死，灌夫本人身上现还有当年吴军箭镞未取出遇阴天便疼，免他一死。上亦以私信回他：你既然为灌夫讲情，那就请到东宫朝堂当着太后讲吧。窦婴接到回信有点莫名其妙，为什么要到东宫当着太后面讲，这里有太后什么事。心中不安，拿着信去找田蚡，说你帮我分析分析，为什么去东宫当着一帮女的聊这事。

田蚡也觉得奇怪，太后不理俗务这差不多是上届太后崩后朝中大臣默守的一条潜规，他也常绷着自个在姐面前少谈公事，也猜不出个道道，就说可能是女的心肠软，当着她们说灌夫的事比较容易得到同情吧。

廷辩头天，上把田蚡找去，跟他说你准备准备，明天廷辩窦婴当正方，你当反方。

廷辩那日田蚡到了东宫，才发现除了他和窦婴，阿老、曾经负责漕运的郑当时、长期负责收公粮及全国粮食储备的汲黯和做过五原郡守的韩安国也到了场。

廷辩开始，窦婴先讲，还是沿着他给上私信思路，讲灌夫历史，这个过程讲得时间很长，也无人有异议，大家都认可，田蚡在中间只是递话，补充，形同捧哏。这中间司马迁抱着笔和竹简猫腰进来，在后面悄悄找了个垫儿坐下。讲得太后都懵了，说什么意思呀，这是要给灌夫封侯么？接下来才开始讲灌夫的问题，儿子在颍川控制粮食市场，余粮只能卖他家，价格由他说，一口价。进而垄断了关东几乎所有粮食主产区粟米大豆收购和市场价，丰产压价，歉收抬价，每年夏秋两季上他家收购点卖粮的车队，比上公家粮站交粮马车长十数里。朝廷粮库成了他家私库，朝廷漕船成了他家佣船。船工只知有灌爷，不知有朝廷，函谷关至长安内条漕路，人称灌渠。

讲到这儿现场活跃起来，为了论证自己所言不虚，此事全系灌夫之子所为，灌夫本人插手不多，窦婴开始点名，讲到漕船点郑当时，讲到粮库点汲黯，你们当时都是现管，情况比我熟，是不是灌幼夫找你们联络的，当然你们也都是在职权范围内尽可能给他行点方便。郑当时还有些支吾，说漕粮运输任务不重，大量船只闲置，船工干俩月闲多半年，我也是为船工着想，挣些补贴，少一些流失，船工都跑了来年找谁呀。

汲黯暴脾气，不客气，上来讲我认识灌幼夫是谁呀，还不是你儿子窦文超拿着你的条子来找我，说灌家是北边军粮供应商，这些粮都是运到北边给守边士卒吃的，请我关照，否则我能让他入公家库么？

这话题一开，大家都有点稳不住，谁也没有很好的辩论习惯，都习惯在语锋上占上风，对驳几句人身攻击就上来了。窦婴说我是写过条子，没错，这里确实有军粮，我让你关照的就是军粮，可你入库的都是军粮么？汲黯说麻袋上也没写着军粮二字我怎么知道。

窦婴说你当然不知道，你就没去一个粮库看过，我写条子，你不还是写条子，你老家就是濮阳的，濮阳离颍川不远，上半年东郡遭灾，全郡老百姓没饭吃，你们家还能开仓赈粮，你们家那么多粮哪儿来的？

汲黯说东郡离颍川不远，你有点地理常识没有？中间隔着淮阳、陈留、梁、筦城、定陶五个郡呢！我们家粮都是从牙缝一口一口省下来的！我哪里有你那么威风，南边是你的人，北边也是你的人，一张条子吃遍天下，还有那么个好儿子，比你还威风。田相怎么啦，还不是叫你儿子支使得团团转，像使唤家人一样。韩大将军怎么啦，见了你儿子，请！一律开关放行，什么也别跟我说，就当我没瞧见。

田蚡喊：你扯我干什么？

韩安国说：你听见了，我跟人说话你在旁边阿？

汲黯说你们干的这些事别以为天下人不知道，瞒得过谁?朝廷收的这点税赋都让你们今天整一个战备,明天修一条直道,一车车搬家去了。

窦婴说小田!这小子血口喷人,喷的是咱俩,你得站出来,说句话。

田蚡说你也别梢搭我,你儿子办的内些事你心里比谁都清楚,我基本已经是被带进沟里去了。是,你用我,应该,谁让我一直跟你好,你对我也抬份儿,说是亲帮亲也说得过去。我就不明白了,我们内傻儿子乃点看出有用了,你们爷儿俩用我不够还用我儿子,我们田家活该子子孙孙为你们窦家站台卖命?

上说别说了!我看你们都该斩。

24

秋九月,灌夫案子还是没判下来。上去太后那里吃饭,太后还没出来,小邢在叮着摆案,问他:你还犹豫啥呢,证据不都摆在呢儿,我都觉得恶劣,该杀。上叹气:难阿,主要是还没过自己这关,头一次杀人,你试试。小邢说是头一次么,我怎么记得……

上说王恢内次不算,本来给他机会可以赎死。而且这案不止灌一人,还牵扯到别人,一杀就是一串。

小邢说哦你还有人性。上说我听说贼也是有讲究的,给他一个理由就不进去偷。这就是我现在的心情。

太后出来说你还同情他,这我还是在呢,我要不在了,我弟一家不定怎么受他欺负呢。

小邢说上回武安侯的话让太后扎心了。

上说武安侯也没那么无辜,他是白给人做事的人么?都拿傻儿子当挡箭牌。太后说他到我这儿来把事儿都说了，鼻涕一把眼泪一把。上说你问小邢，宫里人都怎么说他。小邢说影帝，皮影的影儿。

上说我只是不愿意一下杀两个舅舅。太后说你讲这个话，我饭也吃不下去了，——不吃了！推案走了。

小邢说你又何必刺激老太太呢？

上问司马迁：你怎么写的，我看看。

司马迁说没法写。

冬十月。过完年，十六日刚上班，灌夫判决下来了，族本支。也即只杀父族姓灌的，妻女皆得免。是族刑最轻的，很大的恩典了。

十七日一早，宗正刘蒙之和郎中令石建上门请窦氏父子到都司空衙署喝茶，文超饮鸩于榻。

灌夫在北军看守所一直关押到第二年快到第三年——元光五年十月，其间也反复申诉，均遭驳回，才在北军看守所引颈受军人荣誉刑——斩首。其子幼夫及其叔伯兄弟皆在颍川弃市。

窦婴亦一直关押在渭水北岸长安新城区一处都司空衙属匠工坊。匠曹将他的住宅腾出来给窦婴居住，每天由他太太做饭给窦婴吃，也允许窦家送酒菜进来。

窦婴刚进去情绪还好，每天早上吃完匠曹太太做的搅团，走出匠曹那间每块砖每块瓦都烧有"都司空制"字样像一座刻满咒语古墓碑的小房子，绕着匠工坊堆满原木院子走一万步。匠曹和途中遇到的每一位工匠都对他很恭敬，知道他是一位贵人，在这里的化名老侯，老侯令人生畏，他们对老侯的管理只是告诉他：您别出这院就行。老侯对前来探视家人声称对自己有信心，相信自己案子会有个好结果，到现在还没正式逮捕嘛，只能算是个留置，这也不是谋逆、大不敬、内乱什么的大恶，顶多是个家风败坏，伙同子女大肆敛财。他甚至认为灌夫的案子早晚也能翻过来，要给今上时间，平息朝中议论，今上虽是年轻皇帝，做事却从不冲动，即位以来每件事处理、平衡的都甚得当，还未处决过一位九卿、侯以上官员。他自己不申诉，也不要家人代他申诉，既来之则安之，不要干扰上的决策。

元光四年，也即老侯留置内年，夏四月气候异常，人常说的倒春寒推迟为倒夏寒，关中下了场霜，把刚出苗的麦、已见绿的草都给冻死了。老侯早上出去遛弯没加衣裳，回来冻感冒了，咳痰加喘加发热。五十来岁在当时就是老年人了，身体状况也近于老年，老侯虽贵为将侯，平时基本医疗保障几乎没有，有个头疼脑热也像老百姓一样上街喊郎中，进动物厨房一样的药铺拎一包草根木屑回来煎汤，挨罚一样捏着鼻子喝下去。老侯身材肥厚，脸蛋带着胖老人多见的脑满肠肥涨发得喷薄般绀红，常人管内叫红光满面，富贵相，其实血压高、血脂高、尿酸高，喝点酒眼眶子就挣巴得生疼，眼白爆血管，出现云翳一样的血花。匠工坊没药没医，老侯躺在炕上咳一阵、晕一阵、烧一阵，生缓过来了。只是从此精气神没了，脸也暗了，秋梨膏色儿，腿也拉拉秧儿了，一万步走不了，从炕沿到门口透口气都得扶墙。

刘蒙之带着封斯侯刘胡伤来看他，说你的案子还没消息，我要退休回封地了，胡伤接下一任宗正，你有什么要求、申诉可以跟他提。老侯还说我在这里挺好，我不申诉。刘蒙之跟他说你也别硬撑着，你不方便提，让家属出面，老不出声，大家以为你不在了。

老侯问老灌什么情况，还在么。刘蒙之说还在，还在坚持每月写申诉，听说上的意思有松动。尹齐出事了，现在的中尉是张欧，刚上来，情况不熟，尹齐有什么新案情新进展还跟我沟通，现在清静好一阵了。

老刘还跟老侯扯了些朝中人事变动，田蚡靠边站了，对外讲身体不好。韩安国上去了，以御史大夫行丞相事，可是没有丞相命，上去细柳校场看操，站在车帮子引导上的车驾入营，没留神地上有摊水，马一闪他掉下来了，右腿摔断，野郎中把骨接上，说以后走路可能有点跛。朝中盛传，可能平棘侯薛泽要当相。

五月丁巳，果然任命薛泽为丞相，韩安国右腿预后不良，不是一般的跛，是一脚高一脚低，免去御史大夫。

六月己巳午时，关中发生地震，长安人家搁在高处的罐、甑、瓶、煲一齐倒下来摔得粉碎，坏房千间。

　　街头一时挤满从店铺、家中跑出来受惊的人，大白天竟有人一丝不挂。一个老头往外跑，房没塌墙倒了，整把老头埋底下。地震发生时，老侯正从炕下来想撒尿，一踩地顿觉天旋地转，一屁股坐回炕头，以为自己头晕，听到外面工匠喊，才知地震。晚上睡不着心中忽生一念：六月地震，这是要有冤案发生阿。

　　七月。大赦天下，但是不包括老侯老灌。

　　八月。老侯坐不住了，给上写申诉，说景皇帝临终曾付与他一遗诏，上书：事有不便可便宜论上。意思是遇到紧急情况可不走组织程序直接向皇帝汇报。希望可以得到皇帝召见的机会。把申诉交给来探视的侄子，让他设法递上去。

　　等了一个月，没有消息，老侯眉毛胡子全白了。

　　九月。任命中尉张欧为御史大夫。张欧一到任便来看老侯，跟他说你给皇帝的申诉我看了，也去内廷档案处和你府上分别调取遗诏原件，内廷档案并无遗诏，只有你府上有一件，上面封印盖的是你家家丞私章，我们认定系伪造，现在把处理意见通知你，将正式弹劾你伪造先帝遗诏。

　　同月，韩安国自称痊愈，请求恢复工作。上命他接张欧的班，任中尉。

　　一日老侯枯坐屋中，发现一只眼透过窗洞窥视他，看了会儿走了，他认为是韩安国。

冬十月。灌夫受死，本支子孙族。没人告知老侯。

十一月。刘胡伤来看老侯，发现老侯屋里很冷，炕还没烧，训斥了匠曹，刘胡伤看着匠曹亲自搬板条、引燃锯末，把炕烧热，顺便告诉老侯灌夫已经执行。

次日晨，匠曹太太新打的馅做了碗匈奴风味羊肉丸胡椒酸汤给老侯端去，敲半天门无人应，有扑棱声，撞门进去才发现老侯张口夺舌躺地下，一只手挠地，一只脚拐哒，吐一摊，拉一摊，中风了。

窦婴拒绝针灸，拒绝喝药，连带拒绝喝面汤。张欧、刘胡伤、石建都来看他。石建说上对他很关心，希望他还是吃药吃饭，他的问题可以说清，大不了削爵为民，还是可以看着孙子长大成人的。

窦婴精神复振，开始扎头皮针，吃大活络丹，进粥汤，伊呀呀蹦出清晰单字：饿、麻、起、便便。

上亲召薛泽、张欧、石庆、石建、刘胡伤五人开会，商议给窦婴做结论。五大臣皆认为窦已是废人，又是上届太后至亲，可以不做死刑处理，夺爵黜为民，回家疗养。上曰：可。

同月，刘胡伤请太医张苍公、北军总院院长淳于意来匠工坊给窦婴会诊，问匠曹老侯恢复得怎样。匠曹说屎尿都是他太太伺候的，他太太清楚，叫来太太向刘大人报告。太太说梦里能说整话了，白天还是蹦字儿。张苍公对梦话很感兴趣，问都说什么了叫你听见。太太回：王娡杀我。刘胡伤、张苍公皆骇然。淳于意不知所言何谓，还念叨：王制？是归因于制度么？

刘胡伤说不要再提这两个字，否则我们都要坐族。

刘胡伤不敢怠慢，当即拉苍公淳于意回家写了详细经过，请二位证明人打了手印，连夜送到北宫门。

次日，上刚醒接到的第一份奏报就是这个。小邢正在梳妆，听到上坐在马桶上自言自语：就别让我妈担这个恶名了。一边描眉一边问：谁又说太后什么了？

上说：没事。

上命五大臣再议窦婴事。五大臣一致认为：窦婴矫制矫诏，诬上；阿党附益，操持两心，资敌；前二皆坐大不敬，罪在不赦，合并执行：弃市。上曰：可。

十二月三十日午时，窦婴坐在箩筐里被担至新城街头，当众受刑。老百姓看得不开心，说一个糟老头子，坐着就被砍了头，不好看。

同日子时，河间王刘德脑卒中，没抢救过来，薨于长乐宫永寿殿雅乐夜宴《大濩》歌咏声中。

起初，淮南王刘安有好古之名，多收集龟辞骨文，不论哪朝哪代见形纹就收，儒门中人讥之为"浮辨"，今日敛糙活儿。刘德本人自谦是做学问的，开蒙、授业所请塾师俱是山东硕儒，平时不戴王冠戴儒冠，不著冕服著儒服，必去的

251

地方不是朝堂、宗庙而是儒者汇聚讲学的乡间陋室，朋友都是山东来的有名或无闻儒门子弟。曾经教过他的今文礼学开山鼻祖高堂生对他有这样的评价：实事求是。也即下笨功夫追求真理。

刘德的笨功夫就是拿出真金绮縠广收天下孤本、绝版书，尤特注重求购秦统一文字前六国名人篆籀金文手抄本和有关礼乐方面的记载。经其手和其他著名儒家学者勘注校辑的各国诗书将将超过五百篇，达五百零一篇。其中特别珍贵的是周公亲笔刻写《周官》、孔子手书子夏作序的《诗》、左丘明手书《左传》、司马穰苴手书《司马穰苴兵法》和闵损著鲁国公室所藏首抄本《孝经》和高堂生亲抄亲赠《士礼经》什么的。

两个月前过年的时候，刘德依礼来长安朝觐（司马迁按：河间王所依之礼为周礼，诸侯三年一朝。我汉并无此制，各王、诸侯想来就来，一年也可，三五六年皆可，来这儿住多长时间皆可，不走也成，老不来不行。只有他，妥妥的三年一朝），就带来了几车他主编的古书勘注本和他亲自导演调教能跳全套《云门》《咸池》《大韶》《大夏》《大濩》《大武》六大舞和《帗》《羽》《皇》《旄》《干》《人》六小舞歌伎一班，长长一个车队，献给皇帝。他来内天正赶上灌夫受刑，长安小市民早得到小道消息，当日要杀人，地点在雍门东大街和横门北大街十字路口。宣平门东大街平民区老人妇女小孩一早都在街上站着,等着囚车从宣平门进来好一路跟着起哄到横门路口看一全过程。哪知灌夫天没亮已在东郊北军看守所院里受刑,走的是军法处置程序,就没打算进城。也没人通知老百姓,也没人——也许有人知道他们在盼什么,成心不告诵他们。

北军总院就在宣平门东大街把角,逢军法处杀人都会派个军医去法场负责验尸,确认受刑人已死并开出死亡证明,其实也是多余,脑袋都离开身子了岂有不死之理?大约是战争年代养成的习惯或曰成例吧,战争年代处决人手段多种多样,比较多的是烹,有时候水不太开,煮半天真有不熟活着滚出来的。还有磔,多发生在阵前,前面还在打,这边处置临阵脱逃畏怯不肯向前者,哪里杀得那么仔细,战场形势突变,敌人冲进来,行刑者随便捅几刀也要投入战斗,所谓磔,在军语里就是补刀,经常发生已经处决者又在他老家发现,或站在敌人阵营里,军医在现场验尸很重要。

当日去看守所验尸的是外科扁主任,认识灌夫,灌夫当年昌邑阵中受重伤就是扁主任在野战救护所用粗暴手法——所有身上箭齐根削了止血缝合——拣回的一条命。扁主任验尸回来心情郁闷,入宣平门看到满街百姓把饭碗都端出来了,蹲在马路边吃捞饭边引颈翘望,心说这帮二货!

时已过午,二货们左等不来右等不来,河间王刘德旌旗招表来了还带着一车车美女,就堵上来看他。

司马迁从北阙三条家里叫车出门，刚出胡同口就堵得死死的，半天不挪窝，问前后马车夫，都在车座上立起来前后观望，说看不到头，谁也不知道哪儿出车祸了。跟上约的是丑时三刻到高门殿，时间眼看来不及，只好下车连跑带走，从车缝里横穿直城门大街，到未央宫北阙发现北阙有警卫措施，沿宫墙一侧便道放了些穿便衣的南军卫卒，不许行人走，本来东西双向通行直城门大街现在只能从东往西走，这一般是皇帝銮驾出入或有要人通过。等了一会儿，大街上一些正在走的马车忽然都靠边停了，一个插着河间王旗车队夸哒夸哒飞快从东边赶过来，一辆辆往宫里钻。

车队过完，街上临时交通管制撤了，东来西往的人、马车又流动起来。北阙便衣也列队回宫了。司马迁入宫沿西道往里走，却见宫里人都急急忙忙走东道。

西道越走人越少，到承明殿已是只听得满院子树叶刷刷响。到了高门殿，发现一人没有，门虚掩着，上台阶推门，殿里远远一人正推着揋布擦地板，听见门响直腰回头满头汗珠日光透过窗棂映射发丝烁烁发亮。司马迁高声说：上没说去哪儿了？小亮人没嗳嗳，回身低头，双手摁地，高撅臀部一路小跑推到更深处。

司马迁退出来，在宫院溜溜达达走，忽听前殿轰一声像落了海潮，循着人声往回走，刚拐过承明殿，就见东方朔在宣室殿把角冲他招手，见了他说哎哟我这等你这半天，你从哪儿进的，我一直在小西门等你。

司马迁说北门阿。

东方朔说北门不是不让走了么。

马迁说没人管我呀，不是约在高门么。方朔说改地儿了，刘德来了，上在前殿，让我无论如何请你到场。马迁说请我干嘛我跟他又不认识。方朔说不是让你跟他聊，他没人聊得动。上大概想跟你说点别的。

到了前殿，嚯这一屋子人！公孙弘、终军、朱买臣太学一帮博士都到了，刘德面上而坐，侃侃而谈。

马迁自小在宫中行走，记忆里前殿就没怎么开过，好像还是很久二十多年前，景皇帝时为什么事开过一次，大概是七国平叛接过一次凯旋周亚夫。大家都说你记错了，没开，接周亚夫是在宣室。上也说没开，本来准备开前殿举行献俘，后来有人说是内战，献的都是一家人，就取消了，你看到的可能是打扫广场、拔草、漆柱子，准备开。后来前殿就一直锁着，也不知乃年下暴雨，房漏了，听说还有黄鼠狼在边做了窝，就开了门通风，铲墙皮，重新补腻子、挂浆、刷灰，屋顶重新苫草，脚手架搭了很多年，前一阵儿才撤。

上一见马迁就远远各种示意，小摆手、低拱手、眯眼点头、单指划圈、往身后指，意思让马迁过去。

马迁贴边兜圈，迈过人脚，坐到上身后通常是给佞臣留的位子。上不回头，还一副倾听的样子面向刘德，从侧面

255

看嘴皮子不动，纯靠舞舌，说：你快跟我说几句话吧，我都快睡着了。马迁说我找籍福、临汝侯聊了，他们三方平时私底下还是有些矛盾，窦和灌是一头的。上说你靠近我点说，我听不清。马迁说田家想要窦家一块地，窦家不给，灌还在中间说了一些不好听的话，田很生气。上说扶风的地呗，我知道。

马迁说窦请田吃饭，田没起来，给忘了，窦很不高兴，灌又在中间起了一些不好的作用。田娶燕王女儿，喝喜酒，灌闹酒炸，把局搅了，田手下人当时就想弄他，田也有点急，还是窦拦在其中，硬摁着灌的头给田赔了不是，才算了。上说都跟孩子似的，灌夫这种人阿，一辈子都在憋大的，谁跟他交朋友也是倒了八辈子霉了，还有什么？马迁说没了，目前就这些。

上说够么？马迁说什么叫够，三条已足以成篇，就是可能会写成你不喜欢的内样，是非皆因德性有亏而出。上说就是一帮小人呗，不过他们也够没样儿的，写吧，怎么写还不都是部分真实。内边忽然齐声感叹，刚才是海潮在远处，现在是海潮近在耳旁，上胡乱喝个采：好儿！

东方朔站起来说大家先休息会儿，吃点东西，让河间王也歇歇嗓子，喝点水，一会儿再给大家上课。

会场中人站起来乱走，去外边廊子上取吃食，终军朱买臣一帮年轻人上去围着刘德请教，公孙弘一脸钦佩，迎着上，翘大拇指说：得事之中，文约旨明。

上说昂昂。问东方朔：他下面还要讲多久？

方朔说下堂课就是雅乐表演了，您犯困就看美人。

司马迁说那我就先撤了，您再给我交个底，这位老哥最后怎么个意思，不至于……我好把着点。

上说不至于。

刘德一时成了长安城最抢手演说家，太学请他连讲十天，开了三个专题：一专门回答有关璧雍、明堂、灵台三雍制度问题；二讲古籍来历、勘误、作者考证；三谈雅乐形成、历史作用，其后的失传、复活和改编。

十天讲下来问题不是更少而是更多，博士们拖着刘德不让走，继续座谈。其中博士高堂生本是刘德恩师，师生相见，先行师礼，再行王礼，当然走不了，一谈又是十来天，师生互相辩驳，互相捧场，众人皆曰精彩。公孙弘更是殷勤呵至，每天炸溜爆扒大酒伺候。刘德原是废太子之弟，母同为栗姬，栗姬齐人，入宫即嫌宫里饭不对口，就在屋里自己发海参泡虾干做葱烧海参虾干烧白菜给他们兄弟吃，得势内几年，还从齐地调来一组福山厨子，专门做福山菜给她们娘们儿吃，养成一家子胶东口儿。刘德后来到河间做王，赵地有什么好厨子，根本不成菜系，王府的厨子都是福山请的。赵地也没什么名儒，都是些执拗孤陋学步刻求之辈，他做为一郡王，也不能随便出国，七国变后，王都成了后，国就是你的宫，责权范围就是管好你家务，许你穿金戴玉，许你喜怒无常，亲这个远内个，关起门来称孤道寡，出宫对不起，得挑日子，长安许你出你才能出，其实很憋屈，穿儒服戴儒冠也是一种无聊。这回好了，太学都是山东人，厨子也是福山滴，因为长安远海，海鲜到这儿都是干货，太学伙食费也有限，学里小餐厅厨子常行菜就练出来了，软炸里脊油爆肚浮油鸡片水晶肘，炸猪皮变的扒鱼肚姜烹醋代的烧蛎黄，既下酒又下饭，刘德也爱吃，盘盘光，关键是人对，没有比暴侃更下酒，酒都随吐沫星子散出去了，喝多少不觉得，就是夜下回家撑得慌。

这边太学热乎劲还没过，内边石渠阁又来抢人，刘德捐赠给图书馆可以叫善本的古书今抄，逮举行个赠书仪式阿。司马谈现在已经基本不上班，太史这边应酬都是司马迁出头，单位人都知道，就等着他爸死呢，他就是新任太史令。刘德来到石渠阁，司马迁陪同他参观馆藏壁画石刻陶板泥书，刘德提出想看《三坟》《五典》，马迁说不好意思我都看不到，内得皇帝特批。刘德问我内批书你打算搁哪儿。马迁说不好意思没今文馆，您是希望别人看还是不希望人看呢，希望人看我们就放阅览室，不打算让人看我们就收库房。

刘德没嗳嗳。吃饭迁儿请他吃花椒拌羊血、温拌腰丝、奶汤锅子鱼。他吃的时候就撅着嘴，小酒没喝几盅，大醉，出溜到地上，躺在地上就着了。跟他的人说这多半拉月就没正经睡,这是补觉呢。马迁说地上凉,再激着。叫几个人给搭——图书馆也没可睡的地方,就拼了几张书儿——书儿上去了。刘德也是像他们老刘家人,大肚子,满月脸,向心圆,小窄臀,仰面躺着衣裾自动往两边滑,翻两个身全身就敞开了,露出肚脐,迁儿给找了本书盖上,自个拿本书到外边看,听着呼噜。天黑了呼噜也没停,还越打越响。饼妹见他没着家,也没说晚上有事,找来了,说你怎么下班不回家呀,我这饭凉了热热了凉。马迁说有客,你听。整这会儿呼噜停了,饼妹听半天说我听什么呀。

马迁说河间王,醉了,在里边睡呢。饼妹说昂河间王?太有名了,在你这儿睡呢,我得进去看看。

饼妹摸黑进去,脚下一滑差点没撕一个,蹲下拿鼻子一闻,喊欸哟怎么还吐这儿了?马迁赶紧点了蜡烛进去,见河间王还没醒,身上地下都腻着一丝儿一丝儿粘稠物,那味儿,这蹿。

饼妹说你们给他吃什么好的了,瞧给撑的。迁儿说这都不知是乃天的,我们的饭他一口没吃。

真正受欢迎的是他内班雅乐,打从进了长安姑娘们就没闲着,从过年跳到十二月,溜溜三个月。长安王府侯邸排着队请,一跳就是一天,也勉强够看完八大舞,想看八小舞还得另约。太后听说想看一场,十二月快过完了还没约上。长安王子公侯之间传八大舞除了最后内个《大武》是创作于周，跟刨地似的，其余七个传自黄帝、尧舜禹和商，是祭神舞，取自蒙大裸，必须要看。看了，也没瞧见什么，还不如自己家里私培的艳舞有得看。问刘德，刘德说我都给改了。

有人跟他抬杠，说文脉，你看到的是色情，我们看的是文脉。刘德说我特么就把文脉掐了怎么招吧。

十二月三十，安排在长乐宫永寿殿，早起就跳，先跳八小舞，再跳八大舞，什么跳完什么时候算。小邢把太后铺盖卷扛去现场，说看累了好倒着。

上也没看过，不希的，说能好的哪儿去呀，赵国歌女早不灵了，哪比得上咱们太乐舞团专业，国家没了，姑娘也好不到哪儿去，好妞儿那得金山玉液养出光采，光生得好，没用。尹婕好李益寿这帮子想看，说妞儿不能看，看艺术。上说刘德懂艺术，你别气我了。问阿娇你去不去，你去我就去。阿娇说你们这俗人乐就别叫我了。

三十一早，天还没亮，钟磬箫鼓就从东边飘过来了，未央宫女的全醒了，集合到上寝宫前齐喊：我们要看雅乐！我们要看雅乐！上正在做梦，窦婴光不出溜一头白发从前殿中道进来，迎头碰见躲又躲不开，想装不认识过去……醒了，也不想再睡，就披上厚衣裳出去，带着一帮女的，现叫车，车装不下地下走着，一大队人浩浩荡荡奔了东宫。

上一见刘德都不认得了，说你怎么胖成这样？刘德气儿吹的似的腴一大肚子，站那儿直晃悠，脸是黑的，说天天大饭,哪一顿少喝了都不答应,三个月,多长出一个我,正背我身上呢。上说你还是口壮。

刘德内天早起就不舒服,头疼,天也冷,冻得吸溜吸溜的,看什么都有点模糊,听别人说话也费劲,左手发麻,本来想歇一天,可今儿是太后的场子,太后当年是她妈最好的朋友,这些年也没少关照他和他弟阏于,经常隔着大老远把赏赐送到他国里,他打心眼里感激,不能别人家都去了,太后看演出反倒不露面,于国于家都不在礼,就硬撑着来了。

太后年轻时也掰过腿下过腰练过几天舞蹈,别人以为老太太看两出会累,哪知老太太看得兴致勃勃,还逮说是懂,看得出这个范儿正内个范儿歪,刘德也不能歇,一直陪在身边,给老太太介绍演员,这叫什么内叫什么,谁的师傅在当地有多大名气,怎么叫他收编买的时候花了多少金。中间老太太歇了两起,歪在铺盖上眯了片刻,他也没歇,吃惯喝惯不饿嘴到饭点儿也犯馋,旷得慌,面前有肉有酒就拣起来吃、喝,头回酒一下肚打恶心,这么混到天黑,场子点灯,神志已经迷茫,不太理解眼前景象身在何地何时和谁了,别人跟他说话也不大搭腔,大家以为他累了,也不打搅他,让他一人坐在暗影里,子时才到,咕登一头栽地上,再翻过身来,已经出的气儿进的气儿全没了。

刘德死时正是子时,发现、喊人、掐人中、往暖炉跟前抬,派车接张苍公,扎针、灌药,折腾一遍够,到谁都看出这人死透了,太后亲自下旨说别折腾了,才停手。由张苍公宣布死亡,已过子时,进入下一月,于是官方记载就把他的死亡日期定为春正月。

25

春正月,这一年还是元光五年。韩安国不小心又从车上掉下来了,摔断左腿,不能履职,辞去中尉。

丞相薛泽推荐了一个谁也没听说过的人叫常丽,说他祖上叫常先,担任过黄帝的丞相,上说他跟你说的?薛泽说天下人都知道。上说好吧,任命常丽为中尉。常丽第一次参加会,讨论河间王谥号,常丽说王身端行治,温仁恭俭,笃敬爱下,明知深察,惠于鳏寡……上说所以呢?常丽说臣没词了。新任大行令唐蒙接了句:聪明睿智曰献。上说聪明睿智不是应该曰精么?或曰通,曰达;你跟我解释解释怎么就曰献了呢,这里是个什么理则?唐蒙说这……上说你先跟我说说你理解的"献"是什么,咱们是一国人吧?

唐蒙说是是,是一国人,说同一种语言。臣理解的献,是,是,是把自己所有或部分所有食物或意见端给集体或尊敬的人。

上说没错，我跟你理解一样，那么这句话应该怎么说呢？唐蒙说恭、诚、倾、谨曰……献？上说不理想。常丽说恭笃深惠曰献。上说就这么遮吧。于是谥河间刘德献王。后人谀献王曰：过去鲁哀公说过，寡人生于深宫，长于妇人之手，从来不知什么是忧，什么叫害怕。如果这话当真，想不亡国也难。所以管仲认为宴饮旅游岁月静好有毒，没有德性有钱有地位是不幸。汉兴，到孝平（注：汉十四帝，在位一年），诸侯王以百数，率多骄奢淫逸，无德可言，为什么呢？就因为他们在内个环境里，养成了放纵的习惯改也难。如同老百姓生活改善了仍然受限于穷规陋俗。在跳不脱出生环境带来的影响这件事上，普通人和地位很高的人没什么区别。唯独追求大雅，达到大雅，才能摆脱这铁桶般的人生宿命。河间献王差一点就做到了。

更后人评曰：什么是大雅呢？整理点古书，编导一些动作迟缓的舞蹈，就可以自命为雅么？雅和德是一回事么？只有用很低的标准才会认为沉迷于书斋、舞榭比流连于酒吧、夜总会道德高。

三月，田蚡报病重。我去他家看他，人如受孕小腹丘起，脸色黄如蜡，血管暴凸似罩红蛛网，看似熟睡实则深昏迷。夫人站一排，个个如花遭摧。我说怎么突然这样了，大夫怎么说？夫人之一说大夫也没说出所以，我们认为是大酒喝的。我说给开了什么药。

夫人之一端出一笸箩黑渣儿,说我们也不认识,都灌进去,又喷了出来。这时进来一妇人,贼头贼脑,夫人们倒很恭敬,说是太后给推荐仙儿。我说用我出去么?仙儿说不用。上前瞄了一眼,哟喝,像被什么撞着了,以手遮眼连退数步,说床头有俩鬼,一个胖大黑脸,一个还是胖大红脸,都穿着武将服,病人最近开罪过什么人么?夫人一齐瞅我,说也不能算开罪人。仙儿说病人曾说过什么?夫人之一说梦话算么。

仙儿说算。夫人之一说我伴寝的时候听他说过认罪,服罪。夫人之二说我伺候夜时也听说过。仙儿说那就是了,心里有愧,愧就成鬼了。我抬腿出去,对等在院里的李敢说:仙儿很会利用信息。

没几日,就听说田蚡过去了。我去太后那里问安,太后哭哭啼啼,说就是被你吓死的。我说谁也没有吓他,生命本身就很脆弱,来得偶然,去、什么结束自己也不知道,难道不是每年都会听说几个人好好的突然走了么?还是年头不好,今年是老天爷收人的日子。

我用老百姓的话安慰太后,太后受到安慰,渐渐停止哭泣,说袭侯的事儿……我说侯还是他们家的。

遂任命田蚡儿子田恬袭武安侯,但是没安排行政职务,跟他说你就别受这累了,你爸就是累死的,你就在家好好玩吧。很多人上朝时向我致哀,说田蚡还是个好人。这大概是对政治人物最低的评价了。普通人获此评价大概也是乏善可陈近义词。

起初——这个初也就是五年前,我六年。我派王恢讨伐闽越,他的前指设在豫章,唐蒙当时是豫章下面一个县,番阳县县令。王恢到达豫章,派唐蒙去番禺知会南越王赵佗汉军将要进行的行动,此事因南越而起故。赵佗请唐蒙吃烧鹅,蘸碟中有一味酸酱,晶剔莹碧,果香浓郁,甚是适口,蘸肥鹅亦添风味去腥解腻,唐蒙喜爱,问这是什么酱,赵佗对曰:枸酱。

唐蒙说是你们这儿产的么?赵佗说不是,有一条江叫牂牁,很长,宽几里,从西北流到我国城下,是这条江运来的。唐蒙说你现在说话怎么这么别扭,不就是不知道么。赵佗说不好意思,在岭南呆久了,语言习惯也受鸟语改变,讲汉话转不过舌头,不知从何说起。唐蒙说一个石家庄人,说起话像外国人,思维也改了吧?赵佗说还真是,先考虑条件,再诉诸目的。

唐蒙说您再呆下去,没准儿思维又变回来了,人不都说老了又回儿时,您又成一石家庄人了,想吃西河肉糕了。赵佗说变不回去了,我已经一百岁了,分分钟、每一秒都可能是人生最后一秒,随时躺呢儿。

唐蒙说您都一百了,不像,太不像,看着也就九十。赵佗说你想阿,派我来岭南是始皇帝,今儿是谁呀?唐蒙说汉皇帝。赵佗说对呀,我生生熬走了——掰着手指头算——始皇、二世、高祖、孝惠、孝文、孝景六个皇帝,中间打酱油的不算,我还不该一百阿?

唐蒙说您有什么感受人生满百?赵佗说都跟昨天似的。说完放下筷子,脸一歪肩一耷拉,合眼不动了。

唐蒙说老爷子着了?太子赵眜上前一探老爷子鼻息,说先王大行了。

唐蒙这下走不了了,又参加赵佗葬礼,又参加赵眜继位大典。后又陪同新太子赵婴齐回长安加入南军,接受军事训练,从北宫门站岗开始后又调到我身边做廊下宿卫,学习怎么从一个男孩成长为一个男人。这个过程中王恢早从豫章得胜归来,唐蒙一直呆在长安,跟我有了接触,对他印象不错,认为他还算会办事,脑子也清楚,从计算赵佗死期这件事就看出来了,有司先按南越国丧报赵佗在位九十三年、寿一百记为建元四年,唐蒙说我亲眼看见的,就死在我跟前,我不管他在位几年,岁数多老大,我就知道他死在建元六年。赵婴齐也证实了唐蒙的说法。有司仍旧不改,只把唐蒙的说法作为一说,备注在官方正式记载下。

唐蒙请我主持公道,两年不是两天,差出很多。

我说南越能报出赵佗七岁称王,你还有什么可较真的呢?要改不是一点两点,事事较真我也活不长,反正不是活人，早两年晚两年以后都是零了。

但是我记住这个人了，王恢出事后，就把他调到长安接大行这个很需要灵活的职务。

唐蒙做了大行，搞接待，也要经常组织宴会，请人吃饭。国宾馆还是王恢时代留下的菜单，外国餐厅只有一个匈奴烤肉，还有一个叫狄风阁的塞西安料理，号称卖西域各国菜，原来还讲究点，拿银盘盛肉，玻璃樽喝酒，我过去有装逼局常去。奄蔡主厨走了后餐厅水准直线下降，拿盆装肉，碗筛酒，量一下都上戗大了，我问银、玻璃都哪儿去了，现任承包人兼掌勺，一个乌桓卖马的说都让人揣家走了。我给他提意见：你们这儿菜量有点大。卖马的回答不然不够吃。

当时长安蜀商已经很多，来长安卖蜀锦、蜀酒、甘蔗、菜籽油竹拐棍花椒什么的。也有大商人想来长安开饭庄，伟大的汉帝国首都没有一家蜀国餐厅，不能忍。司马相如老丈杆子卓望孙就是其中之一，来到长安考察项目，卓文君和司马相如知道长安其他小吃也不入老人眼，就挑了国宾馆狄风阁请他老吃饭，也是老没来了两口子，不知换了承包人，也没菜单，说是按位收钱，几种不同价位套餐，老丈杆子么，按最贵的整，头一道菜，人没见着先听见喊：让一让，让一让阿！回头见一膀大腰圆小伙子端一脸盆上来，一盆杀猪菜哐当墩案子当间。老爷子当场就乐了，说我有信心了。唐蒙听说司马相如在这儿请客，赶过来敬酒，跟老爷子道歉：您

268

原谅我们这儿最近管理有点混乱，这不我刚来么，准备把这承包人换掉，不但不能代表长安也不能代表东北饮食水平。老爷子说不碍的，都是从粗到细过来的，会做菜也不代表这人多有品位，只能说：馋。唐蒙说甭问，一听就是碰上真懂吃、会吃的主儿了，必须敬您一杯您随意我干了。

卓文君说我爸这次来就是考察长安餐饮行业，有意在长安找一个地方开一间能代表我们蜀国一般水平的餐馆，你换承包人，我家来承包好不好？唐蒙说那敢情好，求之不得，您不是拿我说笑吧？就这么定了。

文君说哪能拿您说笑阿，不见得比现在这位好，一定不比他差。唐蒙说那不能够，一定是好，好到不知乃嘎瘩去了，老爷子，跟您打听个事。卓老人说您说。

唐蒙说我去南越，南越王赵佗请我吃饭，席上有一味酱料，叫枸酱，美味无比，使我至今难忘，问赵佗哪里出产，他也说不清楚，您不会碰巧知道吧。

卓老人和文君都笑了，老人说巧了，我还真知道，此物全名叫蜀枸酱，又名枸橘酱，其果实为枸，又叫枳，橘逾淮而北为枳的枳；种品繁多，或酸或涩，可以入药，两淮荆楚皆有分布，但能制酱，味甘酸清冽，佐烧腊佳偶，去臊解腻，食之令人难忘，唯我蜀枸。

文君说我们家临邛有片山，山上长的全是，小时候我吃多了不消化，胃胀气，就上山采果壳煎水喝。

卓老人说南越能吃到却不知此物何来，一定是我蜀地货郎背到夜郎贩卖，夜郎王当名物进献给南越王。夜郎国临靠牂牁江，江宽百步，可以行船，南越王靠施舍财物笼络夜郎替他们做事，将势力一直向西延伸到桐师以北昆明，可那是名义上归附，像临时工，给钱就干不给钱就散伙，不像我巴蜀归汉真把汉当亲人。

唐蒙双手捧盏，说为我蜀汉一家干一杯。

当年几月我也忘了，唐蒙通过阿老递上来一本奏章或说一个谋略。因这都是秘密行动，只在军情部门存有档案，事乃成乃废有了结果才告太史载入史册，有的事办得有头无尾或尾之烂实难以启齿，就跟谁都不提了，我只能说很多这样的事办不成的比办成的多。

唐蒙在奏章里讲南越王出门乘坐油金漆宫辇，车左悬挂长五尺高三尺绣飞龙军队统帅大纛，开道随扈仪仗兵比天子羽林虎贲人数还多，穿得还讲究，还招摇。统治土地东西万里，名为朝廷驻一方外臣，实则早把自己认作一国之主，称帝是早晚的事，现在就该做些调备，以免事起仓促，有秦屠睢之恨。今中原通粤陆路交通五岭所有山道都被赵氏挖断，设障为塞，驻军把守，横浦、湟谿、阳山三关亦屯有重兵。长沙通粤水路虽多，却迂回环转，水急滩险，顺流而下经常不知岔到哪嘎瘩去了，非常难走，两条主要大江湘水、资水都是发源于粤，自南北流，行舟逆水。豫章亦复如是，虽距粤最近，最大入粤河寻乌水东江段沙洲多且具流动性，无行船多年当地船老大引航领舵，重载船常江中搁浅，所以都不是进军南越理想路径。

臣听说，夜郎虽小国，结盟的苏阿纳、佐洛举、句町、幕帕汝舍磨诸夷君长部落加一块能动员战士十余万，都是可无后方、无补给单兵持久作战尤擅于山地攀爬丛林穿越近身肉搏暗箭伤人的勇士，他们之间也常械斗、互猎人头，若能为我所用，可抵百万军。夜郎与越一衣带水，乘船浮牂柯江而下，此其制越一奇兵也。越可以财物贿赂他们，以兵威胁迫他们，我汉兵之强、巴蜀之殷富远胜于越。今蜀中枸酱已行销至夜郎，可知西南险途已开，再添人手凿空拓阔其径，在其地设郡置吏使其归向于我，是很容易办到的事。

我召来唐蒙询问：你说的容易到底有多容易呢？

唐蒙说您就给我一个名义，我自己去巴蜀设法，不用您掏一个大子儿。我说那可说好了，我镚子儿不掏，一个人不出，也不是我抠门，实在是用钱的地方太多，同时往四向用强要有个轻重缓急。唐蒙说懂，您主要考虑的是北边，我也认为北边更重要，北边是卧榻之侧，南边，您就当交个朋友，将来也许用得着。

我说这个提法好，交朋友，也是我一向主张对四夷的态度。不过交朋友镚子儿不掏好像也不太好，也交不到真心朋友，这么遮，我个人还有一些不穿的衣裳鞋，皇后还有一些戴过、嫌式样老气过时的头面首饰，你拿上，其实都挺新的，有的衣裳我根本没穿过。

唐蒙说我要说您穿过的比没穿过的更贵重您信么？您其实老是忽视您自个拥有一项重大资产，民间借贷市场叫无形资产，您的名字那是百万金也换不来的。

我说哦是么，我可能真的没意识到这一点，你去吧，不给你定目标，能完成多少完成多少，办不成也不勉强，可有一样，不许打着旗号到巴蜀勒索地方。

唐蒙说内些下三滥的招儿您叫我使我还真不会，我都不惊动地方，我发动民间商帮，手里有俩糟钱的小老板，想不想把事业发展到云贵粤，想，咱们集资。

我说好好好，有逐利动机比什么都可靠，商人的冒险精神、敢于押上身家泼命一赌的劲儿有时连最勇敢的士兵都比不了。

于是我当场任命唐蒙为中郎将，传令后宫有过季、发胖长个儿穿上小、一时用不着的衣裳捐出来，支援西南夷，新衣裳咱们再置。装了百车，叫唐蒙拉走。

唐蒙高高兴兴走了。我问阿老：你对这个人怎么看？阿老说是王恢式的人物。

26

唐蒙出长安沿子午谷入山，走子午道入淬水河谷，溯谷而上翻越秦岭，经洵水过腰竹岭，沿池水至汉江北，绕黄金峡到汉中，再从那里登七盘岭，走棋盘关入蜀。沿途任意征发百姓呵骂官吏，索工索粮索物，为他补桥垫路，背纤抬车，倒是把高祖当年入汉中烧断栈道都用新木铺了。高挑招兵旗，纠集放流人民，到葭萌已有卒五百，挑夫三千。到涪县，还是卒五百，挑夫三百，其他挑夫趁其怠懈撂挑子跑了。

入成都，蜀郡太守乔渝说特别支持，我这儿正好有个贡锦作坊给少府赶的一批活儿样子织错了凤头，凤头向左而不是向右，织室退订织女大半年工钱泡汤，你随便给两个拿走听说夷狄尚左。唐蒙说行，我跟蛮子结完账连本带息一起给你，你们蜀地治安好么？

乔渝说啥意思？哦哦有有，法律深刻则人无不免，我这里小过系囚者塞途盈室，你需要多少苦力，我可以发动人犯报名，劳动一日抵系囚一日，都愿意出来干活，活动一下身躯，比蹲在号里阴倒区麻黑巴适，你就是要在码头装一下船卸一下车吧？唐蒙说顶多三天，管饭，老咸菜炖肘子甜烧白。乔渝说你不要把犯人惯坏了阿，回来我们号里的开水白菜没法吃了。

唐蒙又驱车百里去临邛看望已从长安归府卓老。参观了他的铁矿，跟卓老谈了上的宏愿，卓老说帝的事当然要支持。捐了一批铁矿石，又亲赴成都在自家开的赵国饭店连组七天大局，为唐蒙拉场子，请来川西坝子黑白两道大小商会各行帮头面人物当面托付，说朝廷要连通西南夷，将我蜀地出产运往滇黔粤，为各位开一条财路，特派中郎将唐先生为各位保驾走镖，你们手里有什么销不动的货，咱们蜀地特别盛产大家都不当东西的贱物，采不尽的花椒、榨不完的菜油、搁不坏的榨菜、吃了上瘾的豆豉、去年的陈粮、新灌的香肠腊肉都可以打包，组织一支有史以来最大马帮走一次滇黔高原。大家说怎么都是吃的呀，榨菜搁久了也会长毛，菜油也会哈喇，陈粮长虫子。

卓老说不光是吃的，用的，妇女们熬花眼累断手纺的粗布，编的竹筐竹篮子藤椅，只要咱们用不了的，都可以一次性倾销给滇夷、邛夷、夜郎夷。大家说竹子咱们多，漫山遍坑，他们也漫山，咱们会编筐，他们也会编筐，咱们妇女熬夜纺布挣点外快，他们妇女也没闲着，都是粗布，为啥子他们非要买咱们的？

卓老说这就是销售、市场运营了，咱们的货便宜，低于他们点灯费蜡成本，先让他们白使，穿惯了咱们的粗布，又结实又经脏，谁还不愿意省心呀，谁还不愿意早点睡呀，之后……嘀嘀，全国都有矿，我家的矿也不比别家含铁高，为啥子我就能走遍全国尼？

大家说明白了。于是整合了成都资源，各家都派出自家伙计，加上自愿报名参加装卸囚犯，合共提刀押运者一千人，推车挑担苦力万人，在沱江码头装船，唐蒙跟犯人说你们要是不想回去吃白菜都可以上船。言罢水陆并进直下江阳。巴郡太守巴峰听说中郎将唐蒙前来拜访，说这个人我了解，在番阳做县令就精得出名，我们巴郡到他们那里做生意的都哭着回来，没一个能赚到钱，不是丢了货就是扣了人，现在又披上皇帝近侍将军虎皮，惹不起，就说我去下面巡视了。

唐蒙在符县等了数日，又从自贡诳了帮私盐贩子入伙，许诺将来西南道开通，给他们独家包税运盐特权，之后就从筰关一窝蜂出了关。之后记载就不太详细了，唐蒙给朝廷报告只字未提，只能从拣了条命逃回巴蜀苦力口中后成为川东一带广为流传惊险故事略窥一二。据说出了关就改手抠岩缝儿脸贴着崖一步步挪了，脚下是万丈咆哮血一样粘稠的河水，不时有骡马、人掉下去，骡马一声不吭，人也一声不吭，可能是紧张感至死未放松，可能是反正也这样了什么也不想了反倒欣快了，可能是脚没踩住掉下去一瞬间已经吓死了。经常走着走着就没路了，路刚断，叫前面内条汉子一脚连土石带人一齐蹬下去，上万人就那么一字长蛇腰带似的缠在崖上，进退不得，头顶是鹰巢，小鹰啾啾叫，人不能仰脸，抬眼就叫鹰把眼珠扦了，很多人走出内段陡崖都成了独眼龙，头顶也有蘼秃的，叫鹰衔走垫了窝。过江都是溜索，人、马上秤一样挂在竹皮拧的索上，一推走一个，这回都喊出来，惨叫声回荡峡谷竟月不绝。成都一个老大，垄断香肠市场，不知中了什么邪非要亲自跟着走一趟，可能是内种白手起家喜欢什么都亲力亲为不相信手下能力手下人确实能力也低，回来说现在明白为啥子让我们带吃的了，大家背的榨菜香肠腊肉粮食都在路上吃了，豆豉花椒粒都当宝嚼吧了，最后靠菜籽油，每天控制发放，一人一口，老大说从来没觉得菜籽油嫩么甜，痕着跟蜜似的。卓老的矿石过楔道早已填了坑铺了断头路剩下的都倒赤水河里。盐贩子背的盐一路豪雨冲刷麻袋浸渗全瘪了背篓挂层霜，又一场暴雨沧过贩子们空手攀崖背篓都不见了，贩子们说我们先得活吧！从成都跟来的囚犯哭成泪人说早知这么天天练胆还不如蹲小号吃白菜安逸。才看到牂牁江，看到可乐僳姆——中央大城，止剩一人一身衣裳了。唐蒙叫大家脱下来，说衣裳是皇帝捐的，给夜郎王的赏赐，已经叫你们穿脏了闻着溲味儿，怎么也得晾一下散散味儿才拿得出手。

武米夜郎第三代王多同见到汉使感动落泪，说从没见过这么尊重我们风俗的军队，我们不穿衣裳你们也不穿衣裳，还送我们皇后亲自穿过带着体香的锦、细绫、绉纱，你们怎么知道我们把穿着的衣裳脱下来送人是最高礼遇，把太太穿过的衣裳送人只有兄弟间才这样？

唐蒙说都听说了我们，汉天子就是把您当兄弟了，出来前就叮嘱我，见了我弟什么都不许跟人张嘴，就问人家需要什么，需要什么就赶紧给人置办什么，我弟不容易，住得那么远，周围人听说也都挺不讲理的，你去了跟我弟说，他在这世上不是孤丁一人，他还有一哥，惦记他，谁要欺负他，找哥，哥有的是人、车、马，随便扒拉扒拉就是百万兵，随时过来给他撑腰。

多同哽咽说谢哥惦记，过去南越人对我们就像穷孙子，让我们干的都是跑断腿累断腰的事，赏赐的都是凤梨荔枝芒果，好像我们多爱吃水果似的，现在有我哥，再不听他们的把凤梨芒果照特么他们脸摔过去。

多同设国宴请唐蒙一人吃饭，说真的，我也不拿你当外人了，你带的奴隶就让他们随便找个寨子看乃家正在吃饭跟人家要点吧。唐蒙说甭管奴隶甭管奴隶。

国宴就一道菜，小黑猪连骨剁碎煮一开捞出，捏两撮盐，拌上碾碎的花椒和木姜子，拿手抓着吃。

唐蒙牙缝全是渣儿，臼齿几个龋点都可舔到，又不能啐，还得说好吃。说你哥的问题是钱多得花不出去，你嫂子她们每天做新衣裳，一个式样做八件，从皮到丝，穿一次就全不要了，你想要都可以给你。

多同说我要。唐蒙说那这样，咱们在你家设一个专门接收衣裳的衣站，叫县，夜郎县，让你儿子当站长，咱们汉语叫夜郎令，你看可好？多同说我看行。

成都老大找唐蒙，说这地方没法呆，要饭都吃不饱，你不能广你一人吃得好，咱赶紧回去，你要答应走，我就不到处说你骗我们了。

唐蒙说真没骗你们，真也出乎我意料，我也满嘴渣儿，肉都叫他们做成锯末了，走，多一天不想呆。

扭脸跟多同说我现在急着回去给你运第二趟衣裳，你哥还等着我报告，生怕我跟你没谈好不认他这个哥。

多同说你回去跟我哥说，你谈得很好，你很靠谱，他弟很欣赏你，以后你在我哥那儿干不下去了，到他弟这儿来，我有很多差事要交给你做。

唐蒙说以后我就两头跑。回到驻地，也谈不上什么驻地了，就是河边山下有树遮阴挡雨的荒地，很多梳不同发型，有椎型发髻、辫子和披发，脸上刺青图案也不一样的夷人，围着汉人也不说话，就看着他们一举一动吃吃发笑。

成都老大说这都是可乐僰姆周边小僰姆的人，听说咱们发衣裳都来要，我替你跟他们简单聊了聊，都愿意和咱们陛下攀亲戚，夜郎王是弟，他们当二弟、三弟、外甥侄儿都行。也请咱们在他们僰姆设衣站，他们头人都愿意给咱们当站长。唐蒙说真么？

老大说你自己问他们。一个长的看似西南夷却是从成都一路跟来的囚犯跟夷人呱啦呱啦说话，不停把手掌摊向唐蒙像是在介绍他身份，然后又不停说什么，夷人热情好奇看唐蒙，使劲点头，嘴里蹦一些短促有力音节。囚犯说我跟他们介绍说你是皇帝特使，有权力批准任何事，问他们是不是真心想当站长，他们说是真心。唐蒙说那好，咱们就一言为定。

夷人们笑，互相打闹，话一下多起来。

唐蒙也听不懂，陪笑、拱手作揖、走开，叫大伙起来穿鞋，绑行李，准备走，问内个通夷语的囚犯他们说什么呢？囚犯说他们说汉人好轻信，也没宰牛，也没歃血，就什么都答应了。唐蒙低头想了想，没说什么。

27

唐蒙回到长安，日子我也记不真确了，那时我已在西畤设立总部，对匈备战全面铺开，每天听汇报、开会忙得不得了。唐蒙报告夜郎王率西南夷全体归顺，墙裂请求在他们那一带设郡。我应该是很高兴，拿一堆旧衣裳收了一郡，换谁也觉得值。这个是我同意的，有的我的签名盖了御玺，我不否认，在夜郎、鳖县两地成立一个新郡，叫犍为郡，就管这两个县，郡治设于鳖，任命唐蒙兼郡守。

凿空僰道使其至牂柯江成为坦途的工程计划，我没印象，一定是混于修筑汉直道、辽东至雁门战略马道计划一筐竹简中上会报批，翻到最后内支简跟我说您在这儿签——签的字。我查了一下，在我左下签名的还有田蚡、窦婴、灌夫。如今三个人都不在了，追查也无意义。

工程已经进行了几年，巴蜀岁入连年停止解送长安，说是都投入了夜巴直道——这是唐蒙给僰道新起的名。乔渝巴峰联名给朝廷写报告，说唐蒙以中郎将兼犍为郡守名义，以夜巴直道是御准工程有巴蜀两地岁入担保为鼓吹，在成都、江州向不特定公众高息揽资，聚收金铜以万万计，初还能正常付息，到元光三年已开始积欠，年息仅付六月后减至一季，后减至一月、半月，到元光四年已全部止付。现人躲在鳖，成都江州收不到钱人民聚众日夜跪于两署衙前号哭请愿，在街头拉大横幅，上书：唐蒙是大骗子！影响极坏。

臣等多次派员筚路褴褛赴鳖与唐郡守会商洽议，要求其回渝解决问题，唐守态度中肯且强硬，说没钱！钱都投在工程里了，问不狼山犍山青衣江鳖水要去吧。

夜巴道钻筑已历五载，尽发我两郡系狱谪戍罪卒数万人。其道之危，其崖之坚，人以绳坠悬于空锄捣钎啄率类于蚂蚁啃山。今只构通符县至鳖段半程尚不足全路四分之一，照此施工恐全线通车还需二十年。而塌方、空坠、疫疠亡殁者已近万，自残、逃匿者不计其数。唐守尤坐催臣等速解小过系狱者顶补缺员。

唐守以军法治卒众，工期完不成、道途通而复壅，辄杀管教工头，悬首夜巴道吏民人头凡数百级。巴蜀民众大惊恐，谓之唐老虎，害怕得都不敢犯法，两郡囹圄为之一空，亦颇有小过大畏不肯坐罚引颈自裁者。小儿夜啼言唐老虎来了，辄止。市面上蔗糖销售一落千丈，绅民曰：一听"糖"，

281

就头皮发炸，吃不下饭。

我看了报告，问司马相如情况真有这么严重么。

相如说确实引起了普遍恐慌，我岳丈也因此名望大损，很多人不谅解，说他引虎入蜀。

我说那你就跑一趟，把这件事处理一下。相如说处理这件事关键在唐。我说我的意思就是处理他。

这是元光四年下半年的事，马邑之谋终成一场现眼，国库亏空巨大，还要处理窦、灌、田案子，我也没精力太管西南夷的事，于是任命司马相如为无任所中郎将，授其束有三重染赤牦牛尾八尺竹节全权代表我去巴蜀宣慰当地父老，请他带三句话给唐蒙，同时叮嘱相如：巴蜀与长安行险途远，来回请示旷废时日，你到那里可便宜行事，不必事事报告，先免了你矫旨擅断的罪。

马相如到了成都，住在赵国饭店，把蜀郡守乔渝、巴郡守巴峰、犍为郡守唐蒙三人约到饭店大堂，当着其他住馆客人，手持竹节对唐蒙说：上要我问你三句话：你没事吧？你行不行阿？你是想当王恢第二么？

言罢引三位守入高间，卓望孙老人正在点菜，说我也不问你们了，替你们把菜点了，都是我们这儿一般不做给外客，只有我来才做的工夫菜。三位守说那一定好，正要见识。这位卓氏上一辈是赵人，秦灭六国坐豪侠起家徙蜀，才抵埠也是一贫如洗，到卓老发家，在成都开了间带堂食餐厅的客栈叫赵国饭店，以示不忘故土。时辣椒尚未传入中国，蜀菜河北菜也没多大区别，不过是多了些猪油煎炒，所谓工夫菜无非将昂贵食材熊掌虎鞭细细蒸煮，是有钱缺牙老头偏爱。

这边正在等菜，内边相如先向唐蒙告罪您多担待上谕交办不得不如此。唐蒙说公家人不说两家话，换作我也是一样对你。相如说上的意思夜巴道还是要修，需要多少年就修多少年，你的犍为郡还是要维持。我这次带来长安各公侯王府所捐如新旧衣，有数百车之多，可分你一批，南夷之属只要地方够广人少点哪怕无人居住你看着行也可设县先占上再说，都归你犍为郡。蓉渝募资事有多人弹劾你，上命我问你拿了多少。

唐蒙说只是吃穿用度，有买只土鸡炖了补身子事，现金一个子儿没往袖里揣。相如说那好，我来替你善后，夜巴道亏空、积欠、日后匹费只能你自己往里填了。唐蒙说……好吧。

相如转与乔、巴二守谈人民鼓噪请愿还钱事，说贪图高息妄听人言上当受骗本就活该，围堵官署谤骂朝官已涉嫌触律，你们自己是不是也有铜投在里边？

乔、巴二守吭哧不语，后说家属受亲戚鼓动投了一点。相如说先把你二人铜撤出来，我代唐兄还了。

乔、巴说怎么可以，你也是吃朝廷禄米，挣的也是有数的钱，哪来这么多铜？相如说我是没有，可我也有亲戚，手摊向旁坐不语卓老，我外父，他有。

乔、巴二人说惭愧，可是，卓老的铜也不是大风刮来的。卓老拱手谦曰：小钱，搁在家里也是生锈。

相如说必须把您二位先摘出来才好往下说，买唐兄债券——能这么聊么——到底有多少人是否登记？

乔说能，本来是放贷，现在受贷人跑了——拍拍唐蒙：可不成债券了么。

相如说他可跑不了，他现在只能祈求九天娘娘保佑，工程干完能剩两个一家老小不至于出去讨要。

巴说我那里登记了，两万多人。

乔说我那里还没登记，只多不少。

相如说都给登上，拿出个总数，每人放了多少钱在里面，只计本金，利息一概不算，就算交贪心税了。

巴说恐怕也是很大的数字，卓老就是有钱也没道理叫人家代付。相如说当然没道理，占便宜没够吃亏难受可怜之人为什么总是可怜皆因其占便宜内颗心相当可恨。我们也不是铸钱的，我们也不是国库拿钥匙的，能帮到他们的，只能是换个说法，把兑现期无限延长——债转股。拜托唐兄，还得借你大名一用，反正你也……唐蒙说反正我也恶名昭彰，您用。

相如说成立夜巴道股份有限……就是这个商号名字一

时想不好，不是商业名，是性质名，好比卖饭的叫饭馆，打铁的叫作坊，集众人之资从事经营，赚了分，赔了散，这个公组私营——的组织应该叫什么？

乔说公、公……巴说私、私……相如脱口而出：公司——公众私设图利之有司。

大家齐说这个名起得好，一听就有来头，好像跟公家沾边，其实就是一帮私人攒的事儿。官府追究下来也不算盗用官府名义，您就按民间纠纷该怎么处理怎么处理。

相如说本公司经营范围：巴蜀接西南道所有道路开通。牲畜、织物、人口及所有农副手工产品运输、售卖。这一经营活动为特许经营。由蜀郡、巴郡两郡太守授予，期限五十年。在此期限内其他个人、组织不得从事与之相关可能产生利益冲突一切商业活动。本公司懂事的长为唐蒙先生。总揽经营理财文隽先生。

巴峰说谁是文隽？相如说我小舅子，文君之弟。

乔渝说俩孩子发音很容易弄混阿。卓老说没想到是双蹦儿，姐弟俩手拉手出来，只预备了一个名字。

唐蒙说赔了还是算我的？相如说你已经赔光了，本公司一上市就是全负债经营。叫你坐这个好像最懂事的长位就是要让债主——现在叫股东了，相信本公司和你内个老鼠会有接续关系，他们的钱没白瞎了，你还认。可以签一个补充协议，一旦公司债转股——重组完成，你就辞去懂事长，以后的事全由文隽负责，是雷是炸雷都不响到你头上。

转对乔、巴说：现在明白为什么让你俩退出了吧，这样你俩就和本公司无关联利益，对本公司可相机政策倾斜，议论所向无出扶困治乱公心。

唐蒙说你这个公司和我内个老鼠会也没什么不同嘛，走的还是空许未来的路子。

相如说鼓吹确无不同，付出接续无非还是信用。你的信用破产了，卓老的信用顶上来——文隽、文君卖的都是卓老。不同在于，你完全是空手道，卓老是有心出点血的，如果股东对未来没信心，卓老愿意收购其众手中所持之股，当场付现，当然不能按原值。

乔、巴皆惊：啊呀，这不是出一点血，这可是大出血！卓老，巴幸甚，蜀幸甚，有您这位大实业家、大善人为大家托底。

卓老说我还是对公司前景有信心，十年不盈利，二十年不盈利，我等。

唐蒙说确实是佩服，跟有钱人没法比。

当夜，马相如熬了一宿，写出文宣，名《喻巴蜀檄》。次日，由蜀郡书吏以大号黑体隶书抄录于白粗布，一边悬于成都各城门，一边快马急递江州，告曰：

巴蜀太守知悉：蛮夷一向擅自做主一副找打的样子，但是我们不打他们已经很久，惯得他们以为自己很强，经常侵犯我们的边境,给边境的士大夫添麻烦。今上即位,为保存我汉马上得天下之雄魄,安抚天下诛远不服的普遍心愿,主要还是出于中国长治久安的考虑,毅然兴师,北征匈奴,单于怖骇,拱手称臣,屈膝求和。康居和西域诸国,已经通过几道翻译,向我们磕头进贡了。我们的大军又移师东下,闽越国人吓得立刻杀了他们的王向我汉谢罪。接着我们的部队又进至五岭,遥指南越国都番禺,南越王立即将最大的儿子送到长安做人质。现在南夷各国的君、西僰各部的酋长都已按时向朝廷进贡,不敢有丝毫怠慢,伸着脖子,踮着脚,张嘴哼唧争先归顺我汉,盼着给我汉当臣、当小妾,只是因为路途远,山也高,水也深,他们出不来我们也进不去,暂时不能满足他们的心愿罢了。南方蛮夷不服的都已经诛灭,做过一些好事有心巴结的还未及奖赏,所以朝廷派中郎将唐蒙去和他们以礼相见。陛下给巴蜀的指示是各调五百人,帮着背运礼品,保卫使者安全,并没有什么调兵打仗的事。如今听说唐蒙动用紧急动员法,吓着了年轻的后生,也给老人添了麻烦,郡里也擅自征调人民为他修路跑运输,这都不是陛下的意思。至于那些听说要被征调就逃亡或者自残的人,也不是一个臣民应有的样子。

下面又嘚啵嘚啵写了一大堆,教导巴蜀父老作为一个边郡居民应该怎样,不应该怎样,应该急国家所难,乐尽人臣之道,为国拼命像报私仇一样勇敢,名声施于无穷,功烈著而不灭，肝脑涂边荒膏血润野草而不辞！现在国家只是叫你们跑趟腿，去南夷送趟礼物，你瞧瞧你们一个个的样儿，自残的自残，逃跑的逃跑，抓回来都要判死刑，不光死的没名堂，死后还要让人议论，说傻到家。当然这也不全是这些娃娃的过错，父母教育就没跟上，娃娃们才一个接一个不学好。这也充分说明这个地区缺乏廉耻，风俗太坏，这个地区娃娃受到国家的刑事处分，还不是应该的么？

陛下伤心唐蒙这些人不会办事，也很可怜你们这些群氓的愚蠢表现，才派我来向老百姓解释国家之所以调人去服役的原因。同时也要谴责那些对朝廷不忠私自逃亡的人。谴责三老、四悌这些专门负责教化工作的官员没有尽到责任。现在正好农忙，不便太烦扰百姓，我已经亲自跑了几个县，跟百姓聊了聊。但是我担心那些偏远地区深山老林里的百姓听不到这个消息，所以请二位太守一见到我这篇檄文，立即分送到你们下面各县各道，使全巴蜀地区百姓都知道陛下的意思，万不可疏忽懈怠。

这篇檄文传回长安，上看完问公孙弘：你觉得这篇文章写得好么，他为什么要提匈奴呢？

公孙弘说不过是篇公文，先讲天下形势，再讲国内形势，再讲当前，话虽然说得过头点，也符合体例。

上说我担心他讲南夷西僰内些话，人家也有懂汉话的，万一叫人家看见，会不高兴。

公孙弘说蛮夷的心猜不透，也许人家不在乎呢。

司马迁和饼妹在家议论：大话连篇，膏润野草，到这儿看出笔拙了，生凑的。

巴蜀这边，两郡衙署开门登记请愿绅民，逐一检索其所执入资入会凭据——签有唐蒙姓名，盖有中郎将、犍为郡守官印帛书。并告之，夜巴道股份有限公司成立，接收之前老鼠会所有债权债务，蜀中首富卓望孙老先生注资，赶紧去，趁公司现在有钱，把你们手中布头变现。到年前，唐蒙所发专项债、所谓夜巴道公司股票皆以原值十分之一价售予卓氏，卓老成为公司唯一股东。

十月，马相如回朝述职，报告蜀地恐骚已平，人民各安其业，夜巴道修凿工程依法依序正常进行。

上说甚好，甚慰。

相如接着汇报，臣在蜀地的时候，邛崃、若水之间邛、筰等地西僰的君长，听说南夷与汉交通，得了很多好处，也申请做汉属臣，请求按照南夷的待遇在他们属地设立汉行政区划，授予他们汉官职称。

上说哦，看来你在布告里那样写有你的道理，你的意见呢？相如说您看我布告了。上说呃，文学的事回头再聊，你还接着说你刚才说的。

相如说邛、筰、冉马龙都与蜀地西土接壤，原来就有道路相通，秦时与蜀都是相连的，并在那一带设立过郡县。秦亡,蜀中亦乱,没人顾得上他们,客货运输中断,原来在那里工作的秦吏悉数撤回,中国制度郡县名不存实也俱废,头人们除去秦服插上雀翎,又自称君长,两边道路也长了草很多地段塌方难以通行实际断了来往。后来我汉还下过禁边令,好像是萧何下的吧,战时为巩固后方,南中一带即今邛都、僰道、鳖、犍为郡所辖地域还有秦残余势力活动,西南诸夷只知有秦不知有汉,遂关闭巴蜀西南所有边境。战后此令一直未撤销,我也问过巴蜀守官,他们说不知找谁撤,原来下命令的人和战时衙门早已不在,也不觉得不方便,蜀人心目中也是觉得西南之外皆为蛮荒之地,白请都不去,蜀人也很自矜,夸家乡狂人,觉得他们内块坝子天下第一安逸,从来都是别人称羡他们他们谁都不需要,想和西南夷做生意的人总是有办法偷偷越境,边境也无管理,用蜀人话说有啥子嘛。

现在,若想恢复,道路是现成的,稍加养护即可通大车,比南夷之道好走不知到哪去,西僰邛、笮、冉马龙这样的大部落在十个以上,地广数千里,嫩么陡险的地方还游牧呢,再设两个郡十几个县没问题。

上说好哇,既然这么省心,你就去办吧,今年诸事不顺就听你的报告高兴。你这个人阿,笔头子花哨,本性还是老实。

相如说我还口吃、吃呢。

上说知道，就是汇报工作不口吃。本来已授节予你，叫你诸事独断，还巴儿巴儿跑回来汇报，你说，你要报告我这些事现而今都办妥了我现而今得多高兴。

相如说开放半壁国境事情实在重大，不敢不上请。

上说再讲一遍，不必请示，信任你。

28

马相如托尚方令又做了杆新节,油了红漆重扎了染红的牦牛尾,将他小兄弟、原临邛县令他和文君大媒王吉的儿子王然于,还两个莫名其妙的人叫壶充国、吕越人任命为副使。本来还想跟太仆呢儿弄出辆报废御车,公孙贺女儿是他蚂蚁上树,说没问题,结果没弄出来。想再跟北阙内帮孩子家弄出点衣裳,人家大人说一年弄多少回呀,这季的衣裳,没了。

哥儿四个只能挤一辆驿车,还雇一车专门拉节,俩车一前一后奔了蜀道。

乔渝带均署及所属县道大小官吏出成都三里迎候他,成都县令抢过相如的弓和箭袋,背身上走在前面。

打开衙署大堂,大张宴席请司马特使及三位副使欢宴,说你尝尝我们正经本帮菜,必须是都广樊乡厨子做的才叫正宗，您老外父——我这可没一点不敬的意思——做的还真叫赵国菜。还把夫人儿女请出来和相如相见，说都是你的蚂蚁上树，老吵吵着要见你，现在见着真人了吧，这是咱们蜀地第一才子，咱们蜀地的脸蛋，全国内些孤陋寡闻的人因为他才知道有蜀、成都这么一地方。然后乔太守自己就先醉了。夫人说我跟文君是从小的闺蜜，我姓程，小时候也住临邛。

饭后相如就歇在衙署后院，乔太守说无论如何不能走，上回是衙署不靖，有愚民横路，你可以去探望你老丈杆子，节驻署是制。乔太守是内种酒后脑力升级思路愈敏的人，每于醉后出妙语，割了鸡巴敬神神也得罪了自己也疼死了是他的版权。谁要这会儿找他聊天，非聊废了。

相如回舍躺了会儿醒了酒，上前衙找到乔，拿出一贴细帛，上面写着股若干，盖着卓老私章，送给乔，说是上回赎回的股票，今赠还于你。乔说这我可不能受，好容易脱了干系。相如说不是送你，是送给孩子，做个纪念，也不值啥了，收个白条还有什么罪过么？

乔说那行，就当咱们结识一场，什么时候看见这块白布什么时候想起你。把细帛胡乱卷起，置于一旁。

明日，相如当堂宣布：上谕：撤销高祖元年关中丞相府所颁禁边令，即日开放南中所有边境，撤除关隘边卡，任官民自由出入。

当日，夜巴道公司股票大涨，一日未过已逾百倍。

卓氏倾资将城中所有骡马大车租下，买空店家所有缯絮布头及蜀盐蜀酒，克日南行。

马相如也不要乔太守发一兵一卒，亲赴临邛，纠集卓、程两家家丁千人，由前北军长水校尉后开缺回乡在当地有侠名江湖叫号"猫子"叶弘者带队前导，出邛崃，至沫水，一路逢山开路，遇水搭桥，见关拆关，见隘拓隘。邛、筰、冉、马龙、斯榆、白马诸夷君长道迎于若水、绳水、青衣江、零关，吹葫芦笙，献咂酒、羊肝。相如先出示大红汉节，继而饮酒尝肝，继而倾车相赠缯絮，授以汉冠冕服，任命君长为令。

后又至孙水，在孙水上搭桥，折向南，一直行至牂牁江，乃止，立为界。沿途设置了十几个县，将犍为郡治由鳖迁至南广，在鳖设置都尉府，任命叶弘为都尉。并上请设郡，郡名都想好了，叫越嶲。几个月后回到成都，上命下来了，没批，说还是都归蜀郡。

时，相如在蜀声望达至顶点，同僚官守见面皆称长卿，坊间庸人亦编出无数屌丝逆袭寒士登龙成功故事，誉为五全之士：美人、财富、功业、圣宠、立说。其中还有恶心细节，卓老人在家暗叹怎么没把闺女早点嫁他，又给闺女加了份儿嫁妆巴儿巴儿送给姑爷，说拿着，啐便花，花完还有。

朝中谤议也随之而起。夜巴道公司事传到上耳中，上说这都什么乱漆疤糟的，我听半天不知道这钱怎么挣的。公孙弘说我也是，我一听什么事里带着挣钱门道就各种空白。

相如回到长安，上传命：辛苦了，先回家休息。

马相如交出节，回家见文君头一句就是找水喝，说渴。文君说你怎么瘦成这样。相如说没少吃，越吃越瘦，浑身没劲，跟散了架似的，走道腿都抬不起来。

如厕小便，狗争舔其溲。请张苍公问诊，苍公尝了新鲜小便，说甜的。

这一年还是元光五年，我十一年。

七月，大风把长安行道树几十年榆槐连根拔了。雁门新补关墙外立面竟然也剥落了，露出里面夯土全是麻壳。当初赵国建关时就没夯实或说再实也是土，风吹雨淘历久经年墙脚凹进去一溜坑，大的近乎洞，能窝着躺进去个人。后蒙恬挂砖，填了砂石，拿草泥找齐，有的地方也是糊弄，砖没根儿码着码着这条线就斜了，历年兵火箭啄火烤有的砖就酥了，胡人手欠冲到墙根爬不上去躲油锅滚木时不时抠出两块砖，十几斤的砖啊！整面墙重力作用一头沉更厉害，远看不明显，站上面觉得一腿长一腿短，射箭准头也下来了，瞄着道上人马全飘峭壁去了。高皇帝时补过砖，文皇帝也补过砖，都属贴砖，这次大风一刮，稀里哗啦，露出底下几层砖基。有司说这次也甭凑合了，都起了，回到夯土，再夯一圈土，彻底找平，水平起砖，大修。

我还能说什么，可。于是发一百军老工兵万人赴雁门治关阻险。

八月，长安城里到处飞蛾子。南方发生螟害，水稻芯都被吃了，很多地区绝收，所幸他们还有鱼、芋芀吃。同月，免张汤茂陵尉，任命为御史。

起初，首代棠邑侯陈婴因功封在江右，儿子陈禄在羽林骑当骑都尉，为了下班有个地方住，在长安城东南靠近覆盎门买了所宅子。后陈禄袭了侯，在北阙甲第置了新宅，覆盎门这所宅子就不大老去了，就拆了几溜房子，推了院，阔开为一个园子，种点柳，挖个池子，养点鸟，养点狗。儿子陈午就住在呢儿，假装读书习剑，实际提笼架鸟，招朋友来聚，开趴儿，勾搭点妹子，就在呢儿把我大姑——年轻的长公主勾搭上了。他俩婚礼就在呢儿，又买了接壁儿两户人家宅院把房子全推了，扩成大园子。阿娇就生在呢儿，当时叫长生园，后来人说听着跟卖糕点的似的，就改叫长门园，其实门也不长，也不高。

后陈午袭侯，一家子就回长江边内块不大封地去住。住了几年实在太热，夏天孩子一身痱子，一挠全烂了，阿娇前面有个姐，是陈午和别的妞儿生的，全身溃烂感染败血死了。我姑就带孩子回了长安，也没住覆盎门，住北阙甲第。后来我姑老去长乐宫我奶呢儿走动，有时混得晚了，从长乐宫回覆盎门近，出南门拐一弯就到，就把园子扫扫，经常在呢儿刷夜。后来就在呢儿收了个小白脸，董偃。董偃是个玩家，在园子里养蛐蛐、鸽子，还养鸡，不为吃，斗。我这辈子唯一看一次斗鸡就在长门园。阿娇没事去看她妈也常去长门园，喜欢，说还是自个家塌实，没人贼着。后来把楚服也带去，跟董偃玩在一块，都喜欢小动物，董偃原来是狗派，培育出第一代田园名犬：黦灵犬和骁苍；生叫这俩给扳成猫派，喂了一园子田园猫三花、黑狸、大橘。黦灵骁苍都给拴起来，委屈得撅着嘴。

前一阵我不是忙么，老在西畤瞎操心，不老回宫，回宫阿娇有时在有时不在，不在就是在长门办趴儿呢。

有时我也去长门照一面，韩嫣、马相如都是趴儿的常客，我们就一起喝两盏。韩嫣不安心在我身边工作，老闹着下部队。这几年扩军，干吏缺口大，很多南北军、虎贲、羽林、郎中骑供职的功臣子弟都去了一线部队担任曲军候、部校尉、军司马。我身边宿卫也走了不少，当户、李椒、韩说都下去了。放假回来留着胡子带着马弁，一个个老三老四，在长安公侯各种趴儿上扎堆聊北边战略形势，一人一套灭匈攻略，争得面红耳赤，还有从互不服气到冷不防出拳——动手的，被拉开后挣巴着跳脚对骂、叫板：看谁先封侯！

韩嫣就是内个拉架的，聊也插不上嘴，回来就有点郁闷，赶上工作上也出了点事。马邑行动一直比较紧张，之后收摊也一大堆累心的事，我看着瘦了一圈，人也比较焦虑，心想着换换脑子去上林苑放松放松射头鹿、打个山鸡什么的，早起等沿途布置警卫，叫嫣儿先去踩点，看看苑里鸟兽谁在河边喝水，老虎在不在。嫣儿带着一帮羽林的小孩骑着马呼啦啦先去了。

谁想正赶上江都王刘非来看我，路上看见旌旗如云以为是我，赶紧停路边了。当时路边停挺多车，缇骑、虎贲郎、羽林监几个单位正在清道，布置警跸，过往人、车都给拦在道边，韩嫣也没瞅见他，马不停蹄就过去了。刘非伸着脖子等我过来，准备道边参见，等半天没见銮驾，大概我因为什么事耽误了，内天就没去行猎，警跸措施中午就撤了，嫣儿也白跑一趟。

刘非入宫我还没在，可能去太尉府还是去田蚡家了我也忘了。刘非溜溜等一天没见着人，也没人给个准话儿，天擦黑就去东宫看太后。可能是气我也没法说，就跟太后说了些酸话，什么请允许我把封国归还朝廷，入宫当个值夜守卫，和韩嫣一样。太后也不知因为什么，我身边人遭吐槽太后听得也太多了，也没太接他这句话。韩嫣当时正谈着个女朋友，是梁邹侯武婴齐的闺女武娇，林虑的朋友，又是小邢的闺蜜，自小在宫中出入，为人伶俐，深得太后喜爱，认作干闺女，没事就叫到宫里来陪老太太，跟上班似的，我们都习以为常，没当作宫人，当个亲戚看待。韩嫣原先也认识武娇，和她哥武乐是朋友，老上她们家玩，一来二去，俩人就好上了。这我们都知道，也觉得没什么，太后知道不知道——不知道,应该是没正经说过,也没到谈婚论嫁的时候。有时俩人都在宫里,一个东宫一个西宫,得着空儿,太后午睡、见诸侯王、外道亲戚时候,小武会上我们这边儿来找韩嫣,跟阿娇、楚服一起呆会儿,玩玩猫,打个小牌。我补觉、和人谈事一看就要谈半天的样子,韩嫣偶尔也曾去长乐找过小武,一般都是快下班时候,俩人约上一起走。

内天也不知怎么搞的,我和阿娇都没在,韩嫣在宫中值班,没啥事就提前早退了,去东边找小武。天热,太后午后睡下这会儿还没起,小武还不能马上走,得等太后起来说一声,俩人就在寝殿死角小树林里蜜了会儿,年轻人嘛,两盆火似的,据韩嫣自己讲也真没干什么,就是搂搂抱抱亲个嘴,以为有树挡着没人瞧见,哪知太后已经起了,正在便所坐马桶。老人家饮食清淡肠胃蠕动能力弱时不时有点便秘,坐马桶是门功课,半个时辰是她,多半个时辰也是她,便所外面栽点绿植,也是意在让踞厕之人眼前有片翠,久坐不枯燥,在一片葱茏荫翳中也更有独处洒意感。韩嫣不知道,小武也没顾上,俩人只顾摸摸索索各种腻,屋里暗外面阳光强烈,外面瞧不见屋里,屋里瞧外面真儿真儿的,可给老太太充了眼前花儿。老太太一忍三忍,排除干扰好容易自个这点事利索了,心里这个气,也随抖裙起身噌一下堵胸口上,咣啷拉开排扇窗一步跨出廊子,厉声指叱韩嫣:耍流氓耍这儿来了!

我拦住韩嬷话头，说行行，后边的事我也不想听了。回头我去找老太太说去，多大的事儿阿，你回家歇两天，过几天老太太没准就忘了还用调动工作阿。

嬷儿说许她老人家记性不好不许我不知道什么叫寒碜，我太栽面儿了，两宫女的见我就乐，你知给我传成什么样了，说让太后逮个正着。还有内假装向着我的说怎嫩么不注意阿下回没地儿找我我呢儿有地儿。

我说你一男的有特么什么面儿阿，让女的说两句说两句呗，我还常让女的说呢。嬷儿说不是不能让女的说，是……我发觉我现在处理人际关系能力严重下降，实在不适合在人员密集性别严重失调譬如您这儿工作，我愿意去部队，部队比较简单。另外大家都是同年兵，人家进步嫩么快我也不愿意比人家落后太多。

我说别说了，知道你内点小心思，不是我说你，你呀，看着是个大男人，心思跟个大姑娘一样，我能让你不如人家么，他们内个侯你羡慕什么，赶明儿我封你个上大夫。嬷儿嘿嘿一乐，说咱朝就没上大夫。

我说有没有还不是我说了算，我就为你单设一个，再赐婚你和小武。嬷儿说别了，这我就够让人恨的了，那——还不得更让人说死。我说就这么定了，你，安心工作，我这儿不能没一个顺手的人，阿娇也不会同意放你走。

我以为这事已经解决，还跟阿娇说以后你有什么活动把小武叫上，对年轻人个人问题要多上心，我听说你，怎么遮，对嫣儿这事还有些不同看法。阿娇说我发现你这人比谁都扒褂，什么你都能听说，我什么时候拦着过嫣儿，他嫩么花，是，我是说过人小武挺单纯一姑娘，嫣儿配不上人家，但我一直还是支持他们给他们提供机会的，行行，下回叫小武。嫣儿说是是我可以作证，姐说是说，实际操作都是正面的，还跟小武夸过我。我跟阿娇说人两口子的事你也少说，人俩好了赖了没你什么事，回头你多嘴再把你搁呢儿。

阿娇说你这话最好多对你自己说，我有你嫩么爱有你事没你事到处说去么。我说我错了。又跟相如聊了会儿：她们老找你来，没张罗着让你给写一个园子记吧？相如说还真说了，让我写一个。我说这破园子有啥好写的。阿娇说你待会儿跟这儿吃么？我说就不在这儿吃了，我还有事，约了人，我就是来照一面。

我约了张汤谈话，让他找几个熟悉司法实践对科条理解深刻之人一起聊聊补充立法的事。张汤说赵禹深刻，但最近身体不好，在家没上班很久了。我说那叫儿宽，他貌似也懂法。张汤说他懂，他比我还懂。

我跟他们讲目前我汉科律依据还是高祖时期萧何所立《九章律》，已严重不适合今天社会生活。人民的创造性不总是表现在生产劳动上，更多表现在怎么钻法律空子，无为而治想法很好，实行久了就成了放任，人为财、欲、情可说无

301

所不用其极，率多案件设计之精微，操作之诡异，若以法条对，总有套不上，诸官决狱不得不只问犯行不问程序一味拷打取供，傻小子过年看街坊，你这么判，我也这么判，决事比。倒不是其中会造成多少冤情，我接触案子大多可认定唯一嫌疑人，只是证据缺环，纵放不合我国官序良俗。我担心的是其间判官自由裁量权太大，无法条可依便任意比附，将现罪廓界无限外延，若违制、诬罔皆成口袋罪，小过论刑，轻罪重处，偶语弃市，其间上下其手余地也大，高后以来平反大案多属若此，亦非无过，判重了。请你们几位专家考虑，可不可以不把这等交关人命大事交付某人良知，还是要像牵牛拿法条穿住判官鼻子，像圈羊把这些狼圈在围栏里。张汤说可以。

其后——我也不说多长时间了，不重要，张汤献《越宫律》二十七篇，主要为宫廷警卫定下法度。病卧在榻的赵禹也振衣伏案，献《朝律》六篇，重点讲朝贺涉及的法律关系。这都很重要，大国不可或缺，但总的来说了无新义，是把叔孙通所立规制科条化。

儿宽很用心，在民法、刑法上都下了一番工夫，关于死刑所涉法条——当时我汉民法也适用死刑，譬如忤逆——详罗备至，有一万多条。送来呈阅时，我以为图书馆搬家呢，说很好，留下慢慢看。

这一万多条日后是不是都获批施行了，没印象，可能有一二百条退回斟酌，大多应该是施行了，因为日后我经常接到有司要求增设狱房监舍报请，朝门之下、横门九市街头每日血迹斑斑，碱水冲刷尤暗红不去，雍门东西大街与横门大街十字路口民口称为红街。

儿宽后又主持参与了《附益法》《左官律》《通行饮食法》和《腹非法》立法工作。对官场积弊、顽劣士风、朝官与诸侯私相交通和民间奢费、乱捕滥杀野生动物造成物种灭绝畜疫传人和思想混乱谬见流行无君无父起了很大吓阻作用。他们三人的探知构纳严重充实了我汉法体法系，摆脱了旧有借助习惯引援传统囿于陈见约畔俗随之公私法观。使法无空白，吏有所本并提出一重要司法原则：古见不能对抗新规。官民皆在一张王法之下，以新规立身。新法拿出征求意见，司法界人士王温舒、义纵、尹齐等人一致赞曰：精准施法，是进步。民间亦有赞语：秦法如伞，汉律如冠，伞不无见免，冠见脱尤系。唯一带来的问题是功臣勋贵逾礼触律者倍于前。经查也非此辈忽然素质败坏，乃前法外诸行皆成非法者已也哉。

这一阵我和张汤接触比较多，谈话也较少禁讳，汤问我您跟皇后关系怎么样，来你这儿多次也没见过她。我说很好阿，她不爱见人，凡有外官求见先躲出去。汤说噢，又说皇后身边有个人叫楚服您听说过吧？

我说熟，怎么拉。汤说我手头正办一案子，今春以来，长安三辅之内很多妇女忽患无名病痛，先是痰热蕴肺，继而邪陷正脱，再后气阴两虚，求医问药无效，死了。

我说知道，宫里有些老太妃也患此症，咳嗽发热，张苍公说胡医叫流感，每年春夏之交时症，只是今年染病者多些。张汤说不然，宣平里七条二号柳氏出首，举报街坊西屋吴老太在家扎小人诅咒致其染病。臣派员查抄，果检出布偶一只，写有柳氏生辰八字，面涂月经血胸口扎铁针并指甲发丝一袋。

我说你信这个？张汤说我信与不信，这个行为本身就很邪恶，其心可诛。事实结果柳氏也在数日后死亡，吴氏未经拷掠供认不讳，是她蛊诅而死，甚至还有几分炫得。我说真的未动刑？张汤说掯子刚拿出来，吴氏已招并供出同党宣平里四条屈氏、横门菜市徐氏、肉市熊氏、少府织室郭氏。臣顺线捉拿，凡百六十闾里，巷巷皆有，织室郭氏亦供称她拜的师父是楚服。

我说胡说！张汤说郭氏亲见楚服教皇后祝诅压伏人类，尝媚道。我说别说了，我知道她们在干什么。郭氏短见，你也短见，什么祝诅，是祝祷吧，祝祷于神、灵，压伏人类妄念。所谓媚道，兴奋草耳耳，你用了你也犯春，没事用不合适，也不用上升到妖术。

汤张嘴……我说闭嘴！女子同行同卧是常情，她们那个性别本自温存缠绵尤喜卿卿我我，没人相拥也抱只猫撸只狗，是性别基质使然，至少在我这儿一概列入心理需要和精神活动。

我对张汤说人类精神活动很复杂，我等所见皆是表象，根源百说亦多臆断，误中一二亦不过去症解表，譬如张苍公，能治病，根论都是想当然。吴氏自供扎小人，也不能证明柳氏因她而死，除非城中本无疫病，柳氏活蹦烂跳，她一针下去，柳氏蔫了；二针下去，柳氏躺地上；三针下去，柳氏蹬腿死毯了——还要将二人远远分隔，不使柳氏知道有人扎她，暗示也会死人。我就听说有人算命相师说他明日午时凶，此人明日午时刚过，大松心，以为躲过一劫，出门不看路，让车撞了。

张汤说臣捕了这些妖妇，集中销毁了她们的作案工具内些小人月血污物，镇以官印，城中疫病就没了。

我说你不能这么聊吧，你要说疫病是你弄没的，就要让内些个妖妇继续扎小人儿，看是否疫病又起。

张汤说您知道军臣单于生辰八字么？

我说咱就别给人家国家元首下蛊了，我听说凡厌胜必先有信才验，才会产生量子纠缠。张汤说啥？我说甭管啥了吧，外国人不信你，人家有人家的黑法术，谬忌说与我国正相反，诅咒他也得反着使劲，先要为他祈福。我的生辰八字你要么？

张汤说那别了，这个险最好不冒。

我说没四,真要有这么回事,妖妇们见了我的八字都得跪下。

汤说我另找人,另找人。

又数日,城中疫病复起,这回是腹泻,宫里人说着说着事就捂着肚子往茅房跑。张汤跑来见我,说我说什么来着我说什么来着?我也含糊了,说算你对了。

张汤遂斩三百家庭妇女于市。第二天向我表功,正矜持拱手躬身长揖,后膛一松,噗一声,夹腿向外疾走连声呼喊:茅房在哪儿茅房哪儿?恶臭随之盈鼻。

我仍然认为张汤是人才,擢拔他为太中大夫,侍从左右,顾问应对。我对他讲:张大夫,今有一大不解请你释疑,民间何以这般乖戾,邻里嫌隙,妇姑勃谿,小怨则衔恨不已,甚或不惜干犯国法,交通冢魅,必欲致人于疠死,哪来的这份怨毒?汤不能对。